KB173938

2021년 제22회
젊은평론가상 수상작품집

2021년 제22회

젊은평론가상
수상작품집

수상작

실감의 무화,
버추얼화된 자아와 메타화

—조해주, 양안다, 문보영의 시의 감각과
  자아 보존 욕망에 대하여

박상수

박상수
김요섭
선우은실
신샛별
안서현
오은교
이철주
조대한
최정우
최진석

역락

2021년 제22회 젊은평론가상 취지서

한국문학평론가협회는 2000년에 '젊은평론가상'을 제정한 이후 우리 비평의 현장성을 보여주는 동시에 개성적인 목소리를 유지하고 있는 평론들에 주목해 왔습니다. 더불어 2011년부터는 기왕에 출판된 평론집을 대상으로 선정하던 방식을 직전 년도 동안 문예지에 발표된 평론들을 선정하는 방식으로 변경하여 젊은평론가상 자체의 현장성과 동시대성을 높이고자 노력했습니다. 올해로 22회를 맞은 이 상은 그간 우리 문단의 대표적인 젊은 평론가들의 활동에 작지만 강렬한 응원을 보냄으로써 문단에 새로운 활력을 불어넣은 중요한 통로입니다.

2020년 한 해 동안 각 문예지에 발표된 평론들 중에서 젊음의 열정과 새로운 시선으로 우리 평단에 새로운 목소리를 전하고 있는 우수한 작품들을 선정해 이렇게 〈2021년 젊은평론가상 수상 작품집〉을 내놓게 되었습니다. 이 책에 수록된 평론들에는 동시대 우리 문학의 다양한 모습들과, 그에 반응하면서 우리 문학을 조명해가는 평론가들의 치열한 고민과 문제의식이 뚜렷이 담겨 있습니다. 2020년도 한국문학의 새롭고 다기한 특성들을 음미해보고 역동적인 현장성을 느껴볼 수 있는 좋은 기회가 되리라고 생각합니다. 여기에 실린 평론들은 섬세한 시선과 다양한 목소리로 우리 문학이 발표되고 소통되는 현장을 점검해 보고 있기 때문입니다.

이번 작품집을 발간하는 일은 그동안 한국문학평론가협회와 손을 잡고 문예지 〈현대비평〉을 출간해온 역락 출판사의 전폭적인 후원이 있었기에 가능했습니다. 점점 어려워지고 있는 출판 환경에도 불구하고 한국문학평론가협회와 역락 출판사는 우리 문학의 근간을 튼튼히 만들 수 있는 여러 가지 생산적인 활동을 펼쳐나가고 있습니다.

한국문학평론가협회는 1971년도에 창립된 이후 지금까지 한국문학의 현장에서 문학의 활력을 높이기 위해 노력해 왔습니다. 본 협회는 앞으로도 깊이 있고 활달한 논의를 통해 한국문학비평과 문학 전반의 생산력을 높이는 데 기여하도록 노력하겠습니다. 많은 관심과 격려를 부탁드립니다.

차례

수상작

후보작

실감의 무화, 버추얼화된 자아와 메타화

— 조해주, 양안다, 문보영의 시의 감각과 자아 보존
　욕망에 대하여

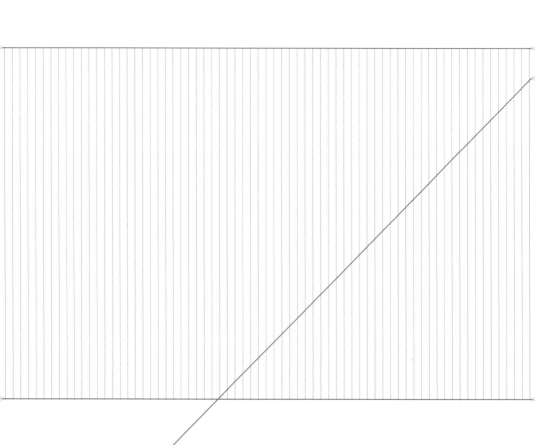

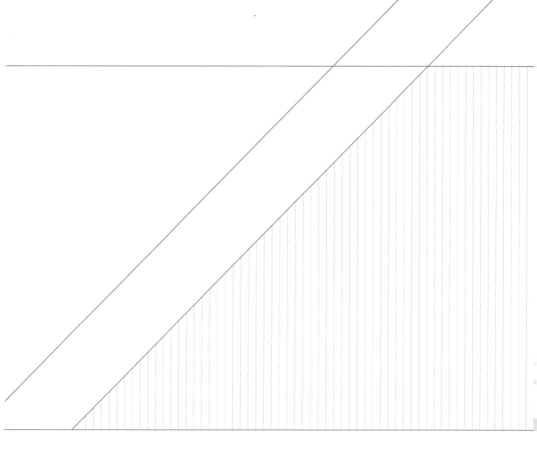

박상수

2000년 〈동서문학〉에 시, 2004년 〈현대문학〉에 평론으로 등단.
현대문학상, 김종삼시문학상 수상.
현재 동덕여대 문예창작과 교수.
시집으로는 『후르츠 캔디 버스』, 『숙녀의 기분』, 『오늘 같이 있어』가
있고, 평론집으로는 『귀족 예절론』, 『너의 수만 가지 아름다운 이름을
불러 줄게』가 있다.
최근 주요 관심사는 '문학사회학적인 관점/그것을 극복하는 것으로서
의 현대시 읽기'이다.
susangpark@hanmail.net

실감의 무화, 버추얼화된 자아와 메타화

— 조해주, 양안다, 문보영 시의 감각과
자아 보존 욕망에 대하여

1. 절대로 단골이 되고 싶지 않다

신춘문예나 문예지 등단이 아니라 시집 출간을 통해 작품 활동을 시작했다는 이유로 조해주의 첫 시집 『우리 다른 이야기 하자』(아침달, 2019)는 많이 알려졌지만 이 시집은 이전에 시를 읽으며 우리가 느껴왔던 것과는 다른 특이한 감각을 발견하게 한다는 차원에서 또 다른 주목을 요한다. 그동안의 한국 시에서 시적 화자가 타인과 관계 맺을 때 다양한 상상력으로 소통을 시도하거나 연대의 감각을 만들고, 관계의 균열에 깊이 절망하는 방식으로 역설적인 관계의 회복을 꿈꾸어 왔다면, 조해주의 시적 화자는 의사소통이나 관계 맺기 자체를 철저하게 회피하려는 듯이 타인과 비스듬하게 어긋나려는 시도를 지속적으로 펼치기 때문이다. 예를 들면 다음과 같은 시는 어떤가.

내가 다니는 회사는 종로에 있고

근처에 자주 가는 까페가 있다

나는 단골이 되고 싶지 않아서

어떤 날은 안경을 쓰고
어떤 날은 이마를 훤히 드러내고
어떤 날은 혼자 어떤 날이 둘이

어떤 날은 말없이 고개만 끄덕이다가 나오는데

어떻게

차갑게,
맞지요?

주인은 어느 날 내게 말을 건다

커피를 받아들고 나는 어떤 표정도 짓지 않겠다고 생각했으나

저어서 드세요,

빨대의 끝이 좌우로 움직이고

덜컥 문이 잠기듯
컵 안에 든 얼음의 위치가 조금 어긋난다

주인은
내가 다니는 회사 맨 꼭대기 층에 지인이 일하고 있다고 한다

혹시 김지현이라고 아나요?

나는 그런 이름이 너무 많다고 대답한다

그렇구나,
주인은 얼음을 깨물어 먹고

설탕처럼 쏟아지는 창밖의 불빛들

참, 내일은
어떻게 하면 처음 온 사람처럼 보일까 생각하면서

—「단골」 전문(『우리 다른 이야기 하자』)

　　자주 가는 까페의 주인이 자신을 아는 척 했을 때 시적 화자가 펼쳐보이는 반응이 흥미롭다. 주인의 입장에서야 단골에게 아는 척을 하는 것은 직업상 자연스러운 일일 수 있지만 그것을 받아들이는 화자는 "어떤 날은 안경을 쓰고/어떤 날은 이마를 훤히 드러내고/어떤 날은 혼자 어떤 날은 둘이//어떤 날은 말없이 고개만 끄덕이다가 나오는" 등의 온갖 시도를 미리

해왔음에도 자신의 정체를 들켰다는 것에 부담을 느낀다. 피상적 관계로 유지되는 도시적 삶에 대한 풍자이자 반어적인 스케치인 것일까. 그렇지는 않은 것 같다. "덜컥 문이 잠기듯/컵 안에 든 얼음의 위치가 조금 어긋난다"는 구절은 시적 화자가 지닌 생래적 경계심과 관계 맺기에 대한 부담감을 이미지화시켜 보여준다. 화자는 시가 진행되는 내내 말로 드러내지만 않을 뿐이지 처음부터 끝까지 적극적인 반발심과 의지를 동원하여 까페 주인과 엮이는 것을 피한다. 그러니까 타인에게 자신의 삶이 침해되는 출발점이 될 수도 있겠다는 생각으로 일종의 두려움까지 느낀 시적 화자의 일관된 삶의 태도를 보여주는 것은 아닌지 상상하게 되는 것이다. 다만 화자는 인간관계에서 지켜야 할 최소한의 예의는 지키려고 하기 때문에 자기감정을 직접 표현하지는 않고 사회화된 제스처와 언어로 대체할 뿐이다. 아니나 다를까, 시적 화자가 다니는 회사 꼭대기에 까페 주인의 '지인'이 있고 그녀의 이름까지 스몰토크의 질문 목록에 올라왔을 때 화자는 "그런 이름이 너무 많다고 대답"하며 역시 관계 형성을 거부하거나 비켜가는 모습을 보인다.

이러한 '어긋나기' 혹은 '비켜가기'는 인용 작품에서 뿐만 아니라 시집 전반에 걸쳐 핵심적인 상상력으로 작동한다. "저녁 먹었어요?//어떤 사람이 그렇게 물어오면/일부러 저녁을 먹지 않는다. 먹지 않았다고 말하려고"(「여분」)라든지, "한 명 더 오고 있어요/내가 고개를 내밀어 대답하고//의자 하나가 비워진 채로 자리가 시작된다"(「참석」)라든지, "옷은 나와 붙어 있다/옷은 나와 조금 떨어져 있다/옷과 나 사이에는 틈이 있다/(…)/나는 편한 옷을 좋아한다"(「옷과 함께」)와 같이 끊임없이 대상과 나, 혹은 타인과 나 사이를 어긋나게 함으로써 여분의 자리와 틈을 만들어내려는 노력이 반복되고 있음을 확인하게 되는 것이다. "『우리 다른 이야기 하자』를 읽으면서

한 가지 떠오르는 단어가 있네요. 바로 '어긋남'입니다."[1]라는 말에 대해서는 그래서 동의할 수밖에 없다. 조금 더 들어간다면 "특징이랄 것이라면 주체가 타자나 세계를 대하는 방식에 있는 것 같아요. (⋯) 개인이 훼손되지 않는 정도의 안전거리 이내로는 쉽게 타자를 들여놓지 않는데, 이 안에서 묘한 긴장감이 발행해요. 그러나 자폐적이라는 느낌보다는, 타자를 억압하지 않으려는 신중한 태도처럼 느껴져서 아름답게 보이는 거예요."[2]라는 설명도 같은 맥락에서 이해할 수 있을 것이다.

하지만 조해주의 화자가 보여주는 태도는 단순히 타자를 억압하지 않으려는 윤리적인 태도로만 그치지는 않는 것 같다. 생각을 발전시키기 위해서 조해주 시인의 말을 참조해보아도 좋을 것이다. 그는 한 인터뷰에서 "사람과 사람 사이에 있는 선을 중요하게 생각해요. 저 자신도 선 바깥으로 벗어나지 않으려는 의지가 있어요. 다른 사람을 상처 입히지 않기 위해서이기도 하지만 무엇보다 저 자신을 지키기 위해서요. 예의나 도리의 차원을 넘어서 생존을 위한 투쟁이 전제되어 있어요. 저라는 사람을 유지하기 위해서 가장 중요하다고 여기는 지점이고요."[3]라고 말한 바 있다. 여기서 주목해볼 것은 "다른 사람을 상처 입히지 않기 위해서이기도 하지만 무엇보다 저 자신을 지키기 위해서"라는 말과 함께 이 방식이 "예의나 도리의 차원을 넘어서 생존을 위한 투쟁"이 깔려 있다는 말이다. 즉 93년생인 이 젊은 시인에게는 타인과 불필요하게 끈적하게 얽혀드는 일이란 대체로 관계의 선을 넘는 일로 받아들여지며, 적절한 거리를 유지했을 때만이 심리적

1   김언·조해주 대담, 「절묘하게 어긋나고, 기묘하게 통하는」, 『포지션』, 2019년 여름호, p.268.
2   유계영, 「시인의 미래와 미래의 시」, 『현대시』, 2019. 12월호, p.107.
3   김언·조해주 대담, 앞의 글, p.269.

안정감이 확보되고, 따라서 '어긋남', '비켜가기'는 단순한 윤리적 태도에 그치는 것이 아니라 '살아남기 위한 진지한 투쟁'이기도 하다는 말인 것이다. 여기에 시인이 쓴 다음과 같은 산문을 겹쳐 읽어본다면 어떨까.

> 방안에만 머무르며 창밖을 바라보는 것이 일과의 전부. 나는 고작 이렇게 지내려고 여기까지 온 것이다. 그런 사람에게 날씨는 무슨 의미인가. 그저 풍경일 것이다. 잘해야 소리나 냄새일 것이다. 비가 내리는 풍경, 빗소리, 비린 내에 가까운 비 냄새. 비와 함께 바람이 분다면 방 안으로 날아드는 나뭇잎이 척, 하고 뺨에 달라붙을지도 모르겠으나. 그건 4D 영화관에서 제공하는 파편적인 감각들과 다르지 않다. (…) 그런 사람에게 나뭇잎은 단어다. 빗방울은 생각이고. 책장은 숲이고. 비가 오는 날에는 교회당의 종이 보이지 않는다. 생각이 많아지면 풍경이 흐릿해지기 마련이니까. 그런 식으로 삶을 체험한다. 나는 그런 것이 좋다. 그래야 다칠 일이 없다.[4]

이 산문은 시인이 스페인의 가장 큰 섬인 '마요르카'에서 요양하고 있을 때를 배경으로 쓴 글이다. 시인의 태도가 흥미로운 것은 낯선 나라의 낯선 풍경을 직접 몸으로 느끼며 체험하고 감각하기보다는 그 먼 곳까지 가서도 방 안에 머무르며 창밖을 바라볼 뿐이라는 점이다. 자연의 모든 실감들이 4D 영화관에서 파편적 가상과 다르지 않다고 말하는 대목은 더욱 신기하다. 그러니까 이 시인에게는 이 세계의 감각이란 애초에 '비실감'의 상태로 다가온다는 것이다. 어째서 그럴까? 방 밖의 세계로 나가지 않고 방 안에서 이런저런 생각만으로 삶을 체험한다니, 놀랍지 않은가. 시인은 개인사적으

---

4   조해주, 「공기 좋은 곳에서 한 달 정도」, 『시와 사상』, 2019년 여름호, pp.165-166.

로 중고등학교 시절부터 성인이 된 이후까지 오랜 우울증에 시달렸음을 시집 뒤편의 개인연보에 밝힌 바 있다. 그렇다면 이것은 한 개인의 병적 증상 중 하나인 것일까. 당연히 그러한 면을 생각해야하지만 우리의 눈에 들어오는 것은 "생각이 많아지면 풍경이 흐릿해지기 마련이니까. 그런 식으로 삶을 체험한다. 나는 그런 것이 좋다. 그래야 다칠 일이 없다."는 구절이다. 어쩐 이유에서인지 우울증이 깊어졌고, 휴양을 하러 간 외국에서조차 밖에 나가지 않고 방 안에서 생각에 생각을 거듭하는데 실제 새로운 사람을 만나고 다양한 관계를 맺기보다는 차라리 생각으로 삶을 체험하는 것이 좋으며, 그 이유는 바로 "그래야 다칠 일이 없다"는 데에 있는 것이다.

이것을 '실감(實感)의 무화'라고 불러야 할까. 생생한 것은 아무 것도 없으며 비실감의 상태로 세계를 감각하는 일. 또한 상처 받지 않기 위해 뒤로 물러나 실제 행동을 하지 않고 생각의 시뮬레이션으로 행동을 대체하기. 관계의 망으로 들어가기를 거부하며 관계가 발생하더라도 숨 쉬기 위해 강박적으로 타인과 지속적으로 어긋나면서 여분의 자리를 만들어야 겨우 생존할 수 있다는 어떤 '절박감'. 조해주 시인과 그의 시적 화자가 보여주는 바로 이러한 감각들은 한국시에 등장한 몇몇 90년대 생 시인들의 공통감각으로 보인다. 자아는 한없이 약화되고 세계는 고도로 치밀해졌다고 할까. 자아 차원의 에너지가 너무 적어서 겨우 '어긋나는 방식'으로나마 자기 자리를 확보한다고 할까. 만약 조해주의 시편들을 읽고, "시집의 전반적인 느낌마저도 새로운 세대의 출현을 알리는 듯 했어요."[5]라는 말에 동의할 수 있다면 이제 필요한 일은 어째서 이런 세대와 감각이 출현했는지를 밝혀보는 일일 것이다. 대체 한국 사회가 어떤 모습으로 변화하였기에 이와 같은

5   유계영, 앞의 글, 같은 쪽.

감각을 지닌 시인들이 등장한 것일까? 지금부터는 우리 눈에는 보이지 않지만 90년생들이 살아갈 지금 우리 사회의 모습을 주조해낸 세대에 관한 이야기를 풀어보려고 한다.

2. '네트워크 위계'의 등장과 심화

60년대 생으로 80년대에 대학을 다닌 386세대는 사회 진출도 빨랐을 뿐만 아니라 IMF 구제금융의 위기를 거치면서 구조조정의 위기에서도 살아남아 지금까지 우리 사회의 가장 상층부를 점유하고 있다.[6] 2019년 하반기 사회과학 분야에서 가장 주목받은 이철승의 『불평등의 세대』(2019)에 관한 이야기다. 이 책을 읽다보면 지난 3~40여 년 간 한국 사회 발전의 최대·최장 수혜자가 공교롭게도 바로 '386세대'임을 각종 지표와 통계자료를 통해 실증적으로 이해하게 된다. 논의의 전개를 위해 '386세대'라는 용어에 대

◇◇◇◇◇◇◇◇◇◇◇◇◇◇

6   예를 들어 국회의원의 경우, "21대 총선 당선자 300명 중 174명이 1960~1969년생이다. 올해 51~60세. 원래 국회 다수를 차지하는 연령대다. 다만, 이번 21대 국회의 50대 당선자 수치(58%)는 이전보다 압도적이다. 8년 전 19대 총선 때 50대였던 1950년대 생 당선자는 의석의 50.3%를, 20년 전 50대였던 1940년대 생들은 16대 국회의 40.7%를 차지"한 바 있다. 386세대의 국회의원 비율은 다른 세대와 비교하면 그 점유율이 더 두드러진다. "21대 국회에 40~49세 의원은 12%(300명 중 36명)로, 대한민국 국회 역사상 최저 비율을 기록했다. 20대 국회(14%)보다 더 줄었다."고 할 수 있다. 또한 "'64년생 김민석'이 32세 때 15대 국회에 입성한 후, 60년대생 의원은 '3명→ 13명→ 59명(15~17대)'으로 빠르게 늘었다. 그러나 17대 국회에서 '71년생 김희정'(당시 33세)으로 시작한 70년대생 의원은 1명→ 4명→ 10명(17~19대)으로 쉽사리 늘지 않았다. '81년생 김광진'(당시 31세)의 19대 국회 입성 후 80년대생들의 사정도 비슷했다(2명→ 2명→ 10명)"는 사례만 놓고 보더라도 정치권에서 386세대가 어떤 모습으로 한국사회를 과잉대표하고 있는지 확인할 수 있다. 심서현·차준홍 기자, 「'586'이 58%…특정 세대가 이렇게 국회 점령한적 없었다」, 『중앙일보』, 2020년 5월 25일자, (검색일: 2020. 8. 8. https://news.joins.com/article/23784526)

한 정리가 필요하다. '386세대'란 좁게는 '민주당 계열의 정당에서 젊은 피로 수혈되어 정치 활동을 시작한 세대로 이미 30대에 중요한 정치적 지위를 얻었고 지금은 50대로 집권 여당에서 의사결정을 주도하고 있는 세력'을 가리키는 말이며, 넓게는 60년대 생으로 80년대에 대학을 나와 2~30대부터 연공급제의 혜택 속에서 차근차근 이력을 쌓으며 살아왔고 2021년 현재, 자신이 속한 조직의 상층부에서 정규직으로 일하고 있는 50대~60대 초반 (주로) 남성을 지칭하는 용어로 정리할 수 있겠다. 명시적으로 밝힌 것은 아니지만 이철승의 책에서도 양자를 오가며 이 용어를 사용하고 있고, 이 글에서도 어떤 부분에서는 좁은 의미로, 또 어떤 부분에서는 넓은 의미로 '386세대'라는 용어를 사용하기로 한다. 이들이 바로 지금 우리 사회의 상층부를 점유하고 있는 핵심적인 의사결정권자들이다.[7]

7 　김누리 교수는 "민주당 계열의 정당에서 '젊은 피'로 수혈되어 정치 활동을 시작한 정치적 세대"를 86세대로 좁혀서 지칭하며, 이들이 "이미 30대에 중요한 정치적 지위를 얻었고 지금은 50대로 집권 여당에서 중요한 정치 세력을 형성하고 있"다고 규정한다. 김누리, 『우리의 불행은 당연하지 않습니다』, 해냄, 2020, pp.96-97, 참조.
　그러나 이철승은 이들 세대를 '86세대'로 칭하자는 의견을 비판적으로 검토하며 "이 세대가 동시대 한국 사회에서 획득한 지배적인 위치와 그 결속력을 볼 때 하나의 출생 세대를 넘어 '세력'이자 '네트워크'로 불릴 만하다"는 견해를 유지하면서, 이들이 특히 '30대'부터 사회의 주류 세력으로 등장하여 20여 년 동안 사회의 주도권을 놓지 않았다는 점을 상기시키기 위해 '86'보다는 '386'이 적절하다고 판단한다. 이철승, 같은 책, p.33, 각주 참조.
　한편 '386세대'라는 용어를 사용할 때에 중요하게 고려할 것은 여성학자인 정희진의 지적이다. 그는 '386세대'라는 용어의 한계를 지적하며, 이 용어로 불리우는 사람들 중에는 "'실제 운동권'이 아니었던 이들도 많"고, "아무것도 안 한 사람이 학벌권력만으로 86운동권으로 '위장'해 배지를 달거나, 586 나이만으로 각계에서 민주화세력으로 행세하는 남·녀가 많다."고 지적한다. 그러면서 "수배 중 의문사, 군대 가서 의문사, 녹화(綠化) 사업(강제징집), 방황과 자살, 행방불명자, 고문 피해, 시위 중 상해가 이후 인생에서 넘치는 보상으로 연결된 경우"를 본 적이 없다며, 특히나 저 용어 안에 '여성'의 자리는 없었다고 단언한다. 정희진, 「민주화세대론의 서울 남성주의」, 『경향신문』, 2020, 8.19, 참조. (검색일: 2021, 6.10. https://www.khan.co.kr/opinion/column/article/202008190300075)

앞서 '공교롭다'는 말을 쓴 것은 이들의 성공이 "시민사회의 역사가 박약했던 한국 사회에서 강력한 권위주의 국가에 대항하고자 20대부터 '세대 네트워크'를 구축한 자발적 활동과 세계시장으로의 한국 경제의 도약기가 맞물린, 의도하지 않은 결과"[8]였기 때문이기도 하다. 이들은 다양한 기회가 열려있던 경제 호황기에 사회 진출을 했고, IMF 위기가 닥쳤을 때 산업화 세대(1930년대 후반~1940년대 후반 출생 세대)가 정리해고 되면서 새로운 기회를 얻었으며, 이후 총임금을 낮추기 위해 정부와 기업, 대기업 노조가 타협한 '파견법'과 '비정규직법'에 올라탐으로써 성 밖에 신규 진입하는 이들에게는 비정규직이라는 고통을 전가하면서 성 안의 내부자로서 정규직이었던 자신들의 임금 체계는 영향을 받지 않는 노동시장의 이중구조를 만들어

◇◇◇◇◇◇◇◇◇◇◇◇

8   이철승, 『불평등의 시대』, 문학과지성사, 2019, p.132. 또 다시 '세대론'이냐는 반론이 가능할 것이다. 실제 이철승은 관련 학회 발표에는 언제나 '세대 간 불평등보다 세대 내 불평등이 더 크게 문제이다'라는 지적을 받았다고 밝힌다. 즉 '세대'보다는 '계급'이 중요하다는 주장이다. 분명 이철승 또한 '세대 간 불평등이 세대 내의 불평등보다 더 큰 사회는 없다'는 것을 잘 알고 있다. 그럼에도 불구하고 청년들이 자신들의 고통에 대한 분노를 윗세대에게 표출하는 것에는 '세대론'의 이유가 있다고 본다. 첫째, 우리가 일상적으로 학교와 일터에서 마주치는 사람들은 나이와 세대로 구분된다. 특히 한국처럼 강한 유교적 위계구조를 가진 나라에서는 '세대 간 긴장과 갈등'이 두드러지고 계급 갈등이 세대 갈등으로 표출된다는 것이다. 둘째, 한국에서는 계급론자들의 기대와는 달리 위계와 착취 구조에서 고통받는 자들의 연대란, 연령은 달라도 계급이 같다는 차원에서의 동료의식에서 나오지 않고 오히려 '세대의 네트워크'를 통해 우선적이고 문화적으로 이루어진다. 셋째, 계급과 세대가 일치할 가능성을 봐야 한다는 것이다. 한 직장에서 30퍼센트의 정규직과 70퍼센트의 비정규직이 나뉘어져 있다면 30퍼센트의 다수는 4~50대 과장 이상 간부급일 경우가 많고 70퍼센트에는 2~30대 말단 사원일 경우, 계급과 세대는 일치한다. 특히 정규직 임원급 사원들이 비교 젊은 비정규직 평사원들의 생사여탈권을 쥐고, 직급과 연공으로 인해 높은 임금을 받는다면 이런 상황에서 계급과 세대는 분리가 불가능한 것이다. 넷째, 세대 간의 격차는 세대 내의 계급 차이를 만들어내는 기원이기도 하다. 특정 세대 내 특정 분파(예를 들어 386세대)가 전리품을 독점하게 되면 세대 간 불평등이 심화될 뿐만 아니라 전리품의 세대 이전과정을 거치면서 자녀 세대의 불평등까지 동시에 증가한다는 것이다. 이철승, 같은 책, pp.263-272, 참조.

냈다.[9] 이 과정을 거치면서 "정규직 노동과 자본이 중하층 하청 및 비정규직을 함께 착취하는" 구조가 완성됐다.[10]

결국 "386세대는 근 20년에 걸쳐 한국의 국가와 시장의 수뇌부를 완벽하게 장악했고, 아랫세대의 성장을 억압하며 정치권과 노동시장에서 최고위직을 장기 독점"[11]해왔다고 볼 수 있다. 이러한 상황에서 주목할만한 개념이 바로 '네트워크 위계'라는 말이다. 예를 들어 2019년 『한국경제』에 소개된 '1964년생-서울 사립대 83학번-대기업 부장인 A씨'의 경우, 같은 세대의 동년배들이 한꺼번에 전문 관리직으로 진출하면서 탄탄한 인맥 자산을 구축하였고, 그가 나온 대학이 전대협(전국대학생대표자협의회) 간부를 여럿 배출한 핵심적인 대학인데, 그 덕에 알고 지내는 전대협 출신 정치인 지인이 여럿이기도 하며, 한 다리 건너 아는 사람 중에 국회의원만 3명이 있고, 대학교수가 10명이 넘는 인적 네트워크를 형성할 수 있었으며, 이런 네트워크는 자신의 실적을 쌓고 경력을 발전시키는 데 도움이 되었을 뿐만 아니

---

9   1998년 민주노총과 한국노총은 '파견제'가 무엇인지 정확히 알지 못한 채 자본의 요구를 받아들여 '노사정 협약'을 체결했다. 파견제를 손에 쥔 기업의 엘리트들은 비정규직을 급속도로 확대함으로써 노동 시장의 분할 지배 체제를 가속화시켰다. 이철승, 같은 책, pp.298-299, 참조.
또한 대학을 나오지 않은 블루칼라 60년대 생의 경우, 50~60년대생이 주축이었던 현대차 정규직 생산직 노조의 사례를 참조해볼 만하다. 제조업 분야에서 대표적인 대기업 노조라고 할 수 있는 현대차 노조는 2000년 울산 공장에 16.9퍼센트까지 비정규직을 생산직에 투입할 수 있도록 합의했다. 이후 비정규직 비율은 30%에 육박할 정도로 올라갔지만 정규직 노조는 문제제기를 하지 않았다. "낮은 임금을 받고 일하면서도 업황에 따라 고용 인원이 변하는(다시 말해 사실상의 해고가 자유로운) 비정규직 노동자의 존재가 자신들의 안정적 지위를 위한 '해자' 역할을 했기 때문이었다." 조귀동, 『세습 중산층 사회』, 생각의 힘, 2020, p.208, 참조.

10   이철승, 위의 책, pp.92-95, 참조.

11   같은 책.

라 자녀의 대학 진학과 취업 준비, 봉사활동 및 인턴 등의 활동에까지 영향을 끼쳤을 가능성이 높다.[12] 더 나아가 주목할 만한 것은 "1960~1964년생의 2015~2016년 저축 성향은 타의 추종을 불허한다"[13]는 통계이다. 가처분 소득까지 높은 상태에서 저축으로 축적된 386세대의 자산 유동성이 "20년간 주기적으로 부동산 시장에 버블을 만들면서 자산 가격의 폭등과 폭락을 주도할 것으로 예상된다"[14]는 것이다. 실제 최근 정부의 반복적인 대책 발표에도 불구하고 부동산 가격이 폭등하는 사태를 연결시켜 이해해보자면 여기에는 우선 임대주택 사업자 혹은 법인사업자에게 각종 세제 혜택을 몰아줌으로써 부동산 정책에 커다란 구멍을 만든 정부의 정책 실패도 지적될 필요가 있겠지만 근본적 차원에서 문제점은 부동산 자산 가치의 상승을 기대하는 386세대의 영향력이 단기적인 것에 그치지 않고 앞으로도 20년 이상을 우리 사회의 난맥상을 주도하는 욕망의 저수조 역할을 할 수도 있다는 점에 있다.

3. '세대 내 불평등'까지 더해지다

결론적으로 '네트워크 위계'란 386세대가 가진 우리 사회 상층부의 다양한 인맥과 학연 등의 '네트워크화된 자원 동원 능력'이 한국 사회가 조직 운영의 원리로 채택한 '나이와 연공서열 중심의 위계 구조'와 톱니처럼 맞

---

12   조귀동, 앞의 책, pp.213-214. 참조.

13   이철승, 앞의 책, p.217.

14   위의 책, p.217, p.219.

물려 어느덧 우리 사회의 발전을 가로막고 특정 세대의 자원 독점을 공고하게 만들면서 아랫세대에게는 지배와 착취의 구조로 작동하고 있는 부정적인 상황을 지칭하는 용어라고 할 수 있다. 걱정스러운 점은 앞서 보았듯이 386세대의 '네트워크 위계'가 현재의 상황에만 제한적으로 영향을 미치는 것이 아니라 앞으로 한국 사회의 수십 년 미래에까지 영향력을 행사하리라는 점이다. 권위주의 국가에 대항하고자 했던 '저항 네트워크' 혹은 '세대 네트워크'가 자신들만의 '이익 네트워크'로 전환됐기에 가능한 일이다.[15]

물론 386세대가 우리 사회 민주화를 위해 헌신했고 이들이 바로 경제 위기 극복의 일원이었다는 점까지 부정할 수는 없는 일이다. 그럼에도 불구하고 "민주정부 하에서도 한국 사회는 근본적인 의미에서 보면 사실상 거의 개혁된 것이 없습니다. 재벌개혁, 노동개혁, 사회개혁, 교육개혁……. 무엇 하나 제대로 이루어진 개혁이 있습니까?"[16]라고 묻는다면 답할 말을 찾기가 어려운 것도 사실이다. 특히 정치권력에서의 386세대가 "도덕적 하자가 너무나도 분명한 수구 보수 세력하고만 경쟁해 왔기 때문에 항상 도덕적으로 우월"[17]하다는 '위험한 착각'을 지속했고, 자신들보다 왼쪽에 있는 사람들과 제대로 된 경쟁을 해본 적이 없기에 민주화 이후 우리 사회가 어떻게 발전해나갈 것인가에 대한 비전을 제시하지 못했다는 뼈아픈 지적[18]은 386세대의 성취와 태생적 한계를 되짚어보게 하는 대목이다.

문제는 비록 탑다운 방식일지라도 어느 정도 공정하게 과실을 분배하고, 세대교체를 통해 성장의 기회를 제공함으로써 다음 세대의 구성원을

---

15   위의 책, pp.107-109, p.132, 참조.

16   김누리, 앞의 책, p.102.

17   위의 책, p.105.

18   위의 책, p.106.

참여시켜왔던 '동아시아적 위계 작동 방식'에 커다란 균열이 생겼다는 점이다. "위계 구조 맨 아래에서 장시간 노동을 '착취'로 인식하지 않고, 묵묵히 자신의 차례가 오기를 기다렸던 젊은 세대가 '갈린다'라는 착취를 의미하는 표현을 쓰기 시작했다. (…) 현 청년 세대는 이전 세대가 당연하게 받아들였던 부장님과의 야근을 거부하기 시작한 첫 세대다"[19]라고 하는 말도 그래서 가능해진다. 다시 말하자면 착취를 당해도 그에 대한 어느 정도의 보상이 작동했던 호황기에는 은폐되어 있던 '네트워크 위계 구조의 모순'이 특정 세대의 장기 독점으로 '세대 간 계약'이 마침내 깨어지면서, 더 이상 참을 수 없는 '부조리한 권력형 위계구조'로 탈바꿈한 것이다.

게다가 386세대가 20대부터 통과한 시대와 지금 20대가 맞이하는 세계는 완전히 다른 세계임을 염두에 두어야 한다. 예를 들어 2015년 기준, 대학 졸업장을 갖고 있는 인구 대비 '상층('대기업/정규직/노조' 중 둘 이상 갖고 있는 직종인 상위 20%) 진입률 및 생존율'을 보면 386세대의 경우 51~55세는 117퍼센트, 56~60세는 135퍼센트이지만 26~30세의 경우는 53.4퍼센트에 그친다. 즉 현재의 20대는 2명 중 1명 만이 노동시장의 상층에 진입할 수 있지만 386의 경우는 대학 졸업장을 갖고 있을 경우, 그들이 사회에 진출할 때에는 2명 모두가 진입이 가능했고 심지어는 진입하려는 사람들보다 상층부의 자리가 더 남아돌았기에 비대졸자도 상층부에 충분히 진입할 수 있었다는 말이 된다.[20] 이처럼 아무리 열심히 해도 자신의 차례는 오지 않을 것

---

19 위의 책, p.228.

20 이철승, 앞의 책, p.239, 참조. "대기업·공공부문 정규직의 기회를 얻는 이들은 연간 7만 2,000명쯤 되며, 이는 동갑내기들 중 10퍼센트 정도로 추산된다. 따라서 오늘날 20대가 경험하는 불평등은 1퍼센트와 99퍼센트의 격차가 아니라 10퍼센트와 90퍼센트의 격차에 기인한다" (조귀동, 앞의 책, pp.8-9)는 말도 더 이상 낯선 말이 아니게 되었다.

임을 알아버린 세대에게 위계 구조하의 윗세대 권위란 이제 자신들의 이득을 공고히 하기 위해 신참자의 희생을 강요하고 무언가를 늘 가르치려고 드는 '꼰대질'로 여겨질 수밖에 없다. 그럼에도 성(城) 안에 있는 어떤 사람들은 무엇이 문제인지 알지 못한다.

성 밖의 젊은 세대로서는 불투명한 미래의 약속을 믿고 버티며 자신을 갈아넣는다는지, 보상을 기다리고 권리는 유보하면서 기성세대에게 복종하기보다는 당장의 실익과 권리를 챙기며, 위계에 동참하기보다는 차라리 빨리 손절하는 쪽을 선택하고, 부당하고 비합리적인 일에는 '프로불편러'로서 즉각적인 불만을 제기하는 편이 정당하고 현명한 일이 되었다. 격화된 경쟁 체제 속에서 '공정'을 중요하게 생각하고, 자기 것을 충실히 챙기며, 모험보다는 안정을 중요하게 생각하고, 힘든 일은 빨리 손절하는 것이 낫다는 것이다. 따라서 경쟁의 압력 자체가 완전히 달라진 시대에 20대에게 '충성심이 없고, 다른 사람을 생각하지 않고 자기 것만 챙기며, 자기 권리만 찾고 의무는 다하지 않고, 끈기가 없어서 힘든 일은 견디지 못하고 쉽게 포기한다'[21]는 말을 한다든지, '회사의 점심 시간은 공적인 시간이고, 싫어도 팀원들과 함께 해야 한다', '어린 녀석이 뭘 알아?'라고 생각한다든지, '회식 때 후배가 수저를 알아서 세팅하지 않고, 눈 앞의 고기를 굽지 않아서 화가 난다'라든지, '처음 만나는 사람에게 나이나 학번을 물어보고 이야기를 풀어나가야 속이 편하다'[22]와 같은 생각을 하고 있다면 그런 생각 자체가 세대의 한계에서 오는 것임을 인지할 필요가 있다. "80년대생까지도 어

---

21   임홍택, 『90년생이 온다』, 웨일북, 2018, p.153.

22   이상의 항목은 〈직장인 꼰대 체크 리스트〉 23개 중에 대표적인 몇 가지 내용이다. 임홍택, 위의 책, pp.149-150.

찌 보면 기존 세대들과 같이 (…) 장기적으로 자신의 이익에 도움이 된다면 강압적인 신입 사원 교육 과정을 인내하고, 권리는 잠시 유보할 수 있었다. 하지만 90년대생들은 강압적인 요구에 그들의 권리를 잃으려 하지 않고, 전체를 위한 소수의 희생은 합리적이지 않다고 생각한다"[23]는 말도 그래서 가능해진다.

덧붙여 한 가지 더 생각해볼 것은 '세대 간 불평등'에 더하여 '세대내 불평등'이 90년대생들에게 중요한 논점으로 부상하기 시작했다는 점이다. 여기서 다시 386세대를 호출할 수밖에 없는데, 왜냐하면 이들이 자신들의 경제적·문화적 자본을 90년대생인 자녀들에게 증여하면서 '가구 세대 간 부의 이전'이 이루어지고, 결국 같은 세대 내 자산불평등이 발생하기 시작했기 때문이다. "아직 세대 구성원의 상당수가 본격적으로 경제 활동을 시작하지도 않았거나 이제 막 시작한 1990년대 출생 세대(20대)에서, 노년층에 상응하는 자산 불평등이 확인되는"[24] 상황에 이른 것이다. 이것이 바로 흙수저, 금수저 논란으로 드러난 '(유사)신분계급화'[25]이다. 지금 대다수의 20대는 이미 출발선에서부터 신분이 나뉘어져 있음을 확인해야하고 그것의 대물림을 예감할 수밖에 없는 환경에서 살아나가게 된다. 즉 나의 계급적 위치가 자식 세대에게까지 대물림될 수 있음을 감각하고 있다는 의미에서 '(유사)신분계급화'의 공포감은 삶 속에 깊이 들어와 있다고 할 수밖에 없다. "90년대생들은 전문직이나 대기업 일자리를 가진 부모가 확보한 경제력과 사회적 네트워크, 문화자본을 바탕으로 명문대 졸업장과 괜찮은 일자리를

---

23   임홍택, 위의 책, pp.208-209.
24   위의 책, pp.211-212, 참조.
25   위의 책, p.233.

독식하는 '세습 중산층의 자녀 세대'를 처음으로 경험하는 집단이라고 할 수 있다. 바로 이것이 오늘날 20대가 경험하는 불평등이 이전 세대가 경험한 불평등과 질적으로 다른 이유"[26]이다.

그러니까 앞선 5~60년대 생들은 어떤 의미에서 모두가 공평하게 '가난했고', 그런 이유로 출발선이 비교적 엇비슷했다. 설사 격차가 있더라도 대졸자와 비대졸자의 임금 격차가 그렇게 크지 않았으며, 비대졸자에게도 제조업 등 노동 시장의 상층부에 진입할 기회가 열려 있었고, 출발선은 다르지만 인생 어느 시기에 열리는 기회들을 잡으면 역전할 기회를 만날 수도 있었다. 부모 세대보다 자녀 세대인 자신들의 미래는 더 나아질 것이라는 기대는 그래서 가능했다.[27] 하지만 지금 20대는 다르다. 첫 직장이 앞으로 자신의 평생 소득과 계급적 위치를 결정짓게 될 것임을 잘 알고 있고, 그렇기 때문에 20대에 엄청난 경쟁의 압력에 시달릴 수밖에 없으며, 앞으로의 삶에서도 역전의 기회란 거의 만나기 어려울 수도 있음을 (무)의식적으로 인식하고 있다. 세대 간 불평등이라면 어떤 의미에서 생애주기별 연령 효과에 의한 자연스러운 격차로 이해할 여지도 있겠지만 여기에 더하여 심지어 세대 내에서도 (특히 386세대의) 부모의 신분에 따라서 자녀에게까지 '신분 세습'이 이루어질 뿐만 아니라 자신의 자녀에게까지 신분이 세습될 가능성이 높다는 것을 예감한다면, 격차와 불평등을 일상에서 수시로 감각하

<hr />

26 조귀동, 앞의 책, p.147. 즉 386세대가 세습 중산층의 1세대를 이루었다면 90년대생은 그들의 교육 투자로 만들어진 세습 중산층 2세라는 의미이다. 문제는 세습 중산층 자녀가 '번듯한 일자리'를 독식하며 결혼, 주택 구입 등 생애주기에서 획득하는 기회마저 독점하는 '격차 고정'을 만들어내고 있다는 점에 있다. 같은 책, p.12, 참조.

27 물론 50년생과 60년대생은 또 다르다. 60년대생으로 넘어가면서 번듯한 일자리는 대체로 대졸자의 차지가 되고, 거기에 소수의 대공장 정규직 생산직 노동자가 고임금의 안정된 일자리를 확보하는 구조가 만들어졌다. 조귀동, 같은 책, p.11, 참조.

고 경험하는 일은 이제 차원이 다른 문제가 되는 것이다. 이렇게 보자면 문제는 386세대이기도 하지만 이들이 자신들이 자녀를 "적합한 '능력'을 갖추도록 독려하고, 교육 제도를 잘 이용해 새로운 경제 여건과 시대 상황에 걸맞는 '인재'로 키워내는 데 성공하는 것 그 자체"[28]이기도 한 것이다. '부조리한 네트워크 위계 구조'와 '(유사)신분계급화'가 촘촘하게 그물망을 이루고 있는 숨 막히는 사회. 이것이 바로 90년대 생이 만나게 된 현실이다.

4. 손에 잡히는 것은 없고—'실감의 무화'

상황이 이러하다면 상층을 제외한 대부분의 20대에게 이 세계는 어떤 방식으로 감각될지 짐작해볼 수 것 같다. 이런 현실이라면 앞서 조해주의 시적 화자가 앞서 정리했듯 "관계의 망으로 들어가기를 거부하며 관계가 발생하더라도 숨 쉬기 위해 타인과 지속적으로 어긋나면서 여분의 자리를 만들어야 겨우 생존할 수 있다는 절박감"을 느끼는 것은 어쩌면 당연하지 않을까? 이미 80년대생 시인들에서부터 나타나기 시작한 '미래에 대한 기대 없음'이 어느 정도 해소가 되거나 다른 방식의 대안적인 통로를 찾는 방식으로 약화되었다기보다는 지금 현실에서는 더 빡빡하고 촘촘하게, 숨막히는 형태로 심화되었다고 보는 편이 타당한 것 같다. 수직적 차원에서는 '네트워크 위계'가 성 안의 진입을 가로막고, 수평적 차원에서는 '(유사)신분계급화'가 작동하면서 일상적 차원에서까지 끊임없이 촘촘하게 격차와 불평등을 환기하고 있는 숨 막히는 현실. 90년대생 몇몇 시인들이 갖게 되는

---

28   조귀동, 같은 책, p.289.

공통적인 감각 중 하나가 어쩌면 '실감(實感)의 무화', 즉 '현실감이 사라지고 자신이 점점 희미해지고 있다는 비현실감'이 아닐까 싶은 장면들이 자주 포착되는 것도 그래서일 것이다. '나'는 존재감이 없고 그것은 내 곁의 타인도 마찬가지이며, 손에 잡히는 모든 것들이, 심지어는 자기 자신의 감정마저 자기 것이 아니라 남의 것처럼 낯설게 느껴져서 이미지와 감정에 깊이가 사라지는 어떤 이상한 감각 말이다.

실제로 최근의 어떤 젊은 시인들의 시를 읽다보면 시적 자아와 그가 경험하는 상황이 묘하게 어긋나 있는 것은 물론 시적 주체의 차원에서도 자기 정체성과 감정이 하나로 붙어서 긴밀하게 작동하지 않고 무언가 고장이 난 것처럼 서로 분리되어 있는 것을 자주 확인할 수 있다. 예를 들어 92년생으로, 2014년 『현대문학』으로 등단한 양안다 시인의 작품을 보자.

어느 날 교정을 걷다가 이곳이 영화 속이라는 걸 알아버렸다

하고 싶은 말을 삼키고 나를 속일 때마다 나뭇잎이 떨어지고

누군가가 너의 목소리를 모사한다, 나 역시 당신의 발목이기도 했으니까,
같이 춤을 춰요 그대

옅어지는 호흡

마음에 대해 이야기하면 마음에 대해 무지하다는 사실만 깨달았다

누가 내 옆에 있는 줄도 모른 채 억지로 웃어 보이고

고백해야 할 이야기가 떠오르면
떠오르는 생각들이 누군가가 쓴 각본일까봐

분수대에서 물이 솟구치고 그걸 바라보는 너라는 이름의 누군가를
바라보고

너의 이름을 부르지 않기 위해

분수대의 물은 계속 모양을 바꾸고 있었다 분명 아름답다는 말을 해야 한
는데

떨어지는 나뭇잎은 떨어지는 일을 하는 중

어디선가 나를 부르는 소리가 들렸다
나는 고개를 돌리지 않으려 애쓰고

계속 숨이 막혀서

분명 너를 기다리고 있었는데

—「전주곡」 전문 (『작은 미래의 책』, 현대문학, 2018)

　인용시를 읽다보면 이상하게도 자신의 존재가 실감되지 않고 마치 영
화 속 한 장면 속에 있는 것 같은 감각으로 자아를 인식하고 있는 장면을
발견한다. '영화 속에 있는 것 같은 묘한 비현실감'이야말로 양안다 시인의

장기라고 할 수 있는데, 시적 주체는 하고 싶은 말도 입 밖으로 내지를 못하고 어디서 들려오는지도 불분명한 환청과도 같은 목소리에 자꾸 시달린다. 너를 기다렸고, 그런 네가 여기 도착해서 나를 부르는 것 같아 고개를 돌려야하는데 자신이 속한 이 장면 모두가 각본 같고, 가짜 같아서 시적 화자는 고개를 돌리지 않기 위해 애쓰고, 그럴수록 숨은 막혀온다. '너'의 존재 또한 실감이 없고 환영처럼 불투명하고 부옇게 처리될 뿐이다. 따라서 이런 감수성의 시를 읽다보면 시를 읽고 나서 선명하게 어떤 '이미지'가 남는다기보다는 모든 것이 다 끊어진 상태로 부유하는 손에 쥐어지지 않는 막연한 '흔적'만이 존재하게 된다. 그리고 무엇보다 확실한 건 시적 자아의 존재감 자체가 뭐라고 말할 수 없을 정도로 약화되어 있다는 점이다.[29]

이 독특한 비현실의 미감. 다시 말하자면 '자아의 비현실감'. 지금 이러한 '자아의 비현실감'에 주목하는 이유는 내가 2015년에 발표한 「기대가 사라져버린 시대의 무기력과 희미한 전능감」이라는 글을 통해 황인찬과 송승언의 작품 세계를 중점적으로 살피면서 이들 작품은 '미래에 대한 기대가 사라진 몰락하는 중간 계급'의 정서를 기반으로, 'A의 뒤에는 아무것도

---

29 사실 양안다의 시에 대해서라면 나는 그의 두 번째 시집 해설에서 '이인증(離人症)의 세계'라는 말로 설명한 바 있다. 요약해보자면 이인증이란 이상하게 모든 것이 텅 비고 허무한 것처럼 느껴지면서 현실감을 잃은 상태로, 자신에게 일어나는 현상은 물론이고 보고 듣는 모든 것을 남의 일처럼 데면데면하게 느끼는 것을 말한다. 예를 들어 강도를 당했을 때 마치 영혼이 자신의 육체에서 분리되어 빠져나온 것처럼 하늘로 떠올라서 바닥에 쓰러져 있는 자신의 육체를 바라보는 것과 같은 묘한 상태라고도 말할 수 있겠다. 양안다의 작품 전체를 읽다보면 '현실의 텅 비어 있음'과 '미래의 불확실함에 대한 두려움'이 트라우마적 상황을 만들어냄을 확인할 수 있다. 바로 이 두 가지 트라우마적인 상황에서 자신을 보호하기 위한 방어기제의 하나로 양안다의 작품 속 시적 주체는 자신이 마치 영화 속에 있는 것 같은 비현실감을 시의 주된 정조로 작동시키고 있음을 알 수 있었다. 박상수, 「불가항력 이후, 예지하기를 멈추지 않을 것」, 『백야의 소문으로 영원히』 해설, 민음사, 2018, pp.161-173, 참조.

없다', 혹은 'A는 다시 A로 돌아올 뿐이다'라는 감각 속에서 씌어지고 있음을 이야기한 적이 있기 때문이다. 이들 시에는 있어야 할 것들이 대부분 '부재'하고 있으며, 끊임없이 그것을 확인하는 장면들이 반복되고, 그래서 은유도 상징도 고장나버린 담백한 미니멀리즘의 문장들이 등장하게 된다. 다른 삶에 대한 기대가 사라졌기 때문에 A말고는 다른 것을 상상할 수 없는 실패의 감각의 문장이나 수사법의 차원에까지 반영된 것이다. 결국은 무의식적으로 계급 상승의 욕망은 좌절되고 미래의 발전 가능성이 막혀 있음을 알고 있기에 차라리 모든 대상과 '신성한 격리감'을 유지한 채로, 가만히 두고 보는 길, 즉 아무 것도 하지 않으면 아예 실패를 경험할 일도 없기 때문에 '아무것도 하지 않는 것의 전능감'을 선택했다는 분석이었다. 역설적으로 이것이야말로 '몰락하는 중간 계급'의 계급적 추락을 잊게 만드는 일종의 시적 대응이자 자구책이기도 하였다.[30]

그러나 90년대 생인 양안다와 비교해보자면 80년대 생인 황인찬과 송승언의 시집 속 시적 주체들은 비록 '아무것도 하지 않는 것의 전능감' 속에 머무르기는 하였지만, 어떤 의미에서 바로 그런 방식으로 '시적 주체의 존재감과 실재성'을 그나마라도 지켜낼 수 있었던 것이 사실이었다. 차라리 아무것도 선택하지 않고, 아무것도 실행하지 않는 방식으로 상처받는 일과 실패의 가능성을 유보하면서 그것을 슬프지만 아름답게 그려냄으로써 '자아를 보존'할 수 있었던 것이다. 하지만 '부조리한 권력형 위계구조'와 '(유사)신분계급화'가 더 강력한 힘을 행사하는 촘촘하고 숨 막히는 현실에서 살아온 90년대 생 몇몇 시인들은 이제 시적 주체의 존재감이 더욱 약

---

30 박상수, 「기대가 사라져버린 시대의 무기력과 희미한 전능감에 관하여」, 『너의 수만 가지 아름다운 이름을 불러줄게』, 문학동네, 2018, 참조.

화된 상황에서 자신의 존재성을 거의 희미하게 그려내고 있다고 말하는 편이 옳을 것 같다. '하지 않기를 선택하는 것'은 그래도 현실적 영향력을 끼칠 수 있지만 이제는 무얼 해도 현실에 영향력을 끼칠 수 없는 90년대 생 시인들의 현실감각이 '실감(實感)의 무화'와 '자아의 비현실감'으로 나타났다는 말이다.

5. 버추얼화된 자아와 메타인식의 출현

그런데 한국시는 어느덧 '자아의 비현실감' 상태를 지나서 '자아의 가상화(假像化)' 혹은 '자아의 버추얼(virtual)화'로 진행되는 것으로 보인다. 그러니까 '자아의 비현실감'을 좀 더 적극적으로 밀고 나가면 일종의 '자아의 버추얼(virtual)화'와 만나게 된다는 말이다. 현실적 측면에서 자아의 성장을 위해 무언가를 시도해볼 구체적인 기회도 가능성도 막혀있으니 차라리 비현실적으로 약화된 자아를 가지고 가상공간에서 유희적으로 뭔가를 해볼 수 있는 가능성만이 남았다고 할까. 관련하여 최근 눈에 띄는 시집이 바로 문보영의 『배틀그라운드』(현대문학, 2019)이다. 1992년에 태어나 2016년 〈중앙일보〉로 등단한 문보영의 두 번째 시집 『배틀그라운드』는 실제 〈배틀그라운드〉라는 게임의 설정과 세계관을 시집 전체의 핵심 소재이자 모티브로 적극 차용한다. 한국 시에서 게임을 암시적으로, 혹은 서브텍스트로 참조하지 않고 이렇게 구체적이면서도 전면적인 방식으로 내세운 시집으로는 거의 최초의 작업이다.

원래 '대혼전, 큰 사투'를 뜻하는 '배틀 로열'장르의 게임인 〈배틀그라운드〉는 PUBG 주식회사에서 개발하고 2017년 크래프톤에서 발행한 서바이

벌 슈팅게임으로, 100인의 플레이어가 '8km*8km'의 공간에서 총기와 부품, 회복 아이템을 파밍(farming, 수집)하고 전투를 벌여 최후에 살아남는 1인이 승자가 되는 게임이다. 특이한 것은 포스트-아포칼립스 상황을 배경으로 펼쳐지는 이 게임에서는 극적 긴장감을 극대화하기 위해 플레이어가 어느 맵(지역)에 떨어질지 모르는 상황과 상대 플레이어에 대한 정보를 은닉하는 방식으로 불확실성을 높이고, 동시에 안전지대라고 할 수 있는 하얀색 원이 맵의 어느 곳에 생길지 알 수 없으며 심지어는 플레이어에게 데미지를 입히는 자기장의 영역이 늘어가면서, 상대적으로 이 하얀색 원이 점점 줄어준다는 제약을 만드는 쪽으로 설계되었다는 점이다. 결국 플레이어는 원 안으로 들어가야 데미지를 받지 않고 싸울 수 있기에 계속 원을 향해 이동하게 되는데 그 과정에서 위치가 발각되고 다른 플레이어와 필연적으로 빈번하게 전투를 하면서 최후의 1인이 되기 위한 싸움을 펼쳐나가야 한다.[31]

사실 포스트-아포칼립스를 배경으로 한 서바이벌 게임은 언제나 현실에 대한 적절한 알레고리로 해석될 여지가 충분하다. 문보영의 『배틀그라운드』 역시 자신들이 왜 여기 추락하게 되었는지 알 수 없는 상태로 생존 게임에 내던져진 '송경련'과 '왕밍밍'이 사람답게 살기 위해 원 바깥으로의 탈출을 시도해보기도 하지만 그것은 결국 죽음으로 귀결되기 때문에 살기 위해서는 어쩔 수 없이 원 안에 남아 전투를 수행하게 되는 과정의 다양한 에피소드와 이야기로 진행된다. '킬'을 당한 이후에도 다시 리플레이할 수 있는 게임의 특성은 둘의 관계에도 반영되며 죽고 다시 사는 과정을 반복하며 어느덧 두 사람은 사랑의 감정을 확인하고 함께 생존을 위해 싸워나

◇◇◇◇◇◇◇◇◇◇◇◇◇

31   안진경, 「배틀로얄 장르의 게임 다이나믹 고찰-〈배틀그라운드〉를 중심으로」, 『Journal of Korea Game Society』 17(5), 한국게임학회, 2017. 10. 참조.

가지만 결국 영원히 살 수는 없음을 알게 된 순간, 송경련은 죽고 왕밍밍은 그런 송경련을 버려둔 채 자신의 생존을 위해 언덕을 올라 달아나는 장면으로 시집의 서사는 끝이 난다.

그러니까 이 시집은 〈배틀그라운드〉를 차용하고 그 세계관 안에서 생존을 도모하는 두 명의 인물을 등장시켜 서사구조를 가동시키는 순간부터 이미 지금의 자기 세대가 경험하는 세계의 가혹함과 만인에 대한 '투쟁' 혹은 '전쟁'으로 감각되는, 도저히 이유를 알 수 없는 부조리한 생존 투쟁에 내몰린 현실에 대한 선명한 알레고리로 작동하게 되는 것이다. 어쩌면 게임이라는 장르와 가장 거리가 먼 것처럼 보였던 시에서조차 문보영처럼 게임의 세계관과 설정을 그대로 반영한 한 권의 시집이 가능해진 것에는 여러 가지 이유가 있을 것이다. 우리를 둘러싼 현실이 실체를 가진 것들보다는 비실체적인 기호 조작으로 가동되는 경향이 높아져 리얼리티 감각에 변화가 일어났기 때문이며, 게임에 익숙한 세대가 등장하고 게임적 리얼리티가 이들 세대에게 일반화되면서 이들이 자신과 현실에 대해 이야기할 때 게임을 이용하는 일이 전혀 어색하지 않은 상황이 된 것이다. 하지만 무엇보다도 "자기 자신"이나 '신체'라는 감각이 (…)'게임'과 같은 버추얼virtual한 것으로 느껴진다는 사실은 동시대적인 구조 변동의 결과"이며 "자기, 실존, 신체가 이제까지와는 다른 것으로, '실제로 변화되어 버렸'기 때문"이 아닐까?[32]

'네트워크 위계'와 '(유사)신분계급사회'의 숨 막히는 현실에서 '버추얼

<hr>

32   후지타 나오야, 선정우 역,『좀비 사회학』, 요다, 2018, p.106. 이 책에서는 신자유주의적 노동환경의 변화와 게임 체험을 연결시켜 인간 실존의 변화 양상을 '좀비'와 연결시킨다. '좀비'야말로 대중문화 영역에서 가장 최전선의 문화적 메타포로 해석해낼 수 있다는 것이다.

화된 자아'는 일면 충분히 이해할만한 귀결처럼 보인다. "현실에서는 기회 비용 때문에 얻을 수 없는 수많은 실패의 경험이 가상에는 있습니다. 그런 것들이 오히려 풍부해야 현실이 재미있어지는데 현재는 그러기가 불가능해요. (…) 현실에서는 뭔가를 해도 능력치가 오른다거나 스킬이 늘어나지 않아요. 노력해도 얻는 게 없어요. 게임 안에서는 조금만 투자하면 능력이 수치화되고 캐릭터의 외형을 보이잖아요."[33]와 같은 말에서도 알 수 있듯이 지금의 현실에서 여러 번 실패하며, 그 실패를 딛고 경험을 축적하며 더 나은 단계로 성장하는 삶을 기대하기는 어려워졌다. 하지만 게임에서는 가능하다. 이 대목에서 우리가 주목해야 할 것이 '자아의 버추얼(virtual)화'이며, 자신들이 경험하는 현실을 그리기 위해서 게임보다 적절한 것이 없는 상황이라면, '실감이 무화'되면서 '흐릿해진 자아'를 시 속에 등장시키는 일도 어색하지 않은 일이 된다. 여기에서 일종의 '메타화'[34]가 겹쳐서 발생한다.

도망가는 자는 사방을 딛고 자기 자신을 즐긴다. 즐기다 들키는 것까지 포함해서 즐긴다. 사망 후 데스캠*으로 본다. 날 죽인 사람의 시점으로 죽기 직전의 나를 보는 건 유익하다. 나는 무너진 건물 창턱에 앉아 있었구나. 그것도 도망이라고. 왜 죽였는지는 묻지 말고 어떻게 죽였는지만 배우면 된다. 저렇게 먼데 죽였다고? 배율의 문제. 너무 멀잖아. 부조리해. 핵쟁이의 짓인가. 나는 도망치고 있구나. 문을 놔두고 창문을 타고 드나들면 열심히 사는 기분

---

33 고주희·김건영·이찬·이현승·장석원·전영규·조대한 대담, 「이후의 정념들」, 『계간 파란』, 2020년 여름호, pp.192-194, 김건영의 말.

34 위키백과에 따르면 메타(영어: meta-)는 영어의 접두사로, 다른 개념으로부터의 추상화를 가리키며 후자를 완성하거나 추가하는 데에 쓰인다. 인식론에서 접두사 meta는 "~에 대해서"라는 뜻으로 쓰인다. 이를테면 '메타데이터'는 '데이터'에 대한 데이터이다.
(검색일: 2020. 8.8. https://ko.wikipedia.org/wiki/%EB%A9%94%ED%83%80_)

이 들었거든. 원에 대한 악감정은 없지만 다른 데 봤다. 연약함을 처리해야 할 때. 멀리 있는 사람은 아름답고 밋밋해. 밤은 기장이 길고 나는 인간에게 익숙하지 않은 물건이므로 잠시 일그러진다. 먼 거리에 중독되기 시작한다. 눈이 마주칠 때 나보다 오래 머무는 건 너의 나쁜 성격에 속한다. 아무것에도 중독되지 않는 사람은 지루해. 나를 봤다. 죽는 순간의 나를 본다. 상처와 취미의 문제. 죽는 순간. 나는 폭소하는 빵이구나.

　　　　—문보영, 「배틀그라운드-사후세계에서 놀기」(『배틀그라운드』, 현대문학, 2019)

　　죽음은 생명체에게 일회로 완결되는 특성 상 강력한 정서적 충격을 주고 우리 삶의 유한성을 가장 깊이 있는 차원에서 성찰하게 만드는 중요한 사건 중 하나이다. 그런데 게임 속 캐릭터의 죽음은 현실의 죽음에 비하자면 훨씬 부담이 적은 다발적인 사건 중 하나이다. "죽음에 대해서도 쉽게 말할 수 있는 것이 가상현실이거든요. 잘 죽을 수 있어요. 여러 번 반복해서요. 이 죽음의 체험이 어떻게 보면 가상에서는 생각보다 피로하지 않아요. 오히려 그것이 콘텐츠가 되기도 하고."[35]와 같은 말에 기대어 생각해보자면 그것은 나의 어떤 부분을 일정 정도 반영한 것으로 여겨지는 게임 캐릭터의 죽음을 바라보고 있는 '또 다른 나'가 있기에 가능한 일이다. '죽은 나'와 '그 죽음을 바라보는 나'가 분리되어 있기 때문에 나의 죽음은 다음에는 어떻게 더 잘 죽을 수 있을지 반복해서 고민할 수 있는 고민의 대상이 되는 것이다. 게임 체험이 새로운 세대에게는 일종의 공통 감각으로 작동하면서 더 이상 매니악한 가상 체험으로 남는 것이 아니라 현실의 부족한 경험을 대체하는 또다른 리얼한 감각으로 보편화되면서, '버추얼화 된 자아를 메

◇◇◇◇◇◇◇◇◇◇◇◇◇◇

35　　김건영, 앞의 글, p.193.

타적으로 인식하는 상상력'이 어느덧 한국시에서도 매우 자연스러운 하나의 방법론이 되었다고도 말할 수 있겠다.

이런 관점에서 인용시에 등장하는 죽음은 그야말로 버추얼화된 자아가 등장하는 메타화된 죽음이다. 각주 설명을 빼놓았지만 '데스캠'은 플레이어인 내가 죽어도 적의 시점에서 내가 어떻게 죽었는지 살펴볼 수 있는 기능이다. 게임 자체가 일종의 메타화된 체험을 제공하고 있는 것인데 이처럼 게임 내에서 죽는 것은 기존에 우리가 알던 죽음에 대한 감정적 동일시와는 다른 방식의 감정 체험을 제공한다. 나의 죽음은 나에게는 심각한 일일 수도 있지만 적의 관점에서라면 "폭소하는 빵"처럼 한 존재가 우스꽝스럽게 '빵'하고 터지는 일일 수도 있는 것이다. 물론 여기에 어떤 자조와 씁쓸함이 없는 것은 아니지만 그런 감정조차 깊이 몰두하지 않고 그것을 '사후 세계에서 놀기'라는 유머러스한 태도로 그려내고 있다는 것이 이채롭다. 인상적인 것은 이런 메타적 인식이 도입되면서 '육체'와 '감정'이 분리된다는 데에 있다. 즉 나의 죽음을 보는 일이 굉장한 충격적인 경험이 아니라 유머와 농담으로 넘어갈 수 있는 사소한 사건 혹은 반복적 감상이 가능한 다발적인 사건으로 다룰 여지가 생긴다는 점이다.

바로 이런 방식이 바로 90년대 어떤 시인들의 감정처리법이자 생존방법인 것으로 보인다. 이 한정된 맵 안에서는 원 밖으로 나가도 죽지만 원 안에 들어가려고 애써도 시간이 늦춰질 뿐, 어쨌든 죽게 되어 있다. 최후의 1인 말고는 모두 죽는 것이 이 게임의 설계방식이니까. 실패는 어디서든 이미 예정되어 있고 나의 죽음조차도 타인에게는 빵이 폭소하는 것처럼 우스꽝스러운 일로 보여질 수 있다. 그렇다면 이제는 어떤 한 가지 일에 몰두하여 나의 전부를 쏟아넣는다든지, 혹은 정서적으로 강하게 동일시하여 온 힘을 다한다든지 하는 것은 의미 없는 일이다. 육체와 감정을 분리하고, 노동과 나의 정체성을 분리하며, 타인과 나와의 관계에서도 강한 결속 대신 적절한 분리를 수행하며 불필요한 감정적 무게를 덜어내는 쪽으로 움직여야 한다. 그래야 상처를 덜 받기 때문이다. 우리는 이것이 일정 정도 게임적 리얼리즘의 상황이 일반화된 것에서 오는 현상이기도 하지만 어느 정도는 생존을 위해 의도된 '육체-감정'의 분리라고 생각한다. 즉 문보영의 화자는 심각한 상황에서 오히려 유머와 농담으로 상황과 자신을 분리하여 깊은 몰입을 비켜가는 일을 자주한다.

인용시에서 "죽는 순간. 나는 폭소하는 빵이구나"도 그러하지만 예를 들어 "널 사랑해, 널 좋아하진 않지만."(「배틀그라운드-원」), "3)지구가 한 바퀴 돌 때마다 할부로 죽고 있다는 가치관/4)없이도/5)잘 살았다"(「배틀그라운드-겹친 3년·1」), "송경련: 충치를 뽑았을 뿐이야 세상은 커다란 입이고 인간이 자라서 충치가 되면 누가 뽑아버리는 거라고. 우리는 모두 충치야/왕밍밍: 네가 사랑했던 사람의 머리색은 뭐였니?"(「배틀그라운드-게으른 기억」)와 같은 대목들에서 알 수 있듯이 심각한 상황이 등장하면 여지없이 그 다음 문장에서 농담이 나오거나 시선이 돌리는 문장들이 이어지고, 슬픈 상황은 버추얼화된 자아를 메타적으로 인식하는 과정을 거치면서 즐길 수 있는 어떤 것으로 변모해버린다. 이렇게 보자면 문보영의 시에서 '농담'이 나오는 곳에는 늘 '불안'이 잠재해있음을 알 수 있다. 그럴 때마다 문보영의 시적 화자는 그 불안과 진지한 감정에 '마스킹'[36]을 한다. 육체와 감정, 상황과 감정을 분리하고 스스로의 감정 몰입을 차단하는 것이다.

---

36 "'마스킹'이라 함은, 신체는 느끼고 있는데 의식은 느끼지 않는 상태라고 생각하시면 될 것 같습니다. 예를 들어, 화재가 일어났을 때나 사고를 당한 바로 그 순간은 고통을 느끼지 않거나, 고통이 일시적으로 없어진다는 사실이 경험적으로 알려져 있습니다." 후지타 나오야, 앞의 책, p.107.

그렇다면 '버추얼화된 자아'의 죽음을 왜 이렇게 반복하면서 메타적인 인식을 더해 이 모든 풍경을 기술하는 것일까? 비유적으로, 좀비 게임에 몰두하여 좀비를 계속 죽이는 플레이어가 얻는 쾌감이란 "이미 '중독증 좀비'인 플레이어 본인이 '중독증 좀비'를 버추얼(가상) 속에서 살육함으로써 간신히 본인이 인간이라는 사실을 확인하고자"[37]하는 것이라고 말해볼 수 있지 않을까? 즉 현실에서는 이미 죽은 것처럼 살아가는 '비실감의 자아'가 그래도 아직은 살아 있다는 감각을 얻기 위해 게임 속 버추얼화된 자아의 죽음을 메타적으로, 또한 반복적으로 그려낸다는 것이다. 농담처럼, 유희처럼, 가볍게. 즉 버추얼화된 자아는 죽었지만 그것이 죽었다는 것을 아는 인식이 발생하려면 그 바깥에서 메타적으로 그것을 바라보고 있는 현재의 자신이 필요하기 때문에 메타적 인식이 반복된다고 할까. 80년대 생 몇몇 시인들이 'A의 뒤에는 아무것도 없다', 혹은 'A는 다시 A로 돌아올 뿐이다'라는 구조 속에서 자아를 감각했다면 90년대 생 어떤 시인은 'A는 죽었고 A의 죽음을 메타적으로 인식하는 또 다른 A인 내가 있다면 나는 간신히 살아 있다'라고 느끼는 것일 수 있겠다는 말이다. 여기서 '간신히'라는 말이 중요하다. 메타적 인식의 과정을 거쳐 그 죽음 바깥의 내가 살아있음을 감각하더라도 그 '나'조차 이미 죽은 '가상의 나'와 별로 다르지 않은 환경에서 살고 있으며, 또한 앞으로도 살아갈 것임을 이미 알고 있기 때문에 이런 감각이 가능한 것이다. 확실한 것은 아무 것도 없고 모든 것은 액상화되어 있으며, 더더욱 도망칠 곳은 없고, 그럼에도 불구하고 '내가 살아 있다'는 감각을 어떻게 해서든 느끼기 위해서라면 이 폐쇄된 세계 안에서 '~에 대한/또 ~에 대한/다시 ~에 대한……'을 되풀이해서라도 가상의 생존 공간, 잠깐의

---

37   위의 책, p.174.

안전지대를 만들어내야 한다고 바꾸어 말할 수도 있겠다.

6. 준최선의 롱런

문보영 시인은 2016년 등단 이후 4년 동안 두 권의 시집과 세 권의 산문집을 출간하였다. "시도 쓰고 춤도 추고 일기 딜리버리도 하고 브이로그도 하고 1인 문예지도 만들고 전국 북토크도 다니고 산문집도 쓰"[38]면서 살아왔다. 일반적인 관점에서 보자면 정말 열심히 살았다고 할 만한 내용들이 아닌가? 시인도 그런 말을 들었던 적이 있는지 "그렇게 많이 하고도 안 힘드냐"는 주변의 질문에 대해 이런 대답을 내놓는다. "최선을 다하지 않는 것 같습니다"라고. "매 순간 최선을 다해 번아웃되지 않고 최선 직전에서 어슬렁거리며 간보기. 준최선으로 비벼 보기. 멀리 봤을 때, 최선보다 준최선이 가성비가 더 좋을지도 모른다"는 말이다.[39]

그러니까 조해주 시인이 생각으로 행동을 대체하며 방 안에 머물기를 선택하거나 타인과 어긋나는 방식으로 빈틈을 만들어내며 이 현실을 살아가고 있다면 문보영의 경우 최선이 아니라 준최선의 태도로 롱런하기를 바라며 시 속에서 버추얼화한 자아의 유희와 끊임없이 자아를 메타화를 펼친다. 양안다 역시 실감이 무화된 희미한 세계를 슬프고도 아름답게 그려내며 '행동하는 나'와 '관찰하는 나'로 자신을 분리하여 사유와 감각의 공간을 만들어내고, 텅 비어 있는 이 현실과 미래의 기대가 사라진 현실이라는

---

38   문보영, 「준최선의 롱런」, 『준최선의 롱런』, 부키, 2019, pp.31-32.
39   위의 책, pp.32-34.

트라우마에 나름대로 대처하고 있는 것이다. 모두가 이 시대를 살아가기 위한 이들 세대의 생존전략이자 시적 방법론인 셈이다. 이것은 너무 소극적인 삶인가? 이것은 너무 민감하고 연약하기 짝이 없는 퇴행적 자아의 모습인 걸까? 방으로 숨어들지 말고 현실로 나와서 행동하라고 누군가 충고해야 하는 문제인 걸까? 여기에서 자신의 공황장애와 우울증을 고백하며 그 기원이 어디에 있었는지도 적어둔 문보영의 글을 좀 더 읽어보자.

> 내가 정신과를 찾아가게 된 건 몇 가지 트라우마 때문이다. 갓 등단한 신인에게 문단은 이상한 곳이었다. 습작생 시절에 겪었던 일들, 갓 등단하고 경험한 폭력에 대한 기억이 나를 곪게 했다. 미투가 터졌을 무렵, TV를 켜거나 휴대폰 전원만 켜도 트라우마가 고개를 들었다. 갓 등단한 젊은 시인에겐 지면을 잃는 게 가장 두려운 일이었다. 그래서 아무에게도 말하지 않고 몇 년을 지냈는데, 시간이 흐르면서 상처가 곪아 공황이 찾아왔다. 안 좋은 기억은 보통 뒷풀이나 문단 술자리와 연관되어 있기 때문에, 누군가 술자리에 나오라고 하거나 행사 뒤풀이에 참여하라고 말하기만 해도 경기를 일으키곤 했다. 혹은 작품 청탁과 관련해서 연락했던 중년 남성 시인이, 이후에도 수시로 연락해 남자친구가 생겼는지 확인하다가, 애인이 생겼다고 하자 청탁을 끊어버렸을 때에도 마찬가지였다. 작은 위협에도 더는 견딜 수 없는 사람이 되어버렸고, 사람들의 연락을 두려워하는 인간이 되어버렸다.[40]

이 글을 읽고 우리가 확인할 수 있는 것은 '부조리한 동아시아 위계 구

40 문보영, 「우리는 영혼도 계절이 같았던 것이다」, 『사람을 미워하는 가장 다정한 방식』, 쌤앤파커스, 2019, pp.113-114.

조'의 측면에서라면 '한국 사회'나 소위 '한국 문단'이 별로 다르지 않았다는 점일 것이다. 특히 젊은 여성 시인들에게 한국 문단이라고 하는 곳은 중년의 남성들이 지배하는 지극히 위협적이고 위계적인 공간에 불과했다고도 말할 수 있겠다. 위계 구조의 목적이 "체제의 안정적 적응을 주도하는 지배 (엘리트) 계층이 부와 권력의 불평등한 분배 및 수취의 구조를 정당화하"[41]는 데에 있다면, 20대의 젊은 시인이 처음으로 만나게 된 '문단'은 그야말로 한줌도 안 되는 부와 권력(그러나 신참자에게는 실질적인 위협이 되는 두려운)을 가지고 있는 '지배 계층'이 '지면'이라는 기회를 제공한다는 명분으로 불평등한 수취의 구조를 강요하고 아무런 제약 없이 자신의 위계를 사용하여 20대의 젊은 여성 시인을 착취하고 공포에 몰아넣는 일이 일어나는 공간이었다는 점이다. 이 두렵고도 어처구니없는 경험들 때문에 "작은 위협에도 더는 견딜 수 없는 사람이 되어버렸고, 사람들의 연락을 두려워하는 인간이 되어버렸다"면, 기성세대가 아무렇지 않게 실행하고 참여하고 방관하여왔던 다수의 인간관계와 문단의 위계 구조라고 하는 것을 전면적으로 돌아볼 때가 된 것은 아닐까? 몇 번의 기회가 있었지만 이미 기회를 놓친 것은 아닌지, 가시적 변화는 없을지라도 각자의 몫을 감당하며 어떻든 모두 무언가를 해나가고 있다고 말해보는 것으로 충분한지 고민은 깊어진다.

'세대 계약'은 파기되었고, '신분 세습'은 실질적인 위협이 되었다. 이 세계를 살아가는 존재들의 감수성 구조가 바뀌지 않는다면 그것이 이상한 일이다. 이제 우리 사회의 곳곳에서 "묵묵히 자신의 차례가 오기를 기다렸던 젊은 세대가 '갈린다'라는 착취를 의미하는 표현을 쓰기 시작했다"면 90년대 생 젊은 시인들은 자신들이 만들지도 않았는데 태어나 그저 살아가게

<hr>

41   이철승, 앞의 책, p.297.

된 이 숨 막히는 낯선 세계에서 최대한 최선을 다하지 않으며, 되도록 네크워크에 들어가려고 하지 않고, 그런 방식으로 착취를 피하며, 희미해지다가 결국 버추얼화된 자아의 메타화를 반복하여 안전지대를 확보하고, 실패와 상처로부터 자신을 보호하려고 마침내 타인과 어긋나기 시작했다고 말할 수 있을 것이다. 겨우 이정도이지만 현재로서는 여기까지가 준최선이다.

극장 바깥의 배역들

— 조해진론

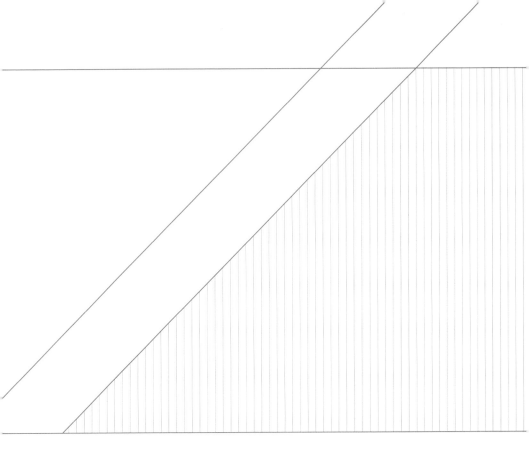

김요섭

가톨릭대학교 국어국문학과 졸업.
성균관대학교 국어국문학과 박사 수료.
2015년 〈창비〉 신인평론상으로 등단.
요즘비평포럼으로 활동 중.
old_postcard@naver.com

극장 바깥의 배역들
— 조해진론

1. 앙리의 영화

　조해진의 장편 『단순한 진심』의 주인공은 여러 이름을 오가며 살아간다. 부모에 의해서 버려진 그는 철로 위에서 발견되어, 그를 구조한 기관사의 집에서 1년간 지내면서 '문주'라는 이름을 얻게 된다. 이후 해외입양기관과 연계된 고아원으로 보내진 그는 프랑스로 입양되어 '나나'라는 이름을 가지게 된다. 두 이름을 가지게 되기 전에 어떤 이름으로 그가 살아갔는가는 누구도 알지 못한다. 그는 여러 이름을 거치며 살아갔지만, 어떤 이름도 그 자신의 것이라 확신할 수 없다. 버려지기 이전에 불렸던 이름은 사라졌다. '문주'는 그 이름의 뜻을 알 수 없어 "선의가 아니라 무시와 조소로 빚어진 이름이었던가"[1]를 의심하게 한다. '나나'는 양부모인 리사와 앙리가

<hr>

[1]　조해진, 『단순한 진심』, 민음사, 2019, p.17. 이 글에서 다루는 조해진의 작품은 다음과 같다. 『로기완을 만났다』(이하 『로기완』, 창비, 2011) 「문주」(『빛의 호위』, 창비, 2017), 『단순한 진심』(민음사, 2019). 이후 인용시 괄호 안에 작품명과 쪽수만 표기할 것이다.

그를 만나기도 전에 입양할 아이의 이름으로 정했던 것이다. 이름이 "우리의 정체성이랄지 존재감이 거주하는 집"(『단순한 진심』, p.17)이라면 그는 한 번도 자신의 집을 가진 적이 없는 사람이다.

문주 그리고 나나처럼 자신의 집을 가지지 못한 이들은 어디서나 이방인으로 살아간다. 해외입양인은 한국의 가족과 다시 재회했다고 하더라도, 그저 "'다시 만난 가족'이라는 콘셉트로 연기"(『단순한 진심』, p.29)할 뿐이다. 해외입양인은 입양된 해외에서도, 돌아온 한국에서도 이방의 땅에서 온 이일 뿐이다. 이주자인 입양인들은 자신이 새로운 사회에 동화되기 위해서 자신과 그들의 인종적 차이를 마치 존재하지 않는 것처럼 행동하는 '인종 색맹(color blindness)'이 된다.[2] 존재하는 차이를 인지하지 않아야만 살아남을 수 있기에 이 이방인들은 그 사회에 밀착하려고 할수록 그 사회의 암묵적 규칙들을 모르게 된다. 하나의 사회를 무대로 비유한다면 이방인은 '무대 매너'를 알지 못하는 배우들이다.[3] 무대 매너를 모르고, 알고 있다 하더라도 모르는 것처럼 연기해야 하는 이들의 곤혹은 그들이 자신들이 태어나고 살아온 무대를 떠나며 시작된다. 『단순한 진심』의 그가 문주의 역할도, 나나의 역할도 온전히 자신의 것이라 믿을 수 없던 것처럼 말이다. 그렇다면 비극의 시작은 자신에게 주어진 배역의 바깥으로, 그들이 섰던 극장의 바깥으로 밀려날 때였을지 모른다. 그러나 누군가에게는 극장 바깥으로 배우들이 사라지는 순간이 강렬한 매혹으로 다가온다.

문주이자 나나인 '그'의 양아버지인 앙리는 무명의 영화감독이었다. 그가 계속되는 좌절 속에서도 영화를 떠나지 못했던 것은 그를 사로잡은 것

---

2   전홍기혜 외, 『아이들 파는 나라』, 오월의 봄, 2019, p.149.

3   김광기, 『이방인의 사회학』, 글항아리, 2014, p.35.

이 극장 안의 영화가 아니기 때문이다. 앙리는 스크린 바깥으로, 극장을 벗어나 사라지는 영화의 순간이 만들어낸 이야기에 사로잡혀 있다.

> 스크린에 영사되는 빛의 움직임과는 상관없이 배우가 스크린의 바깥으로 사라지는 단절의 순간에 그의 심장은 뛰었다. 그는, 혹은 그녀는 어디로 갔는가. 대체 어디에서 시나리오에는 없는 미정(未定)의 삶을 살고 있는 것인가. 영화를 보는 내내 알리는 스크린의 바깥에서 작동하고 있을 또 다른 이야기에 마음이 뺏겨 있었다. 스크린과 평행을 이루며 존재하지만 증명되지는 않는 상상의 영역, 카메라의 욕망이 은닉된 공간이자 영원히 미완으로 남는 곳, 마치 선택되지 못한 우리의 가능한 또 다른 생애처럼…….(『단순한 진심』, pp.55-56.)

앙리가 사랑한 영화는, 그리고 영화의 이야기는 자신이 속해 있어야 할 장소인 스크린의 바깥으로 사라진 이들이다. 아니 그들이 있던 장소를 떠날 때 시작하는 알 수 없는 이야기들이 앙리가 사랑했고 만들고 싶었던 그의 영화다. 『단순한 진심』의 중심 서사가 태어난 곳에서도, 살아간 곳에서도, 돌아온 곳에서도 이방인이 된 해외입양인의 삶임을 생각할 때, 앙리가 사랑한 영화는 극장 바깥으로 밀려간 배역들을 낭만화하는 시선처럼 느껴질지도 모른다. 그러나 서사가 진행되면서 스크린 바깥으로 나가는 일이 가진 여러 겹의 가능성이 하나씩 펼쳐지며 앙리가 매혹되었던 순간이 우리에게 다가온다. 이방인으로 내몰리는 경험이 어떻게 서로의 삶을 지탱하고 보호하는 가능성으로 펼쳐질 수 있는지를, 그들이 살아갈 집, '우주'를 만들 수 있는가를 따라가는 과정을 통해서 우리는 조해진의 소설과 마주하게 될 것이다. 앙리의 영화, 시나리오 바깥에서 미정의 삶을 겪고 살아가며 만들어가는 이들과 그 배역들을 마주하면서 말이다.

2. 로기완의 일기장

앙리의 영화에서 스크린 바깥으로 나간 이들은 누구인가? 더는 스크린 안에서 자신의 역할도, 장소도 남지 않은 이들. 영화가 끝난 뒤 극장을 나선 뒤에 우리는 그들을 만날 수 있을까? 영화 속 인물들은 구체적 배우의 얼굴과 몸으로 등장하지만, 스크린 바깥에서 그 얼굴과 몸은 배역과는 전혀 다른 삶을 살아간다. 극장 바깥에 나서면 우리는 스크린 위에서 구체적인 표정을 짓던 얼굴과 마주할 수도 있고, 다른 얼굴을 하고 있지만 같은 삶을 살아가는 배역과 만나게 될 수도 있다. 같은 얼굴과 같은 삶, 배우와 배역 중 앙리의 영화에서 바깥으로 나선 것은 누구인가? 같은 질문을 조해진의 소설들에도 던질 수 있다. 유폐된 삶을 살아가는 타인을 향해서 자신의 삶을 열어젖히는 용기는 조해진의 초기작부터 일관되게 보여온 특징이다.[4] 그런데 그를 향해서 다가온 이는 구체적 얼굴로 나타나는가 아니면 어떤 위태로운 삶의 형태들, 즉 배역이었는가? 예를 들어 그가 장편 『로기완을 만났다』에서 탈북난민인 로기완의 일기를 손에 쥐고 만나려 했던 이는 누구인가?

조해진의 장편 『로기완의 만났다』에서 방송작가인 '나', '김작가'는 잡지 인터뷰 기사로 접했던 탈북난민 '이니셜L'의 이야기를 쫓아서 브뤼셀

---

4   함돈균, 「이니셜의 그들, 불행의 공동체 - 조해진의 소설들에 부쳐」, 『문학동네』 봄호, 문학동네, 2014, pp.137-138.

로 향한다. 그러나 그가 만나고자 하는 '이니셜L', '로기완'은 이미 오래전에 브뤼셀을 떠나 영국에 있었다. 하지만 그는 바로 영국으로 향하지 않는다. "아직, 로기완에 대해 무언가를 쓸 자격이 내게 있는 건지 자신할 수가 없"(『로기완』, p.27)었기 때문이다. '나'는 로기완을 도왔던 벨기에 거주 한인인 '박'이 건넨 로기완의 일기를 보며 그가 갔던 곳을 차례로 방문하면서 그의 경험과 감정을 상상한다. '나'가 로기완의 삶을 한 단계씩 뒤쫓아가는 이유는 "섣불리 연민하지 않기 위하여, 텍스트 외부에서 서성이는 것이 아니라 텍스트 내부로 스며 들어가 스스로에 대한 가혹한 고통과 뒤섞인 진짜 연민이란 감정을 느껴보기 위해서"(『로기완』, p.57)다.

방송작가인 '나'는 자신이 타인의 고통을 온전하게 전달할 수 있는가에 대해 고민한다. 그가 돕고자 했던 소녀 '윤주'의 병세가 방송 일정을 조정하는 사이에 급속하게 악화되었던 것에 자신의 책임이 있다고 느끼기 때문이다. 윤주에 대한 죄책감으로 인해서 자신의 작업이 타인의 고통을 전달하여 그들을 도울 수 있다는 믿음이 흔들렸다. 그는 로기완의 삶과 고통의 경험을 통해서 자신이 타인의 구체적인 삶에 들어갈 수 있음을 확인하려고 한다. 그가 로기완의 삶을 향해서 다가갈 수 있게 하는 징검다리는 그의 일기장이다. 그는 로기완이 일기장에 쓴 감정과 경험을 따라간다. 그가 다녀간 곳에서 그의 감정을 느끼고, 그의 마음을 생각하며 누군가를 향해 화를 내고 슬퍼한다. 로기완의 일기장은 "누군가의 참담하고도 구체적인 경험까지는 끝내 공유하지 못하"(『로기완』, p.104)던 그가 타인의 내밀한 고통을 향해 들어갈 경로를 제시한다.

로기완의 일기장은 그가 경험한 적 없었던 고통에 대해 말하는 타인의 증언으로 읽힐 수 있다. 우리가 그 고통을 경험하지 않았기 때문에, 알 수 없고 그러므로 감히 재현할 수 없는 절대적인 증언 말이다. 끝내 아우슈비

츠를 재현하기를 거부하고 증언만을 축조했던 「쇼아」의 윤리처럼, 로기완의 일기는 재현될 수 없는 타인의 절대적 고통의 기록일 수 있었다. "타인의 고통이란 실체를 모르기에 짐작만 할 수 있는, 늘 겹핍된 대상"이므로 "내가 지금 알 수 있는 것은 없다"(『로기완』, p.116)는 사실을 끝내 받아들일 수도 있었다. 그러나 『로기완』의 '나'는 그의 고통을 재현하고, 그의 고통을 알아가고자 한다. 그의 목소리를 지침으로 삼아서 그의 고통을 상상하는, "그의 일기를 읽으면서 그 삶을 배워"(『로기완』, p.91)가는 과정을 감내하는 것이다.

『로기완』에서 일기장은 이중의 가능성을 가진다. 로기완이라는 구체적 얼굴을 한 생애가 있었음을 증명하는 것, 그리고 그가 경험했던 삶의 순간을 상상하고 재현하는 것이다. 로기완을 만나려고 했던 '나'는 그 두 가지 가능성 모두를 마주하려고 한다. 윤주로 인해서 흔들리는 그는 증명하고 싶었다. 자신이 타인의 고통을 재현할 수 있다는 것을. 이를 위해서 로기완의 삶으로 들어간 뒤에야 그를 만나고 싶다고 생각한다. 로기완이라는 타인과 만나는 것은 그의 생애를 받아들이는 것에 머물지 않는다. 이는 그의 삶을 재현 가능한 것으로 바꾸는 일이어야 한다. 그러나 타인의 삶을 재현하는 일은 그의 생애를 재현하는 이의 손으로 사로잡는 일이 될 수 있지 않은가? 이러한 우려를 품기에 앞서 조해진이 로기완의 일기를 오직 '김작가'의 목소리를 통해서만 읽고 있음을 눈여겨보아야 한다.

일기장 속 로기완의 문장은 소설에서 직접 인용되지 않는다. 오직 이 일기장을 읽는 서술자 '나'의 말을 통해 전달될 뿐이다. 소설은 로기완의 삶이 온전히 재현되는 모습을 보여주지 않는다. 이러한 간접적 재현의 방식을 통해서 소설은 로기완의 삶만큼이나 그에게 더 다가가기 위해서 김작가가 마음을 단단하게 다지는 과정에 밀착한다. 마지막 장면에서 김작가가 로기완과 만나는 순간에도 로기완의 목소리는 들리지 않는다. 『로기완』은 타인을 고통을 재현하려는 '나'를 재현한다. 로기완의 일기를 보며 그의 고통을 재현하려는 김작가는 3년이라는 시차를 좁히지 못하고 여러 곳에서 현재와 불일치하는 공허한 목소리를 던지기도 한다. 브뤼셀에서 김작가가 로기완에게 냉정했던 이들을 향해서 "조금만 친절하게 대해주지 그랬어요."(『로기완』, p.112)라고 외친다고 해서 무엇도 달라지지 않는다. 그러나 고통받는 타인을 위해서 그가 낼 수 있게 된 목소리는 로기완이 아닌 다른 이를 위해서도 말해질 수 있다.

> "곧 따라갈 거라고, 그러니 조금만 기다리고 있으라고, 우리는 다시 만나게 될 것이며 그 무엇도 우리를 막지는 못할 것라고 그들은 이마를 맞댄 채 속삭인다. 아니다. 사실 이 장면은 로의 일기에서는 정황만 묘사되어 있으므로 나는 그들이 헤어지면서 나눈 구체적인 대화는 알지 못한다. 혹시 이런 대화는 내가 재이에게 하고 싶거나 듣고 싶었던 말은 아닐까."(『로기완』, p.167)

'나'는 일기를 통해서 로기완과 만날 자격을 갖추려고 한다. 그러기 위해 그가 로기완의 삶을 통해서 배워간 것은 구체적인 한 사람이 아니라, 타인의 삶으로 들어가는 방법이다. "타인과의 만남이 의미가 있으려면 어떤 식으로든 서로의 삶 속으로 개입되는 순간이 있어야"(『로기완』, p.172)하기 때문이다. 그는 로기완이라는 단 한 사람의 얼굴을 정확하게 그리려고 하지 않는다. 그의 삶처럼 낯선 무대 위에서 배역 없이 떠도는 이와 함께할 배역을 가지기 위해서, 이방인이 되고 이방인으로서의 만남을 배워간다. "우리의 삶과 정체성을 증명할 수 있는 단서들이란 어쩌면 생각보다 지나치게 허술하거나 혹은 실재하지 않을지도 모"(『로기완』, p.9)르므로, 그렇기에 "우리 모두가 조금씩은 이방인이"[5]기 때문이다.

3. 문주, 넘버 원 닮은 사람

로기완과의 만남을 흐릿하게 처리했던 『로기완』이 그러했듯 이후 조해진의 소설에서 타인과의 만남은 조금씩 엇갈린다. 「사물과의 작별」에서 알츠하이머를 앓는 고모는 '서군'에 대한 애틋함과 미안함을 담은 쇼핑백을 그가 아닌 낯모를 타인에게 유실물처럼 넘겨버리고, 「산책자의 행복」에서 라오슈는 위태로운 삶의 끝자락으로 내몰린 시점에도 메이린에게 답장을 보내지 않는다. 「문주」에서 '나'이자 '문주'인 그는 자신을 구한 기관사를 만날 수도, 그에게 대답을 들을 수도 없다. "철로에서 발견된 아이가 문주가 될 수밖에 없었던 계기라든지 나를 문주라고 부르면서 순간적으로 변형되었을 기관사 정의 마음 같은 것"(「문주」, p.221)에 대하여. 단편집 『빛의 호위』를 이루는 작품들은 만났거나 만나고자 하는 구체적인 타인들을 상정하고 있다. 그러나 『단순한 진심』을 전후한 작품들에서는 그런 대상의 구체성은 점차 모호해진다. 그저 모호하게 그로 추정되는 이를 만나거나(「환한 나무 꼭대기」) 단 한번도 만난 적 없는 누군가로부터, 서로 삶의 어딘가로부터 도망쳐온 경험을 나눈다.(「완벽한 생애」) 그리고 『단순한 진심』의 '문주'이자 '나나' 그리고 누구도 기억하지 못하는 이름으로 살았던 그는 찾고자 하던 이들 대신에 자신과 '넘버 원 닮은 사람'을 만난다.

5 　조해진, 「모두가 조금씩은 이방인」, 『오늘의 문예비평』 겨울호, 오늘의 문예비평, 2018, p.56.

『단순한 진심』은 단편 「문주」의 서사를 넓혀간 이야기다. 해외입양인인 '나나'가 '문주'라는 이름의 기원을 찾기 위해서 한국으로 돌아와 자신을 구한 기관사 '정'을 찾으려 하고, 복희식당의 '복희'와 만나게 되는 서사의 뼈대를 공유한다. 하지만 '복희'가 두 이야기 사이에 깊은 간극을 만든다. 「문주」에서 복희식당의 주인이 문주에게 "내가 넘버 원 사랑하고 미안한 사람, 그 사람이랑 닮았"(「문주」, p.215)다고 말한다. '복희'라고 불리던 복희식당 주인의 말은 『단순한 진심』에서도 반복된다. 하지만 「문주」에서 '복희'는 "한국에서 자식이 있는 여자를 자식의 이름으로 부르기도 하"므로 "나와 넘버 원 닮은 사람이 있다고, 미안하고 고맙다고, 그렇게 말하던 그녀의 목소리가 불길하게 복기"(「문주」, pp.216-217)하게 하는 이름이다. 어쩌면 그가 알 수 없던 시절의 이름이 복희였을지 모른다는 가능성을 품는다. 그러나 『단순한 진심』의 '문주' 그리고 '나나'는 복희와 만난다. 복희식당의 주인인 '추연희'가 가족을 이루었던 해외입양인 '백복희'와 말이다.

「문주」에서 복희와 문주는 자기 자신의 다른 이름이라는 구체적 관계로 묶일 가능성을 안고 있었다. 그러나 『단순한 진심』은 복희와 문주 사이의 관계를 유사성으로 겹쳐놓는다. 복희는 문주와 나나가 될 수 없지만, 서로의 삶에서 자신의 모습을 바라볼 수 있다. 그들이 가진 경험의 유사성은 해외입양이라는 방식으로 무대 바깥으로 밀려난 이방인들을 만들어 온 공통의 구조를 가시화한다. 기지촌을 통해서 여성의 성을 착취하고 해외입양을 통해서 그 여성들이 함께할 가능성조차 찢어버린 '아이들 파는 나라'를 말이다. 백복희는 기지촌의 성매매 여성이었던 '백복자'의 딸이다. 아이를 유산한 직후 이혼을 당하고 간호사로 일하던 추연희는 어린 백복자를 보호하고, 그가 죽은 뒤에도 백복희를 기른다. 하지만 백복희가 겪는 차별 때문에 연희는 피부색이 문제가 되지 않을 나라로 해외입양을 결정한다. 벨기에로

입양된 백복희에게 추연희는 10년간 편지를 보냈지만, 그가 뇌출혈로 쓰러지고 사경을 헤맬 때가 되어서야 처음으로 답장을 받게 된다. 쓰러진 추연희의 병원을 찾고, 백복희가 찾아올 수 있도록 연락을 한 이는 문주다.

문주는 자신을 구조한 기관사를 찾고 그 과정을 다큐멘터리 영화로 촬영하자는 제안을 받고서 한국에 온다. 감독인 서영의 집에서 생활하던 그는 자신에게 살가웠던 복희식당의 주인이 쓰러진 뒤로 병상을 지키면서 '복희'가 누구였는가를 찾으려 했다. 그 과정에서 추연희가 백복자, 백복희와 함께 했던 대안가족과, 그들을 내몰았던 국가라는 공통의 조건이 문주에게 포착된다. 국가는 기지촌에서 여성의 삶을 파괴하면서도 그들과 그들의 아이들을 전통적 가족에 대한 위협으로 보았다. 그리고 해외입양을 통해서 전통적 가부장 질서의 위협이던 혼혈인들을 축출한다.[6] 그리고 백복희를 무대 밖으로 밀어낸 국가의 구조는, 문주를 이국의 나나로 밀어내는 힘이기도 했다. 아이들 파는 나라는 해외입양인들이 돌아와서 자신을 찾고, 가족과 다시 만날 수 있는 최소한의 장치도 남기지 않고 그 과정의 책임조차 민간에게 떠넘긴다.[7] '나나'는 복희처럼 한국인과 구분되는 피부색의 차이를 가지지 않지만, 공통의 구조에 의해서 자신의 배역을 가졌던 무대에서 밀려난 것이다. 그렇기에 그들에게 한국이란 "나 같은 이방인은 끼어들지 않아야 비로소 완전해지는 세트장"(『단순한 진심』, p.108)처럼 보인다.

백복희와 문주가 서로의 모습을 겹칠 수 있다면, 또 다른 삶들 역시 서

---

6 전홍기혜 외, 위의 책, p.44.

7 한국정부는 해외입양을 민간기관들에 의해서 사유화하였을 뿐 아니라 입양과정의 기록 역시 민간이 소유·관리했다. 2012년이 되어서야 공공기관인 중앙입양원으로 일부 기록이 이관되었으나, 상당수 자료는 민간기관의 사적 소유물로 남아 있다. 국가는 수십년간 입양관리 전체를 방치해왔다. 전홍기혜 외, 위의 책, pp.155-156.

로를 비추며 만날 수 있다. 문주는 추연희의 모습에서 자신을 보호했던 이들, 양어머니인 리사와 기관사의 어머니인 박수자를 본다. 문주가 타인인 연희를 보살피면서, "앙리와 리사, 그리고 정우식 기관사가 내게 취한 태도이자 행동"(『단순한 진심』, p.130)을 생각한다. 그들이 자신을 보호했던 것처럼 문주 역시 연희를 보호하려고 한다. "타인과의 만남이 의미가 있으려면 어떤 식으로든 서로의 삶 속으로 개입되는 순간이 있어야"(『로기완』, p.172)하고, 그렇게 "내 삶에 개입한 배우"를 "보호할 의무가 있다는 사실"(『단순한 진심』, p.130)을 문주는 자신을 지켜온 이들로부터 배웠기 때문이다. 서로 다른 얼굴을 한 닮은 배역과 만나면서 원래의 무대에서 밀려난 타인들을 보호할 수 있는 진심을 문주는 품을 수 있다.

조해진이 『단순한 진심』에서 발견한 배역, 유사성이라는 관계의 연결고리를 연대라 말할 수 있을까? 폭력적 구조와 세계로부터 서로를 보호하려는 행동은 연대로 보일지도 모른다. 그러나 소설이 닿는 것은 맞잡은 두 손이 아니라, 아주 단순하지만 단단한 진심이다. 『로기완』이 김작가의 마음을 향했던 것처럼 『단순한 진심』 역시 한 사람이 마음을 단단하게 품어가는 과정에 집중한다. 자신의 삶에 들어온 타인을 보호하는 일은 함께하는 행동보다는 서로에게 힘을 전달하는 과정이다.

> 연희가 내게서 백복희를 찾았듯 나 역시 연희에게서 박수자, 그리고 때로는 리사를 떠올렸다는 걸 천천히 상기했다. 내 안의 빛이 연희에게로 옮겨갔다면, 그건 박수자와 리사의 힘이기도 했다.(『단순한 진심』, pp.229-230)

그래서 조해진이 소설을 통해서 보여준 것은 연대의 행동보다 앞서는, 그 함께함을 가능하게 하는 책임의 발견으로 보인다. 아이리스 M.영은 거

시적 구조 안에서 발생한 폭력은 법적 책임성이란 틀로는 해결할 수 없다고 보았다. 부정의한 구조는 하나의 주체에 의해서만 만들어지는 것이 아니라 수많은 관계에 의해 재생산되기 때문이다.[8] 이를 극복하는 길은 법적 책임을 묻듯 처벌에서 끝내는 것이 아니라 폭력의 구조를 바꾸기 위해서 함께 행동하는 것이다. 이처럼 폭력의 구조를 넘어서기 위한 집단적 행동의 필요성을 인식하는 것을 그는 정치적 책임성이라 보았다.[9] 함께 행동하는 정치적 책임성은 서로의 삶이 연결되어 있다는 인식이 선행해야 하고, 그렇게 연결된 관계들에 대해서 "보호할 의무가 있다는 사실"을 자각해야 한다. 구체적인 한 사람의 얼굴을 마주하고, 배역을 통해 그와 연결된 구조를 알아간다. 그리고 그런 책임성의 자각한 뒤에, 기존의 배역을 수행해오던 오래된 무대가 아닌 새로운 집을 만들어 서로를 보호한다. '문주'가 임신한 아이의 이름, 우주. 집 우(宇), 집 주(宙). 자신의 자리를 가진 적 없는 이들이 서로를 지키고, 안전한 관계를 함께 만들어야 한다는 책임을 통해 만드는 새로운 집. 그 집으로 누군가를 지켜야 한다는 마음은 단순하고 단단하다. 연희를 지키던 문주이자 나나는 뱃속의 우주에게 말한다.

> 그것만으로도 이곳을 지키게 된 충분한 이유가 되었노라고, 왜냐하면 너를 자라게 했으니까, 그 음식이 너의 피와 뼈를 구성하는 성분이 되었으니까. (『단순한 진심』, pp.134-135)

8   아이리스 M.영, 『정의를 위한 정치적 책임』, 이화여자대학교출판문화원, 2018, p.182.

9   아이리스 M.영, 위의 책, pp.198-200.

외부적 조건과 노동, 노동과 인간, 인간과 인간의 관계에 대하여

—『어비』,『9번의 일』을 중심으로

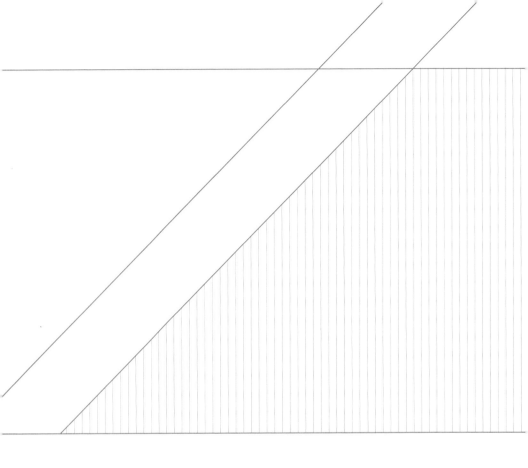

선우은실

인하대학교 한국어문학과 및 동대학원 박사과정 수료.
2016년 경향신문 신춘문예로 평론 활동 시작.
eunsil_official@naver.com

외부적 조건과 노동, 노동과 인간, 인간과 인간의 관계에 대하여
─ 『어비』, 『9번의 일』을 중심으로

1. 유물론에서 힌트 얻기-노동, 개인, 관계

부당한 권고사직을 요구받는 사람, 수차례의 인사이동 끝에 가차 없이 잘리는 사람, 최저 시급 아르바이트로 생활을 유지하는 절대적 '을'의 입장에서 폭언을 감수해야 하는 사람 등. 『어비』(민음사, 2016)에서 최근작 『9번의 일』(한겨레출판, 2019)에 이르기까지 김혜진 소설 속 인물들의 노동은 순탄하지 않다. 그들에게 노동은 고분고분하지 않은 정도가 아니라 그들의 삶 자체를 좀먹는 것처럼 보인다. 노동이 무엇이기에 그러한 걸까?

> 그[마르크스-주]는 신체를 가진 실재라는 개인들이 그들이 처해있는 상황 아래서 자신의 활동을 통하여 그들의 삶을 유지시키는 것들을 생산한다는, 경험적으로 관찰되고 검증되는 이것들을 전제하면서 그의 사회철학을 전개시켜 나갔으며(후략)

마르크스는 이 실천적 유물론을 唯物史觀이라고 부르기도 했다. 여기서의
〈物〉이란 (…) 실제로 효력을 발휘하는 인간의 생활조건을 의미한다.[1]

인간의 존재를 규정하는 '외부적 조건'이란 이른바 '물적 토대'를 의미
하고 이것은 위의 인용에서 "物"로 표현되어 있다. 인용에 따르면 物은 "실
제로 효력을 발휘하는 인간의 생활조건"이다. 큰 관점에서 본다면 자본주
의, 사회주의와 같은 경제체제가 바로 物일 것이다. 그런데 이 "생활조건"
을 좁은 차원에서 이해하자면 당장 내 삶을 둘러싸고 있는 경제적인 현실
이기도 하다. 이러한 제도를 바탕으로 인간은 '노동'을 실현함으로써 그 토
대와 관계 맺는다. 그런데 예컨대 비정규직을 양산하는 외부적 조건은 한
인간을 알바, 백수, 무급생활자, 보따리 강사 등으로 불리도록 만든다. 문제
는 이러한 호명에 내재되어 있고 또 재생산되는 혐오 정서에 있다. 어떤 지
점에 이르러서는 외부적 조건이 인간의 의식적 조건을 규정하는 것을 넘어
인간의 의식과 물적 토대가 견고하게 결탁하는 듯 보이기까지 한다.

고전 마르크스주의를 부분적으로 받아들여 물적 토대 위에서 인간이
노동이라는 실천적 행위를 통해 관계를 맺는다고 할 수 있다면 1. 그것은
누구(무엇)와의 관계이며 2. 노동은 관계 형성에 어떤 방식으로 관여하는가?
김혜진의 소설은 노동 현실의 암울함을 드러내는 것에서 나아가 '구조-인
간' 및 '인간-인간'이 어떠한 관계를 형성되며, 그러한 관계가 어떻게 뒤집
히는지 보여준다. 이러한 주제 의식은 소설집 『어비』에서부터 시작되어 장
편 『9번의 일』에 이르러 그 결을 조금 달리하며 노동 안에서 개인-개인, 그

---

1   車仁錫, 「독일 觀念論과 실천적 唯物論의 社會哲學」, 『人文論叢』 19, p.111.

리고 개인-집단으로 확장된다.[2]

2. 노동이라는 외적 조건은 '인간-노동' 그리고 '개인-개인'의 관계를 규정한다-「어비」[3]

단기 아르바이트 자리를 전전하는 '나'는 책을 포장하고 컨베이어 벨트에 올리는 업무를 하다가 어비를 만난다. 딱히 동료애가 필요하지 않은 일자리이긴 해도 어비는 유독 사람들과 말을 섞지 않았고 사람들은 그런 어비에게 괜한 핀잔을 준다. '나'는 그들이 "지나치다는 생각이 들었는데 그렇다고 어비를 편들고 싶지는 않았다"고 말하며 "저렇게 침묵을 지키는 게 사람들을 계속 자극하는 게 아니고 뭔가"(15)하고 생각할 뿐이다. 어비에 대한 안타까움 그러나 간섭하고 싶지 않음을 견지하던 '나'는 어느 날 어비가 불미스럽게 아르바이트를 그만 두었음을 알게 되고 이후 우연히 인터넷 방송의 한 채널에서 그를 목격한다.

이 사람 뭐죠? 이거 무슨 방송이죠?

사람들은 그렇게 몇 번 묻다가 나가버렸다. (…)

---

2 이 두 권의 작품에서 어떤 것을 특별히 앞세우거나 뒤세우지 않고 노동 환경 안에서의 개인들의 관계를 보여주었다면, (시기적으로는 『9번의 일』에 앞서나) 『딸에 대하여』에서 퀴어 인물을 등장시킴으로써 보다 폭넓은 사회 정서로서의 '혐오 정서' 및 배제의 감각으로 확장된다. 글에서 다루고자 하는 주제에서 다소 확장되는 또 다른 글감이므로 해당 원고에서는 『딸에 대하여』와 혐오 정서까지 다루지는 않았다. 이에 관해서는 추후 논의를 기약한다.

3 김혜진, 「어비」, 『어비』, 민음사, 2016. 이하에서 인용되는 해당 소설의 구절은 인용 끝에 페이지만 표기.

뭐든 좀 하지. (25)

'나'는 아르바이트를 그만두고 "정말이지 이젠 좀 제대로 된 일이 필요"(23)하다고 느껴 어쩌다 선배를 통해 들어가게 된 한 회사에서 뭐든 좀 하라는 소리를 들은 참이었다. 그가 들은 '뭐라도 하라'는 말 속에 담긴 환멸과 한심함은 사람들을 자극해야만 돈을 벌 수 있는 인터넷 방송을 하면서도 아무것도 하지 않는 화면 속 어비를 향해 다시 뱉어진다. 이때 '나'의 PC(Political Correctness)하지 못함이나 도덕적 기준, 방관자적 태도가 문제적이라는 점은 사실이다. 단 이를 노동 환경이란 외부적 조건이 일방적으로 개인에게 부과하는 '인간성'의 성격으로 해석하거나 그러한 환경을 이유로 삼은 '개인'의 문제로 치부해서는 곤란하다. 이는 고정불변의 인간성이나 한 명의 개인적 문제가 아니다. 이와 관련하여 다음의 장면에서 노동의 조건 및 인간의 '인간'과 '노동'에 대한 이해가 어떤 방식으로 관계되는지를 보도록 하자.

한심하다는 생각이 들었는데 방송이 꺼지고 고요해진 방에 우두커니 앉아 있는 동안 점점 더 설명하기 힘든 기분이 됐다. 뭐 저런 식인가. 저런 걸로 어떻게 돈 벌 생각을 하나. 벌어도 되나. 벌 수 있나. 얼마나. 얼마만큼. 그럴 필요가 없다고 생각하면서도 나는 자꾸만 따져 보게 됐다. 가만히 방 안에 앉아 배달 음식을 시켜 놓고 그걸 먹는 대가로 단 몇 시간 만에 어비가 벌어들인 돈과 앞으로 벌어들일 돈을 카운트해 보는 거였다. (28)

그로부터 얼마 뒤 '나'는 인터넷 방송에서 "뭐든 좀" 하고 있는 어비를 본다. 그는 먹을 것을 잔뜩 차려두고 게걸스럽게 '먹방'을 하고 현금 가치로 환원되는 별풍선을 쏴 주는 사람들에게 감사하다고 외친다. 사람들과 친교적 대화 한 마디도 나누지 못하던 어비가 모르는 사람들을 대상으로 자극적인 방송을 하면서 출처 모르는 돈을 받고 감사하다고 외치는 화면을 보면서 '나'는 "한심"함을 느낀다. 그런데 그것은 정말로 한심함인가? "저런 걸로 어떻게 돈 벌 생각을 하나"라는 질문이 삶을 영위하는 노동의 형태가 어떤 것이어야 하는지에 대한 것이자 인간으로서 최소한의 가치를 훼손하지 않는 노동이어야 하지 않은가에 대한 물음이었다면 그것은 찰나에 "벌 수 있나"로 뒤바뀐다. 훼손되지 말아야 할 인간의 어떤 것에 대한 물음을 더 이상 노동으로부터 묻지 못하고 다만 '먹고 살 수 있나'에 골몰하게 되는 순간, 어비를 보며 느낀 '나'의 한심함은 '요식행위로 돈을 번다는 사실에 대한 부적절함'을 드러내는 분노이자 열패감으로 변모된다.

어비의 행위가 과연 노동이냐는 것이나 '나'가 어비에게 느끼는 복잡한 감정이 온당하냐는 것에 앞서 무엇이 이러한 감정을 추동했는지 물어야 할 것이다. 이 질문은 노동이라는 외부적 조건이 개인이 자신 및 타인의 존재/삶과 어떤 식으로 관계 맺도록 만드는지와 관련된 것이다. 이와 관련하여 신자유주의가 초래한 고용 불안정이 청년 세대의 비틀린 노동 감수성, 노동을 이해하는 과정에서 쉽게 혐오 정서로 환원되는 관계 맺기의 양상을 보여준다고 쉽게 결론 내리고 싶지는 않다. 이와는 조금 다른 결론을 낸다고 해도 외부적 조건이 인간의 의식을 규정한다는 전제를 승인할 뿐이므로 대신 다른 질문을 던져보기로 한다. 이러한 조건 속에서 발생되는 인간의 의식—이 글에서는 '관계 맺기'라 표현되고 있는—이 역작용할 가능성은 없는가.

3. 역작용의 아이러니

김혜진의 소설은 바로 이 '역작용'의 가능성을 타진하고 있다는 점에서 더욱 주목될 필요가 있다. 『9번의 방』에서 보다 무겁고 본격적으로 드러나는 의식이기도 한 역작용의 가능성은 첫 소설집의 「아웃포커스」[4]에서 한 차례 드러난 바 있다.

> 이빨이 뽑힌 것처럼 텅 빈 책상은 질서나 순서도 없이 늘어났다고 엄마는 두려워했다. 그래도 버텨야지, 이를 악물었고 정말 버텨야 해, 하루 200통 이상의 상담 전화를 받기도 했다. 어쨌건 그렇게 3년을 더 버티다 다른 사람들처럼 해고를 당한 거였다. 사유는 업무 불이행과 업무 능력 상실이었다. (40)

소설은 엄마의 급작스러운 해고 소식으로 시작된다. 엄마는 알 수 없는 이유로 우수수 해고를 당하는 과정에서 자신만은 그 대상이 되지 않으려고 노력했지만, 역시나 당사자는 알 수 없는 이유로 해고 대상이 된다. 급작스러운 해고, 퇴직금 한 푼 받지 못하고 쫓겨나는 엄마의 상황 이 모든 게 문제적이다. 그러나 강조하고 싶은 것은 문제적 상황의 '내용'이기도 하지만 소설이 그것을 '어떻게' 드러내고 있는가 하는 점이다.

> 언젠가부터 엄마 회사엔 명단이 돌았다. 만든 사람도 없고 본 사람도 없지만, 누구나 다 아는. 이름이 오른 사람은 알 수 없고, 이름이 오르지 않은 사

---

4   김혜진, 「아웃포커스」, 『어비』, 민음사, 2016. 이하에서 인용되는 해당 소설의 구절은 인용 끝에 페이지만 표기.

람만 알게 되는 이상한 명단이었다. 이름이 오른 사람들이 상황을 파악하는 동안 이름이 오르지 않은 사람들은 발 빠르게 움직였다. 별다른 지침이 있을 리 없었지만 사람들은 스스로 배우고 알아서 했다. 어쨌든 이름이 오르지 않았으니까. 계속 이름이 오르지 않으려면 적극적으로 행동할 필요가 있었다. 엄마는 이름이 오른 사람들과 천천히 거리를 두었다. 그러면서도

나 너무 나쁜 사람 같지?

잠들기 전에는 꼭 나와 눈을 마주쳤다. (44)

엄마는 이전에 그러한 명단이 돌고 있었을 때 "이름이 오르지 않은" "스스로 배우고 알아서" 하던 사람 중 한 명이다. 이러한 부당한 현재가 언젠간 닥쳐올 자신의 근미래가 될 수 있음을 모르지 않으면서도 '모른 척' 해 왔다. 그들의 행동에 책임을 묻기 이전에 개인하게 마지못한 선택권을 강요하는 시스템이 문제라는 것을 모르지 않는다. 이러한 현실 안에서 타인의 문제적 현실을 외면함으로써 이 사태를 피할 수 있지 않으리란 점 또한 안다. 그런 과정에서 합리화하기도 하고 번뇌하기도 하는 모습을 논하는 것은 마땅하다. 엄마가 자신이 해고 대상이 아니었을 때 일종의 죄책감으로 매일 저녁 행해왔던 '눈 마주침'은 그러한 맥락에서 독해될 수 있다. 그런데 이제 엄마는 자신이 외면해온 이들과 같은 입장이 되었고, 그녀는 덜 과격한 방식[5]으로 부당함을 호소하며 현실을 마주본다. 만약 소설이 여기

---

5   "저쪽에서 인사말을 다 끝내기도 전에 엄마는 말을 쏟아냈다. 민원 분류표 서식은 내가 만들어 놓은 걸 쓰면 돼요. 내문서에 저장해 놨는데. 아 참 폐건전지는 따로 수거했다가 버리는 거 알죠? 경비가 싫어해요. 휴게실에 조각 비누 모아 놓은 게 있는데……. 전화를 받은 사람들은 황당해하다가 결국엔 엄마의 이야기에 귀를 기울였다. 통화를 마칠 때는 고맙습니다, 공손하게 인사까지 했다."(48)

까지만 보여주었다면 이것은 '입장 바꿔 생각하기'의 전략 정도로 일컬어졌을 것이다. 물론 이는 타인의 문제가 곧 내 문제와 다르지 않음을 상기하는 것이라는 점에서 효과적이다.

그런데 이후의 전개에서 입장의 전도가 한 번 더 일어나며 아이러니한 상황이 발생한다.

> 그러지 말고 주호야, 이번에도 네가 대신 가보면 안 될까?
>
> (…)
>
> 편의점에 나가야 하잖아. 그냥 이번엔 못 간다고 하지 뭐.
>
> 내가 대답하면 엄마는 또 한참 생각에 잠겼다가 고개를 가로저었다.
>
> 할머니잖아. 엉뚱한 사람을 이장하고 할머니가 도로에 깔리면 어째.
>
> 나는 편의점 사장에게 자주 양해를 구해야만 했다. 이쪽에서 양해를 구하고, 저쪽에서 선뜻 양해해 주면 좋겠지만 사장은 대체로 노발대발하는 편이었다. (50-51)

> 아무리 그래도 그렇지, 널 보내면 어쩌냐, 혀를 차기도 했다. 그때마다 나는 엄마가 회사에서 퇴직금 없이 쫓겨났다는 사실과 매일 본사 앞에서 1인 시위를 해야 하는 상황을 설명했다. 지난번에도 하고, 지지난번에도 한 이야기였지만, 큰 외삼촌은
>
> 저런, 큰일이구나.
>
> 처음처럼 놀란 표정을 지었다. 어쩌니, 이모도 마찬가지였다. (51)

엄마는 자신의 부탁—주호의 할머니를 묻은 묘소 이장의 문제로 긴급 소집된 가족 회의에 참석할 것—을 주호에게 별다른 죄책감 없이 미룬다.

그저 "네가 한 번 가보면 안 될까"라는 말을 건넬 뿐이다. 자신의 1인 시위를 위해 그녀 삶의 문제에 비하면 그다지 중요하지 않아 보이는 하는 이장(移葬) 문제를 다른 사람의 노동 현실을 담보로 처리하고자 할 때 나는 과연 어떤 표정으로 그를 대할 수 있는가. 죽어서도 인간의 존엄을 훼손당하지 않도록 노력해야 한다는 의미에서 이장 문제가 중요하지 않다고 말할 수 없겠지만, 내 앞에 닥친 노동 현실을 해결하기 위해 타인의 그것을 내어놓기를 '부탁'하는 것에 대해 무어라 생각하면 좋을까. 이는 가족들이 어떻게 자기 가족 문제에 "아무리 그래도 그렇지, 널 보내면 어쩌냐"고 한탄하는 동시에 아무리 말해도 기억되지 않는 엄마의 1인 시위에 안타까워하는 모습과 얼마나 다른가. 이렇듯 소설은 엄마의 의식 변화를 중심으로 하여, 현실적 조건에 의해 변화하는 '의식'이 타인의 삶을 이해하거나 개입하는 수준에 영향을 미친다는 것을 보여준다. 단, 그것이 늘 깨우침으로서의 긍정적인 영향만은 아니라는 것에 유의해야 하겠다.

4. 열악한 노동 조건 속에서 발생하는 특수한 관계는 노동이라는 외부적 조건을 바꾸기도 한다

타인에게 닥친 현실이 비로소 '내 일'이 되어 심각성을 비로소 진지하게 마주보게 되더라도 그것이 '앞서 해고당한 자'와 '그들과 같은 방식으로 해고당한 나'의 문제에 머무를 뿐임을 「아웃포커스」가 보여주었다면, 『9번의 일』[6]은 조금 다른 처지인 듯 보이는 타인의 문제가 언제가 어떻게 자신

---

6   김혜진, 『9번의 일』, 민음사, 2019. 이하에서 인용되는 해당 소설의 구절은 인용 끝에 페

의 문제로 닥쳐오는지를 본격적으로 묻는다. 이 소설은 「아웃포커스」의 엄마가 겪은 부당한 노동 현실의 문제 의식을 이어가는 동시에 더욱 세세하고도 확대된 시야를 확보한다. 이를테면 단편에서 아이러니컬하게 처리된 '내 일 아닌 것'에 대한 의식은 이 장편에 와서 한 인물 내부에서 더욱 복잡하게 구현된다.

소설의 주인공인 남자에 대한 정보를 하나하나 짚어 볼 때, 우리는 그를 단지 노동자, 피해자, 불의의 노동 현실에 저항하는 사람, 가장, 직장 동료 중 하나의 이름만으로 표현할 수 없게 된다. 남자는 어떤 구체적 환경 안에서 분명하게 노동자로 불리겠지만 그러한 표현이 그가 '어떤 노동자'인지를 보여주는 것은 아니다. 사측과 관계 맺을 때 그가 근면한 노동자라고 해서 여타의 노동자 사이에 있을 때 선량하다고 할 수는 없는 것과 마찬가지다. 이런 이유로 남자의 정체성을 일률적인 것으로 규정하는 것은 그다지 효과적이지 않다. 그의 처지를 상기시키는 몇 구절을 천천히 뜯어보며 이 소설이 지닌 개인 정체성의 복잡성과 함께 사회적 조건이 어떻게 인간의 의식을 규정하는지, 그 역으로 인간의 의식은 그 자신과 타인을 어떤 방식으로 관계 맺도록 추동하는지를 아울러본다.

장인이 살던 주택을 처분하고 작은 빌라로 이사한 뒤 최소한의 생활비 정도만 남기고 그들 부부에게 목돈을 마련해준 게 10년 전이었다. 여전히 장인이 일을 하고 있을 때였고 그는 거듭 거절하다가 그 돈을 받았다. (…) **해선이 말한 것처럼 병원비가 아주 많이 나온 것도 아니었다. 그럼에도 자신이 왜 이토록 사소한 것에 마음을 쓰고 옹졸하게 굴게 되는지 알 수 없었다.** [강조-인

◇◇◇◇◇◇◇◇◇◇◇◇◇

이지만 표기.

용자](30)

> 해선은 은행 대출을 받고 세입자들의 전세금과 보증금을 떠안는 조건으
> 로 그 건물을 구입했으며 지금은 대출 이자를 갚는 것도 빠듯하고, 아직 1년
> 도 되지 않은 건물을 되팔 수도 없지 않느냐며 [세입자에게-인용자] 애원조
> 로 매달렸다. (72)

"그"는 한때 장인의 도움으로 생활을 꾸렸다. 퇴직 시기가 다가오면서 그는 "은행 대출"의 부담은 물론이고 "전세금과 보증금을 떠안는 조건"으로 건물을 매입했다. 소유한 지 1년이 채 되지 않은 낡은 건물은 전셋집의 역할을 충분히 하지 못했고, 이에 나가겠다는 세입자에게 돌려줄 전세금이 없어 사정하는 신세다. 이런 세부적 맥락을 덮어두고 그의 소유물에 대해서만 말하자면 그는 '건물주'라 일축된다. 그러나 나열된 사정으로부터 '건물주도 불쌍한 사람'이라는 식의 상투적 일반화를 읽어내려는 것이 아닌 이상 구체적 맥락 속 인간과 노동, 인간과 인간의 관계에 주목해 볼 필요가 있다. 그런 점에서 인용의 강조 표시는 흥미로운 지점이다. 그는 장인이 재산을 보태줌으로써 자신의 삶을 돌봐주었다는 것을 충분히 인지하고 있다. 그런 장인이 입원을 하게 되었을 때 그는 장인에 대한 연민을 지니고 있으면서도 어쩐지 "옹졸"하게 굴게 되는 자신을 이해하지 못한다. 이것은 하나 있는 건물이라고는 처분도 하지 못하는 애물단지일 뿐이고 설상가상 권고사직이나 다름없는 부서 이동을 강제당하고 있는 구체적인 조건에 의해 발생한 감정이다. 즉 그를 둘러싼 물질적 조건들은 장인이라는 한 인간을 인지하고 이해하는 방식에 영향을 주고 있다.

그렇다면 역작용의 경우는 어떨까? 그의 이러한 인간 인식을 가능케 하

는 물질적 토대가 달라지지 않는 이상 의식은 물질적 토대에 영향을 미치지 못할까? 고통스러운 현실에서라면 한 인간은 타인에게 야멸차게 굴 수밖에 없는 걸까. 이에 대해 소설은 명징한 대답 대신 하나의 장면을 펼쳐보인다. '나'가 끊임없이 반복되는 부서 이동을 견뎌내는 과정에서 한 팀으로 엮이게 된 "황 여사"와의 에피소드가 그러하다.

> 내가 작업 차량을 고장 냈다나. 폐차 직전의 차를 작업차라고 줘놓고는 타이어가 펑크 났네 어쩌네 하면서 차도 안 주더라고요. 그때부터는 버스를 타고 다니라고 했어요. 나는 고혈압에다 당뇨까지 있는데 그 땡볕에 몇 시간을 걸었는지 몰라요. 가도 가도 통신주 안 보이지, 버스도 없지, 국장한테 전화를 했더니 그런 지리감도 없이 무슨 일을 하느냐고 소리를 지르는 거 있죠. 그 산을 내가 걸어서 넘었어요. 내가 그만한 각오도 없이 여기까지 왔겠어요?
> (140)

남자에게 새로 할당된 업무는 전신주에 오르는 것이다. 영 딴판인 부서에 있다가 어느 산골짜기에 배정되어 다른 전공 숙련자가 해야 할 업무를 이어받는 것은 '그만두고 알아서 나가라'는 회사의 강력한 메시지다. 이곳에 모인 사람들은 회사의 부당한 인사 이동에 버티고 버티다 여기까지 온 이들이다. 이들은 불가능에 가까운 노동을 요구하는 사측의 진의를 모르지 않으며 이곳에 '적응'하고자 한다. 이곳의 사람들은 버티는 것만이 목적이다. 여기에 머물다 나가떨어지는 사람을 심심찮게 봐왔기에 새로 온 사람과는 통성명조차 하지 않는다. 황 여사는 노동도, 노동의 가치도 재단할 수 없을 것 같은 이러한 현실을 버티는 사람 중 한 명이다. 그녀가 버텨온 삶은 누구를 적으로 삼아야 할지조차 분명하지 않다. 그녀가 넘어서야 할 대상이 '회사'라고 하면 너무 추상적이고, 당장 그녀에게 소리를 치고 폐차해야할 수준의 차량을 지급한 "국장"이라고 하면 과연 그가 근본적인 문제의 온상인가 하는 질문이 따라붙는다. 아무도 책임지지 않고, 책임지는 사람도 없고, 책임질 필요도 없어 보이는 이 총체적 난국에서 추적해야 하는 것은 결국 유일한 책임자일까? 누군가의 판단에 의해 서로에게 모욕을 주는 방식으로만 자신의 자리를 지킬 수 있는 사람들이 생겨났고 또 그러한 구체적 현실이 만들어졌다고 하더라도, 과연 그 한 명을 찾아내 책임을 물으면 모두 해결되는가. 소설이 황 여사를 통해 무엇이 그녀를 이런 구렁텅이에 몰아넣었으며 그녀가 무엇과 투쟁해야 하는가를 묻는 데는 그 대답이 간단치 않으리란, 그래서 모든 게 불명확하게 보일지 모른다는 각오가 따른다.

그런 각오는 언제까지나 제도의 피해자이거나 부당 해고자로만 남지 않을 '나'의 다면적인 모습을 그려내면서 조금씩 앞으로 나아간다.

> 무슨 일이든 처음엔 서투르지만 한두 번 해보고 나면 누구나 배울 수 있다고. 경험이 쌓이고 요령이 생기면 다 별거 아닌 일이 된다고. 아니, 사실 이런 업무는 경험과 경력이 긴 자신에게도 벅찬 일이고, 처음부터 할 수는 없는 일을 시킨 회사 탓이라고. (…) 그래서 스스로 그만두게 하려는 회사의 의도가 너무 괘씸하고 화가 난다는 자신의 말을 거기 모인 사람들이 다 듣는다는 걸 알면서도 그는 멈추지 않았다. (144-145)

전신주에 올랐다가 곤경에 빠지고 만 황 여사를 위로하기 위해 그는 누구에게랄 것 없는 말을 부려놓는다. 그녀가 어떻게든 배워야만 이 자리에서 물러서지 않을 자격을 획득할 수 있음을 알고 있기에 "배울 수 있다고" 격려하면서도, 그러한 버팀과 배움이 그들이 삶과 노동에서 궁극적으로 얻고자 하는 것이 아님을 알기에 "처음부터 할 수는 없는 일을 시킨 회사 탓"이라고도 말한다. 이러한 노동 현실 속에 놓인 황 여사를 그는 어떤 마음으로 바라보는가. 실질적으로 무용하든 아니든 그러한 말이 추락 직전의 인간에게 어떠한 '연결됨'을 확인시켜주는가 하는 점에 이 장면의 성과가 있다.

이어 『9번의 일』은 두 번째 국면으로 접어든다. 살펴보았듯 첫 번째 국면에서 남자는 일을 그만둘 수 없는 상황에서 회사로부터 자발적 퇴사를 강요당한다. 이 과정에서 그 누구도 책임지지 않으려는 개인의 삶은 물론, 모두가 하고 싶어서 하는 일이 아닌 회사의 방침이므로 어쩔 수 없이 모멸을 주어야(받아야) 함을 역설하는 부조리를 보여준다. 첫 번째 국면에서 남자는 철저하게 배제되는 쪽, 권리 없는 노동자의 위치에 있었다면 두 번째 국면에서는 그 위치가 전도된다. 두 번째 국면은 회사가 그를 복직시키면서 시작된다.

기존 월급의 80퍼센트 보장, 단일 직무 제공, 단 그곳에서 일하는 동안에 그는 본사 소속이 아니라 하청업체 소속으로 일해야 했다. 그럼에도 현장 업무가 모두 완료되면 본사 소속으로 복귀한다는 조건이 붙었다. (176-177)

황 여사가 전신주에 올랐던 사건 이후 그는 더는 출근하지 않아도 된다는 전언을 받는다. 이후 그는 노조에 가입하고 시위를 하며 버텨왔고 마침내 대법원의 일부 조합원을 복직시키라는 판결에 따라 인사 담당자를 마주하게 된다. 판결에서 '일부 조합원' 복직이라는 말이 못내 미심쩍지만 법적 효력이 발생했다는 결과만 놓고 보면 남자는 자신이 싸워온 어떤 신념에 대한 성과를 거둔 것처럼 보인다.

그런데 실로 그러한가. 남자는 이제 사측으로부터 퇴직을 강요받는 사람이 아닐뿐더러 복직의 대상인 "일부 조합원"이 되었다. 엄밀하게 말해 사측으로부터 해고당하는 사람과 같은 층위의 비교 대상이 될 수 없음에도 잘린 사람'보다는' 나은 입장처럼 보이고, 복직되지 않은 조합원에 '비하면' 나은 입장처럼 여겨진다. 이런 상황에서 보다 나은 입장들을 줄 세우기 하는 것은 문제의 본질을 흐린다. 물어져야 할 것은 누가, 어떤 이유로 분열을 조장하고 논점을 흐리는 줄 세우기를 감행하는가가 되어야 한다. 여기에서 좀 더 나은 처지란 '좀 더 나은 나쁜 처지'이다. 회사가 그에게 제안한 것은 조건 없는 복직이 아니다. 그는 하청업체 소속으로 일할 것을 요구받았으며 그곳에서 배정된 "현장 업무"를 완료해야만 복직할 수 있다.

그가 완전한 복직을 위해 수행해야 하는 "현장 업무"는 실제 2013년 밀양에서 있었던 송전탑 건설의 사례를 떠오르게 한다. 그의 업무란 한적한 도시에 철탑을 세우는 것이다. 그곳에서 그는 이름이 없다. 그는 "78구역 1조 9번"(181)의 이름을 부여받고 현장에 투입된다. 익명이 지우는 개인의 고유성에 대해 우리는 익히 알고 있다. 그것은 이 구역에서 "9번"이라 지칭되는 한 그가 "9번"을 등판하고 납득하기 어려운 일을 하게 될 가능성에 대한 것이다.

'9번의 일'이란 철탑을 세우고, 그 때문에 삶이 피폐해진 주민들과 대치하는 것이다. "철거하면 세워지고 또다시 세워지는 움막을 사이에 두고 주민들과 똑같은 싸움을 되풀이"(200)한다. 삶을 위협하는 철탑 공사를 철수시키려는 주민과 철탑을 완공해야지만 복직할 수 있는 남자의 삶 한가운데서 우리는 일과 사람과 어떤 종류의 관계를 성찰할 수 있을까. (이 사이에 지역 공동체의 삶을 고려하지 않고 건설을 승인한 지방 정부와 송전탑 건설을 밀어붙인 기업이 가로놓여있음은 물론이다.) 관계가 언제나 구체적인 현실을 토대로 지어 올려진다면 핍박한 현실이 그들에게 한 줌 인간성을 앗아가고 있음을 이해할 수 있다. 그러면 그다음은 무엇인가. 해고 대상자였던 남자에게 중간 관리자들이 수도 없이 해왔던 말과 비교해 이제 복직 대상자가 된 그가 직원들을 설득하러 온 주민측 대표자에게 하는 말을 나란히 놓아본다.

이런 말씀을 드리는 제 입장도 이해해주셨으면 합니다. (…) 젊은 사람들은 취업난이라고 아우성이지. 나이 든 분들은 정년을 보장해달라고 하시지. 회사라고 그 모든 사람들을 다 안고 갈 수는 없지 않습니까. (…) 제가 회사를 대변하려는 게 아니고 객관적인 상황을 말씀드리는 겁니다. (…) 그런 다음 자신도 일개 직원에 지나지 않으며 왜 이런 업무를 맡게 됐는지 모르겠다고 중얼거렸다. (62)

그는 보란 듯이 3번의 다리를 걸고 힘껏 떠밀었다. 3번이 중심을 잃고 비틀거리다가 이내 바닥으로 고꾸라졌다. 그는 무릎을 감싸 쥔 3번을 가리키며 말했다.

봐요. 일이라는 건 이런 겁니다. 얘 다리가 왜 이렇게 된 줄 알아요? 그까짓 옳고 그른 것 구분을 못 해서 다리 병신이 된 줄 압니까? 일이라는 건 결국엔 사람을 이렇게 만듭니다. 좋은 거, 나쁜 거, 그런 게 정말 있다고 생각해요?

(…)

양보요? 내가 뭘 양보합니까? 내가 뭘 더 양보할 수 있을 거라고 생각해요?

(…)

내가 이 동네 노인들과 싸운다고 생각해요? 난 이 동네 사람들과 싸우는 데에는 아무 관심 없습니다. 그만 가요. 더 이상 할 말 없습니다. (206-207)

그는 자신을 설득하러 온 사람들 앞에서 다리가 불편한 동료 "3번"을 넘어뜨린다. 그가 겪어온 이 모든 과정을 생각하면 일의 옳고 그름을 구분하지 못하는 것이 아닐뿐더러 그것은 중요하지 않게 느껴진다는 말에 반박하기 어렵다. 굶어 죽지 않으려고 뭔가를 하나 선택해야 한다면 그것은 그저 죽지 않는다는 선택지여야 하기에 자기가 선택한 적 없어 보이는 딜레마 앞에서 '또 다른 나쁜 선택지'를 골라 손에 쥐어야만 한다.

이런 종류의 삶을 이해하는 것이 전부라고 말하려는 것은 아니다. 삶이 이런 방식으로 굴러간다는 사실을 확인하는 것과 그런 사정을 모두 알고 났으니 옳고 그르고가 중요한 것이 아님을 승인하는 것은 다른 일이다. 어쩔 수 없음으로 몰아 넣어지는 삶의 과정을 살피는 것과 그러한 선택적 삶이 파생한 나쁜 종류의 영향력을 옹호하는 것 또한 다르다. 외부적 현실이 이런 식으로 자리하고 있는 이상 인간은 끝내 서로의 삶을 끝장내는 방법으로, 공생이 아닌 약육강식의 논리에 의해, 버티는 자가 강하고 강한 자만이 살아남는다는 논리에 굴복할 수밖에 없는 걸까?

남자는 "실체도 없는 회사를 대면하"고 "그런 것을 누군가와 공유할 수 있을 거라고 기대"(243)하지도 않고 이해받기를 원하지 않으면서, 그가 직업과 삶에 대해 지닌 어떤 종류의 신뢰가 모조리 박탈당하는 것을 목격하며 끝까지 가려고 한다. 그 끝이 무엇인지, 왜 그것에 도달해야 하는지 모르는 채로 그러하다. 이로써 소설은 외부적 조건으로부터 발생한 인간 의식이 역으로 어떤 관계를 갈망하는지 보여준다. 이 모든 것을 선택해오면서도 자기가 믿어온 것에 대한 신뢰를 아주 놓아버리지 않는 인간 의식으로부터 자신의 삶을 둘러싼 외부적 조건을 변화시킬 가능성을 본다. 그가 종래에 이런 딜레마와 자기 부정, 분투의 과정을 거쳐 쌓아 올린 철탑의 나사를 하나하나 풀어 무너뜨리는 마지막 장면은 이러한 가능성에 대한 소설적 표현이다.

의식으로부터 토대를 변화시키고자 하는 가능성은 이미 소설 곳곳에 흩뿌려져 있다. 장인이 오래도록 해온 일에 대한 자타의 신뢰, 남자가 실체 없는 회사에서 믿어온 자기가 회사에 성실하게 복무한 만큼 마땅히 자신에게 돌아올 것이라 믿은 것—가정의 평안, 적당히 벌고 보통의 행복을 누리는 삶 등—들이 그러하다. 자신이 신뢰해온 것들이 하나 둘씩 무너지며 그 자신이 삶에 지닌 신뢰란 도대체 어떤 방향과 어떤 모양으로 남아있어야 하는지 묻는 장면 및 소설의 마지막을 나란히 두면서 글을 맺는다.

자신이 지켜야 할 것들에만 충실한 삶.
그가 보는 건 그런 자신의 삶이 누군가에겐 너무나 차갑고 혹독했을지도 모른다는 깨달음일지도 몰랐다. (172)

그가 느끼기에 중요한 것은 하나도 남지 않은 것 같았다. 다만 언젠가부터 어디까지 얼마나 해내는지 보자는 심정으로 집요하게 자신을 지켜보는 데에 골몰한 사람 같았다. 그건 그가 스스로 선택한 것이었다. 그렇게 생각하면 비로소 일할 준비를 마친 기분이 들었다. (239-240)

한참 만에 꿈쩍도 하지 않던 너트가 탁 하고 돌아가기 시작했다. 그는 다음, 그다음, 또 다음 너트를 분리했다. (…)
마침내 마지막 열두 번째 너트를 풀었을 때 구조물이 완전히 분리되었고 그것이 추락하기 시작했다. (…)
그 순간 어쩌면 이런 식으로 아주 오랫동안 이 일을 계속할 수 있을 거라는 생각을 그는 했다. 정말이지 이런 식으로. 그동안 자신이 세워 올린 것들을 무너뜨리면서. 이 일을 길게, 아주 길게 이어갈 수 있을 거라는 생각을 그는 하고 있었다. (254-255)

불평등 서사의 정치적 효능감, 그리고 '돌봄 민주주의'를 향하여

— 김유담, 강화길, 장류진 소설에 주목하여

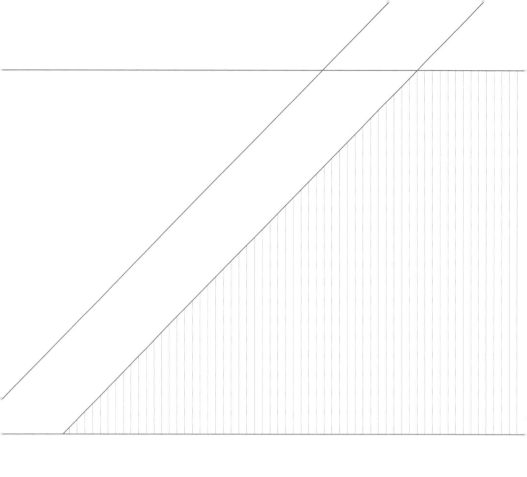

신샛별

문학평론가.
2012년 문화일보 신춘문예에 평론이 당선되어 등단.
venus860510@naver.com

불평등 서사의 정치적 효능감, 그리고 '돌봄 민주주의'를 향하여
─ 김유담, 강화길, 장류진 소설에 주목하여

1. 정치적 효능감과 한국문학

감염의 두려움이 남아 있는 와중에 치러진 21대 국회의원 선거의 투표율이 66퍼센트를 넘겼다. 총선만 따지면 지난 20년 중 가장 높은 수치다. 그 원인이야 여러 관점에서 달리 해석될 수 있겠지만, 교과서적인 분석 중 하나는 투표율이 '정치적 효능감'(political efficacy)과 연동된다는 것이다. 정치적 효능감은 자신이 정치적으로 영향을 미칠 수 있다는 신념으로, 정치참여를 통해 개발되는 개인적 자질이고, 그렇게 개발된 정치적 효능감은 다시 적극적 정치참여를 유발함으로써 순환적으로 발전한다.[1] 그렇다면 이번 총선에서 확인된 정치적 효능감은 어디에서 비롯된 것일까. 2017년 촛불혁명으

---

[1] 이종혁·최윤정·조성겸 「정치 효능감과 관용을 기준으로 한 바람직한 소통 모형: 참여민주주의와 숙의민주주의를 위한 제언」, 『한국언론학보』 59권 2호, 2015, p.11.

로 성취한 대통령 탄핵이라는 가시적 결과가 일단은 그 기원으로 보이지만, 실상에 더 가까이 다가가기 위해서는 여전히 진행 중인 생생한 정치참여의 흐름들을 간과해서는 안 된다. 예컨대 촛불정부의 출범과 함께 일신된 정치적 지형에서 시민들은 청와대 국민청원 게시판을 통해 생활밀착형 법안들의 개정 및 제정을 요구해왔고, '갑질' 반대운동, '혜화역 시위', '조국사태'의 국면에서 보여주었듯 정치적 의견의 발언 창구로 광장과 거리를 기습적으로 이용하는 데 거리낌이 없게 됐다. 이 역동성과 응집력의 기저에 4·16의 참뜻을 잊지 않겠다는 각오와 다짐이 있는 것은 물론이다.

세월호 이후 한국문학은 참담하게 퇴행해버린 시대에 대한 근본적 성찰과 이 세계에서 다치고 죽어가는 인간에 대한 애도와 위로의 시간을 거쳐, 급변하는 정치적 상황에서 분출된 문학의 정치적 효능감을 보유하고 발전시키는 데 힘써왔다고 해도 과언이 아니다. 2017년 조남주의 『82년생 김지영』(민음사 2016)이 해낸 일의 의미를 규명한 뒤에, 나는 이렇게 적은 바 있다. "정치적 소재를 다루는 소설은 많지만 마침내 정치를 해내는 소설은 드물다. (…) 광장의 정치를 위해 모였던 촛불의 열기는 많이 식었지만, 『82년생 김지영』의 독자들이 여성의 삶을 바꾸는 정치를 꿈꾸며 밝히기 시작한 촛불은 점점 더 밝아지고 있다."[2] 상징적 분기점이 된 『82년생 김지영』 이후 최근 한국문학은 냉철한 현실인식과 삶에 대한 참신한 발상을 두루 갖추면서 독자들의 '참여적' 호응을 얻으며 그들과 함께 '정치를 하는' 쪽으로 확실히 이행해가고 있는 듯하다. 다수의 비평이 작품이 선보인 페미니즘적 통찰의 시의성을 해명하고 소수자의 목소리를 증폭하고자 애쓰고

---

2   졸고 「소설, 정치를 하다: 『82년생 김지영』을 다시 읽으며」, 『안녕, 오늘의 한국소설!』, 민음사 2017(『82년생 김지영(코멘터리 에디션)』, 민음사 2018에 개고 후 재수록).

있는 것은 그 변화의 방증일 것이다. 정치적 효능감을 중심으로 정치와 개인, 그리고 삶의 관계가 재편돼온 형편과 나란하게, 한국문학을 매개로 하는 작가와 독자, 그리고 현실의 상호작용의 핵심에는 정치적 효능감이 놓이게 됐다. 두 정치적 효능감이 서로를 북돋우면서 같은 방향으로 수렴해간다는 것, 그것이 이전과는 다른 단계에 접어든 오늘날의 '문학과 정치'론의 긍정적 맥락이다.

『82년생 김지영』을 계기로 촉발된 낯선 형태의 문학적 상호작용을 분석하면서 "문학장을 향해 직접 자신을 발화하고 욕망을 주장하기 원하는 새로운 독자들"[3]의 출현에 주목했던 김미정은 새로운 문학의 존재방식을 묻는 또다른 글에서 "지금 문학장 안팎은, 이미 주어진 공통성이 아니라 함께 공유하고 만들어갈 공통성들에 대해 고투 중"[4]이라고 진단했고, 이 진단에 동의하면서 최진석은 이제 비평의 과제는 '사건의 규범화'를 경계하며 "사건이 중단되지 않도록 끊임없이 표제화하는 데, 즉 새로운 의제를 공급하는 데 있다"[5]고 강조했다. 이 논의들을 이어나가면서, 또 한국문학이 촛불혁명기를 살아내고 있다는 입장[6]에 동조하여 그렇다면 "혁명의 '완성'을 향한 긴 여정"[7]에 동반돼야 할 '촛불정신'이란 무엇인지를 몇몇 작품과 함께 고민해보고자 한다. 여기에 소개되는 작품들이 공통적으로 불평등을 직

3   김미정 「흔들리는 재현·대의의 시간: 2017년 한국소설의 안팎」, 『움직이는 별자리들』, 갈무리 2019, p.80.

4   「'쓰기'의 존재론–'나–우리'라는 주어와 만들어갈 공통장」, 같은 책 p.96.

5   최진석 「공–동적 사건의 비평을 위하여–: 문학이라는 커먼즈와 비평의 문제」, 『창작과비평』 2018년 여름호 p.66.

6   한기욱 「혁명은 끝나지 않았다: 『디디의 우산』을 읽고」, 『창작과비평』 2019년 봄호; 「사유·정동·리얼리즘: 촛불혁명기 한국소설의 분투」, 『창작과비평』 2019년 겨울호.

7   백낙청 「3·1과 한반도식 나라만들기」, 『창작과비평』 2019년 여름호 p.320.

시하며, 그에 대해 각기 다른 방식으로 날을 세우고 있는 것은 우연이 아니다. 매슈 아널드(Matthew Arnold)를 인용하며 불평등을 "사회의 정신 자체의 위기"[8]로 봐야 한다고 지적한 황정아의 논평에 기대어 말해본다면, 이 작품들은 한계에 봉착한 '사회정신'을 대체할 '촛불정신'의 요체를 탐문하고 있다.

2. 세습사회 능력주의자의 산화: 김유담의 경우

작년 여름 시작된 일련의 '조국사태'를 지나오면서 '촛불'은 특정 대학 소속 청년 주도의 '공정'에 대한 요구로 묘사되곤 했다.[9] 이를 비판적으로 검토한 연재기사는 그 후기에서 청년담론에 내재된 편견을 다음과 같이 정리한다. "한국의 청년은 '인서울 4년제 대학생'을 말한다. 주류는 '스카이(SKY)' 대학생이다. 이들이 한 말은 '요즘 청년들'의 견해가 된다. (…) 한국에서 깎고 다듬어진 '청년'이라는 상징은 누군가를 과잉대표하거나 과소대표하는 낱말일 뿐이다."[10] 이런 맥락에서 나는 '지방-청년'이라는 정체성에 '여성'으로서의 시각을 겸비한 소설에 대해 각별한 주목을 요청한 바 있는데,[11] 최근 출간된 김유담의 첫 소설집 『탬버린』(창비 2020)이 지방-청년-여성이 경험하는 입사와 그 실패의 곡절을 섬세하게 풀어 들려주었을 때의 반가움은 큰 것이었다.

---

8   황정아 「불평등의 재현과 '리얼리즘'」, 『창작과비평』 2019년 가을호 p.19.

9   이러한 상황의 문제성에 대해서는 김종엽의 글 「조국사태, 대학입시 그리고 교육불평등」(『창작과비평』 2019년 겨울호)에 잘 지적되어 있다.

10   「한국 청년 100명 만나봤더니…"계층 이동가능성 크다" 6명뿐」, 한겨레 2019.12.2.

11   졸고 「지방-여성 서사의 문학사적 반격: 강화길론」, 『문학과사회 하이픈』 2018년 가을호.

김유담의 소설에서 지방-청년-여성의 입사는 순조롭게 진행되지 않을 뿐더러 다양한 갈등을 만나고 반복적 위기를 겪으며 언제나 실패 직전에 처해 있다. 예컨대 「핀 캐리」의 화자 '나'는 서울의 학교 앞 오피스텔에 살면서 "이 집에서 행복할 자격이 없다는 말을 되뇌"(p.19)다가 고향으로 되돌아온 인물인데, 그녀는 자신의 삶이 오빠의 죽음(으로 내몰린 삶)에 빚지고 있다는 생각을 지울 수가 없다. 가족의 생계를 책임지기 위해 트럭운전을 하다 졸음운전 사고로 사망한 오빠가 남겨준 보험금으로 자신의 거처를 마련했다는 데서 기인한 미안함이 그 일차적 이유이지만, 더 근본적으로는 그녀가 장래에 살고자 하는 삶이 오빠가 일찍이 포기한 삶이라는 걸 알기 때문이다. 소설은 그녀가 고향에서 오빠의 "가난하게 자라, 가난하게 살다가"(p.18) 끝나버린 삶을 복기하는 과정을 통해, 그의 시도조차 되지 못한 다른 인생을 상상해보고 그 가능성을 끝내 버리지 못했던 오빠의 미련까지 헤아리는 여정을 좇는다. "내가 서울에 있는 대학을 고집하지 않았더라면 어땠을까. (…) 아버지가 반듯한 가장이었다면, 엄마가 좀더 야무지게 우리 남매를 건사할 줄 알았더라면, 오빠는 다른 인생을 살 수 있었을지도 모른다."(pp.14-15) "아무리 최선을 다해 힘껏 굴려도 (…) 결국 제자리로 돌아올 수밖에 없었던 오빠의 삶이 이제야 묵직하게 다가왔다."(p.42)

그런데 죽은 오빠에 대한 애도가 진행될수록 부모를 포함한 고향 사람들에게 그녀가 느끼는 울분은 커져만 가고, 오빠를 향한 것인 줄로만 알았던 연민은 그녀 자신을 향하게도 된다. 따지고 보면 이 소설의 남매는 하나의 인생이 균형 있게 가져야 할 '책임'과 '소원'을 각각 나눠 산 셈이었다. 어머니를 때리던 아버지를 내쫓고 열일곱부터 가장의 역할을 자임해오면서 "자신의 꿈은 나와 엄마의 소원을 이뤄주는 것이라고"(p.18) 말해주는 오빠 덕분에 화자는 가계의 곤궁함을 잊고 "학교 앞에 원룸이라도 하나 얻고,

돈 걱정 없이 대학을 다니는"(p.18) 소원만 좇을 수 있었다. 오빠가 죽고 생전 그가 전담했던 책임까지 짊어지게 될 상황을 맞닥뜨리자 화자는 "자기가 다 책임진다고"(p.30) 큰소리쳐온 오빠가 원망스러운 한편, 장례를 마치기도 전에 부모에 대한 "살아남은 내 책임을 강조"(p.15)하는 동네 사람들의 은근한 압박이 못마땅하고, 타협의 여지없이 소원을 철회할 수밖에 없게 된 자신의 처지가 착잡하기도 하다. 게다가 오빠가 사라진 자리에는 건강을 잃은 아버지가 되돌아와 간병을 요구할 권리 운운하고 있으니 속이 타들어갈 따름이다.

이 소설의 남매는 과도한 '책임'을 부여받은 반면, '소원'은 박탈당한 청년들이다. 이 불균형이 그들을 절망하게 한다. 소설의 정념이 "무언가 던지고 부숴버리고 싶다"(p.39) 쪽으로 수렴해가는 것은 그 때문일 것이다. 삶이 이제는 희망 고문도 아닌, 말 그대로의 고문처럼 느껴질 때 발생하는 리셋의 정념.[12] 김유담의 소설에 배음으로 깔려 있는 것은 세계에 대한 증오와 원한, 그리고 강력한 파괴의 욕망이다. 물론 그것은 모든 불행의 원흉처럼 여겨지는 아버지의 형상, 즉 경상도 사투리를 쓰고 난폭하고 이기적인데다 무능하며 자신의 무능을 외면하는 탓에 더 나쁜 선택을 반복하는 고집불통의 점령군 앞에서만 돌출할 뿐, 평소에는 제법 잘 관리·통제된다. 「핀 캐리」가 유난한 것은 화자가 오빠의 유품인 볼링일지를 경유해 그 관리·통제를 가능하게 만든 신념의 체계, 즉 능력주의의 폐해까지를 들추는 집요함을 갖춘 덕분이다.

"끝이 좋으면 다 좋다는 말을 입에 달고 살았던 오빠"(p.32)는 피곤을 물리치기 위해 "'젊은 날의 선택'이라는 광고로 유명한 자양강장제"(p.12)에

◇◇◇◇◇◇◇◇◇◇◇◇◇◇

12   엄기호 『나는 세상을 리셋하고 싶습니다』, 창비 2016, p.21.

의존해 일상적으로 과로와 무리를 했고, 그러면서도 자신을 철저히 단속해 동료들에게 근면성실하다는 평판을 들었으며, 퇴근 후엔 수입을 늘리려고 볼링 시합에 열중했다. 오빠는 아마추어 선수로 소문이 날 만큼 연전연승했는데, 그를 견제하고 볼링을 도박으로 즐기고자 하는 이들이 핀을 적게 쓰러뜨리는 사람이 승자가 되는 새 룰을 만든다. 그런데 오빠는 "실력보다는 운이 더 중요한 투전판이나 마찬가지"(p.37)인 '뉴 게임'에도 전과 같이 "낯 부끄러울 정도로 진지하고 치열한"(p.38) 태도로 임한다. 도박이라도 해야 다른 인생의 가능성을 '보너스'로라도 얻을 수 있다고 믿는 청년들이 '비트코인' 열풍의 주역이었던 것을 떠올리면, 소설 속 오빠의 기이한 집념은 납득이 된다. 요컨대 그는 '할 수 있다'는 모토를 뼛속까지 새긴 채 눈앞의 과제 해결에 몰입해온 능력주의의 화신인 것이다. 문제는 그가 '노오력'을 하느라 자기를 돌보는 데 무관심했고, 속수무책 사망에 이르게 됐다는 점이다. 그의 시체 곁에 나뒹굴고 있는 빈 자양강장제 병들은 그가 무수히 치러낸 극기의 증거인 동시에 가까스로 막아낸 앞선 죽음들의 흔적일 것이다.

서울의 대학에 진학해 캠퍼스 커플로 연애하다 결혼과 출산까지 한 지방-청년-부부의 이야기인 「가져도 되는」에서 '인희'가 강남 출신의 동창 '조명아'에게 느낀 박탈감 역시 이런 맥락에서 논의될 수 있다. "아, 저 아이는 자신의 기분을 살피면서 살고 있구나, 자신의 상태를 살피고 나빠지지 않게 스스로를 돌보는 법을 아는구나. (…) 나는 기분 따위를 돌보며 살 여력이 없었어. 학업을 이어가고, 생활을 유지하는 것만으로도 힘에 부쳤으니까."(p.237) 능력주의가 이미 허구로 판명된 이데올로기라 해도 하는 수 없다.[13] 지역적-가족적 불평등이 인생의 상수로 설정돼 있는 지방-청년에게 능력주의 신화 이외에 달리 기댈 곳은 없다. 학벌의 사다리를 겨우 올라탄 「가져도 되는」의 인물들이 "그 자체로 커다란 허방"(p.211)인 지방-가족과의 거리를 멀찍이 조정하면서 아이의 사교육 문제로 신경이 곤두서는 것은, 그들이 능력주의 신화의 맹목적 신봉자들이어서가 아니라 오히려 그것이 은폐하는 세습사회의 민낯을 너무 잘 알고 있어서다. "부모가 얼마나 서포트해줄 수 있는지 없는지에 따라 운명이 갈린다고. 솔직히 그건 우리 때도 마찬가지였지."(p.210)

강력한 상속의 욕망이 지배하는 현실에서 "내 부모에게 (…) 지독하게 나쁜 것들만 물려받았다"(p.226)고 생각하는 이들의 인생은 '자기 돌봄'을 담보 잡혀 학벌을 취하고, 학벌을 담보 잡혀 일자리를 구하고, 일자리를 담보 잡혀 빚을 내고, 그 돈으로 허방을 메우다 일순간 봉쇄·폐기·축출되는[14] 궁지로 내몰리고 있다. 그러므로 「핀 캐리」의 죽음을 '산화(散華)'라고 부르는 데 주저할 필요는 없을 것이다. 그 죽음은 세습사회를 온존시키는 능력주의의 기만을 그 체제가 강권하는 '노오력'에의 투신으로 내파하면서, 차별을 긍정하는 기존의 분배 시스템에 대한 전면적 재고를 촉구한다. 그 죽음 앞에 구의역 김군과, 태안 화력발전소 김용균의 죽음이 있다는 것을 우리는 안다. 지역적-가족적-교육적 불평등이 서로를 강화하는 세계에서 존재의 가치는 그 자체로 의심에 부쳐진다. '기본소득'을 비롯한 새로운 분배 시스템의 원리가 '존재 자체의 몫'을 명명하는 방식으로 상상되고 있는 것은

---

13   스티븐 J. 맥나미·로버트 K. 밀러 주니어, 『능력주의는 허구다』, 김현정 옮김, 사이 2015.

14   노동을 지배하는 자본의 달라진 방식에 대해서는 한기욱 「사유·정동·리얼리즘」 p.20 참조.

그런 연유에서다.[15] '도움'도 '보상'도 아닌 분배에 대한 이 존재론적 발상이 "정의로서의 평등"[16]을 앞당기는 단초가 되기를 바랄 뿐이다.

3. 행위자로서의 여성과 돌보는 권력의 탄생 : 강화길의 경우

미투 운동에서 n번방 사건까지 페미니즘을 통과하여 제출된 한국사회에 대한 폭로와 고발들은 촛불혁명이 젠더 불평등 해결을 중요한 과제로 포함하고 있다는 것을 여러차례 경고했다. 그 경고들은 엄중한 사회적 갈등과 혼란으로 인식되기도 했지만, 바야흐로 페미니즘은 미진한 법과 제도를 보완해나가는 가늠자로서의 역할을 맡게 됐다. 행정·입법·사법의 영역을 막론하고 다방면에서 서서히 진행 중인 변화를 보면서 충분히 만족스러운 정도는 아니더라도 위안이 되는 한편, 종종 이런 의구심이 든다. 이게 전부일까. 페미니즘은 이미 정초된 체제의 결함을 발견하고 비판하며 빈 곳을 메우고 고장을 손보는 보조적 사상일 따름인가. 어쩌면 갈등은 불식시켜야 하고 혼란은 진정돼야 한다는 우리의 관성적 사고방식이 페미니즘의 무한한 잠재성을 사장하는 데 일조하고 있는 것은 아닐까. 여태껏 실험된 적 없는 다른 체제, 즉 '다음 민주주의'를 설계하는 원리로서의 페미니즘은 불가능한가. 이런 아쉬움이 가시지 않는 한 페미니즘적 약진이 돋보이는 문학작품을 읽으며 '여성주의 정치학'을 구성해보는 모험을 멈출 수는 없을 듯하다.

---

15   제임스 퍼거슨, 『분배정치의 시대』, 조문영 옮김, 여문책 2017, p.318.

16   황정아, 앞의 글 p.31.

장편 『다른 사람』(한겨레출판 2017)을 비롯한 강화길의 이전 소설들에 대한 긴 분석 끝에서, 나는 그의 소설들이 "여성 주체성의 특질과 그 가능성을 살피고 시민사회의 새로운 연대 형식을 제시하는 한 사례로서 가치를 갖는다"[17]라고 평가한 바 있다. 강화길의 소설이 여성주의 정치학의 비전을 암시하고 있다는 기왕의 짐작은 최근 상재된 「음복(飮福)」(『제11회 젊은작가상 수상작품집』, 문학동네 2020)과 「가원(佳園)」(『자음과모음』 2020년 봄호)을 읽으면서 확신으로 바뀌었는데, 이 소설들이 정치학의 중심 개념인 권력 개념에 대한 재해석을 유도하고 있었기 때문이다. 먼저 「음복」부터 살펴보자. 시조부의 제사를 지내러 시댁에 들른 화자 '세나'는 단 하룻밤 동안 한 집안의 내력을 속속들이 꿰게 된다. 시조모의 돌봄 문제를 둘러싼 시부모와 시고모 사이의 협의, 남편 '정우'를 향한 시고모의 해묵은 미움과 그 까닭, 시조모가 치매에 걸리고서도 잊지 못한 시조부의 사납고 신산한 과거, 시부와 시모가 제사와 관련해 맺은 비밀스런 계약, 그리고 이 모든 가족의 속사정을 모르는 남편의 무지까지를 세나는 알아챈다. 그처럼 과속으로 체득된 세나의 앎은 혈연적으로 이어져 있으면서도 서른두해 동안 기적적으로 지연돼 온 정우의 무지와 대조를 이루면서, 가부장제의 젠더 불평등한 권력구조를 남성의 무지와 여성의 앎의 위계에 유비해 보여준다. 이 소설에 대한 평문들이 정우를 가리키며 "몰라도 되는 것. (…) 악역을 맡지 않아도 되는 것. 그것이 권력"[18]이라거나 "온 집안을 표표히 떠도는 그 모든 사랑과 증오의 정치로부터 자유로울 수 있는 그 구김살 없이 해사한 면상이 바로 권력의 얼

○○○○○○○○○○○○○○○

17   졸고, 「지방-여성서사의 문학사적 반격」 p.138.

18   인아영 「눈물, 진정성, 윤리: 한국문학의 착한 남자들」, 『문학동네』 2019 겨울호 p.100.

굴"[19]이라고 말하는 것은 이런 측면에서 일리가 있다. 그러나 이 소설이 (여성) 독자에게 선사하는 모종의 만족감에 대해서는 더 해명해야 할 것이 있어 보인다. 가부장제라는 '구조'에서 종속적 위치를 할당받는 '여성'의 부당한 현실을 드러내는 이야기로 이 소설을 읽을 때, 말미에서 세나가 "진짜 악역"(p.38)인 남편을 두고 동정적으로 "과연 그걸 선택이라고 말할 수 있는 걸까"라며 회의하거나, 미래의 아이를 떠올리며 "그럼에도 불구하고 네가 딸이었으면 좋겠다"(p.39)라고 말하는 대목은 선뜻 납득하기가 어려워지기 때문이다.

이를 염두에 두고 다시 읽으면 「음복」의 주요한 성취는 시모와 시고모가 제사로 대표되는 가부장제의 제약과 '협상하면서' 어떻게 자신들의 소원을 성취해왔는지를 세나가 발견하는 데 있는 것으로 보인다. 그 협상에서 악역을 '맡아온' 시고모의 모습에 세나는 외갓집에서 목격한 엄마에 대한 기억을 겹쳐본다. 아들만 살뜰히 챙기면서 가부장제를 체현해온 시할머니와 외할머니 때문에 우는 일이 많았을 시고모와 엄마, 그럼에도 자신들의 엄마를 전적으로 이해해야 한다는 당위적 명령까지 감당해온 두 여성. 그녀들에게 세나는 "나만은 엄마를 절대 미워하면 안 된다"(p.35)고 다짐했던 유년시절의 감정으로 결속된다. 더욱이 세나는 시모의 문자를 통해 시모와 시고모가 각각 가부장제가 가하는 유무형의 강제에 맞서서 자녀들의 삶을 보전하기 위해 어떤 수고스런 과업들을 '선택'해왔는지도 알게 된다. 시모가 제사를 열심히 챙기는 대신 시부는 아들의 삶에 일체 개입할 수 없게 됐으며, 시조모의 감정적 의존처가 돼주는 댓가로 시고모는 집안의 반대와 종용을 저지하고 딸의 재수와 약대 졸업과 '멋진' 삶을 지켜내고 있다.

---

19   오은교 「여성주의 가족 스릴러」, 『2020 제11회 젊은작가상 수상작품집』 p.49.

그러므로 이 소설에 등장하는 여성들의 삶에 대해 우리는 정확히 양의적(兩意的) 해석을 할 필요가 있다. 구조와의 상호작용 속에서 젠더적 억압을 받으면서 '동시에' 동력을 얻는 길을 내고 그리로 나아갈 때 여성은 시고모와 엄마의 경우처럼 악역을 '맡는' 과감함을 보여주기도 하는데, 이 소설은 그것을 '선택'이라고 부른다.

「음복」이 주목한 것은 자신을 구속하는 힘을 실감하면서 그 힘의 방향을 굴절시키고 강도를 조율하기 위해, 그럼으로써 종내에는 소원을 성취하기 위해 나름의 전략을 짜고 실천하는 '선택'의 당사자들, 즉 행위자(agent)로서의 여성들이다.[20] 따라서 정우가 '진짜 악역'이라고 하더라도 무지의 장막 속에 있는 그의 인생은 '선택'에 미달한다. 세나가 딸의 출산을 계획하는 자신이 '선택'을 하고 있는 것이기를 기도하며 "걔는 아무것도 몰랐으면 좋겠어. 아무것도"(p.39)라는 시모의 소원을 그대로 물려받는 이 소설의 결말은 행위자-여성으로 성장해갈 그녀의 앞날을 예감하는 표지처럼 보인다. 이렇게 행위자-여성으로의 성장의 문턱에 '출산과 양육'이라는 사건을 배치하면서, 강화길의 소설은 행위자-여성이 획득하고자 하는 '모성적 권력'의 가치를 사유할 준비를 마친다. 잇달아 발표된 「가원」은 외조모의 일대기가 손녀 '연정'에 의해 다시 쓰이는 과정을 따라 전개되는데, 그 끝에서 밝혀지

◇◇◇◇◇◇◇◇◇◇◇◇◇◇◇

20 페미니즘 담론에서의 '행위자' 개념에 대해서는 다음 단락을 인용함으로써 설명의 부담을 덜기로 하자. "페미니스트의 원칙과 그 자기주도성(initiative)에 반대하는 이들은 대다수의 여성들이 지배적인 여성적 규범에 기꺼이 순응한다는 점을 지적했다. 그때 페미니스트 철학자들은 다음과 같이 반박했다. 그 규범에 순응하지 않았을 때 얻게 되는 불이익이 없었더라면, 거기에 더해 편재하는 전통적 이성애 역할 모델과 미디어의 표상이 없었더라면, 여성들은 다르게 살기를 선택할 수 있었을 것이다."(Feminist theories of agency, Encyclopedia Britannica) 강요되는 규범과 편재하는 표상 속에서도 여성이 다르게 살기를 '선택'하는 능력이 있다고 믿는다는 것은 행위자(agent)로서의 여성의 행위력(행위자성, agency)을 믿는 일이다.

는 것은 친절하고 다정했던 외조부 '박윤보'의 양육과 대비돼 냉정하고 엄혹하게만 느껴졌던 외조모의 양육 안에 숨겨진, 손녀가 (자신이나 딸과는) "부디 다른 삶을 살았으면 하는 그런 간절한 마음"이다. 기억을 재구성해 다시 쓴 외조모의 일대기를 반성적으로 곱씹어보는 연정이 과거와 현재 사이의 인식적 낙차를 강조하는 대목들, 가령 "그러나 지금 와서는 이런 생각을 한다. 나는 정말로 알고 있었을까?"(p.107) "이제는 그 이유를 안다. 그러나 그날은 몰랐다"(p.109) 등은 외조모의 삶을 회고하며 얻은 앎이 의사로서 "누군가를 돕는 일을 하게" 된 그녀의 인생을 어떻게 바꾸게 될지를 기대하게끔 한다.

> 하지만 하나는 알고 있다. 무엇이 진실이든, 그녀가 온종일 일했기 때문에, 택시를 타지 않고 걸어 다녔기 때문에, 내게 윽박지르고 몰아붙였기 때문에, 때리고 실망하고, "유지혜"라고 말했기 때문에, 나는 이 동네를 떠날 수 있었다. 내가 원하는 대로 살게 되었다. 누군가를 돕는 일을 하게 되었다. 그것으로 밥값을 하게 되었다. 박윤보와 같은 남자들을 만나고 얼마든지 그들을 떠나고 다시 만나고 잊었다. 그런 사람으로 자랐다. 나만은 그런 사람이 되었다. 그렇게 살게 되었다. 살고 있다. 그래. 정말로 안다. 사실 박윤보는 나의 인생, 나의 삶, 나의 미래를 자신의 무엇만큼 중요하게 생각하지 않았을 거라는 것. 그래서 나의 웃는 모습을 있는 그대로 내버려둘 수 있었던 거라는 것.(pp.119~20)

절약을 강요하고 성공을 채근했던 외조모의 훈육이 연정의 어린 마음에 생채기를 낸 적이 분명히 있지만, 돌이켜보면 그 행위가 자기 삶의 가능성을 확장시킨 동력을 만들어냈다는 것을 연정은 안다. 모성신화가 조장하는 '모성'의 이미지에 꼭 들어맞을 부드러움과 미소를 내주던 외조부의 양육이 차라리 무책임하고 이기적인 방임에 가까웠다는 각성에 이를 때, 이 소설은 때로 가부장의 외피를 쓰는 듯이 보이기도 하는 '모성적 권력'이 궁극적으로 꿈꾸는 바가 진정한 의미에서의 '돌봄의 수행'이라는 점을 시사한다. '돌보는 권력'은 '~보다 우위에 있는 힘'(power over)이 아니라 '~를 하는 힘'(power to)으로서의 권력 개념, 관계를 중시하고 타인의 역량을 강화시키는 힘으로서의 권력 개념(power as empowerment), 미래지향성과 재생산성 그리고 이타성을 함축하는 권력 개념에 부합한다.[21] 강화길의 소설을 읽은 뒤 (여성) 독자가 얻는 위안이 있다면, 그것은 그의 소설 속 여성들이 가부장의 권력에 얼마나 심각하게 종속돼 있는지를 들춰냄으로써 권력 비판을 용이하게 해주었기 때문이 아니다. 그의 소설은 대안적 권력 모델을 추구하고 행사해온 행위자-여성들의 삶을 조명함으로써 그러한 대안적 권력을 이미 가졌거나 앞으로 가질 수 있는 여성으로서의 삶을 긍정하게 해주고, 돌보는 권력을 향한 여성들의 헌신을 북돋운다. '돌봄'과 '권력'은 얼마든지 결합할 수 있고, 그럴 때 정치는 불평등을 심화하는 이해당사자들의 아귀다툼이 아니라 양육의 주체인 모든 시민, 공동체, 국가의 평등하고 다양한 미래에 대한 소원이자 그 소원을 이루려는 끝없는 경주를 가리킨다는 것을 '집단모성'의 이름으로 정치를 하는 한 시민단체의 사례가 넉넉히 입증해주고 있다.[22] 강화길의 소설이 제안하는 여성 행위력(agency)의 발견과 권력

◇◇◇◇◇◇◇◇◇◇◇◇◇◇◇

21   권력 개념에 대한 이같은 방식의 페미니즘적 재해석은 Nancy Hartsock, *Money, sex, and power: toward a feminist historical materialism*. New York: Longman 1983; *The feminist standpoint revisited and other essays*. Boulder, Colorado: Westview Press 1998 참조.

22   '정치하는 엄마들'을 생각하며 썼다. 그들의 최근 관심사는 '스쿨미투' 과정에서 드러난 폐단의 수정과 n번방 사건의 발본적 해결이다. "정치하는 엄마들의 '엄마'란 단순히 생물학

개념의 재해석을 참조해 '돌보는 권력'을 요체로 한 다음 민주주의를 예감하는 것이 터무니없는 공상만은 아닌 것이다.

4. 회계하는 인간의 회개: 장류진의 경우

　　다음 민주주의의 실현이 돌봄에 대한 책임을 숙의하는 데서부터 시작돼야 한다는 주장은 여러 겹의 난제를 포함한다.[23] '돌봄'을 둘러싼 재래의 인식적 영향하에서 그 주장은 공동양육 시스템의 기반이었던 봉건적 위계구조를 복원하자는 말로 곡해될 수 있고, 신뢰할 만한 공공시스템이 부재하는 현실을 환기하면서 공적 과제가 오롯이 사적 해결에 전가되는 불의(不義)의 사태를 예상하게도 한다. 게다가 새로운 연대의 형식이 '집단모성'으로 제안될 때, 그것은 본래의 취지를 거슬러 돌봄에 대해 남성보다 여전히 더 많은 책임감을 느끼는 여성들의 정체성 정치로 게토화될 위험을 갖는 한편, '여성적' 책무로 구획돼 있는 과업들의 실천을 거부함으로써 성별 구분의 근간을 겨냥하고자 하는 이들로부터 외면당할 우려까지 안게 된다. 결정적으로 칼 폴라니(Karl Polanyi)가 '시장에 의한 식민지화'로 지칭한 사

적 여성으로서의 개념이 아니라 아빠, 할머니, 할아버지, 이모, 삼촌 등 성별이나 연령을 넘어서 모든 성인들에게 주어지는 이름이어야 한다고 의견을 모았다. 나아가 국가와 사회 시스템 역시 아이를 돌보는 엄마로서의 역할을 수행해야 한다는 의미로도 확장하기로 했다. (…) 아이들은 물론 모든 사회 구성원이 인간답게 살아갈 수 있는 사회, 모두가 모두의 아이를 키우는 사회를 집단모성의 힘으로 만들어 갈 수 있을 것이다."(『정치하는 엄마가 이긴다』, 생각의힘 2018, pp.47-48)

23　더 자세히는 백영경 「복지와 커먼즈: 돌봄의 위기와 공공성의 재구성」, 『창작과비평』 2017년 가을호 참조.

회적 변동이 돌봄을 거래 가능한 상품으로 만든 지 오래이고, 그런 탓에 계급적 차원의 적대와 긴장을 살피는 경제 정의의 구상으로까지 시야를 확대할 필요성이 제기된다. 전통과 관습, 낙후된 현실과 현실추수적 순응, 페미니즘적 의혹과 한계, 자본주의의 포박과 위협까지, 중층적 난관을 극복하고 돌봄이 다음 민주주의의 화두가 될 수 있을지를 착실히 검토해보는 것이 우리의 남은 과제다.

이와 관련해 장류진의 소설들은 인상적이다. 그의 소설 속 주인공들은 대부분 지금-여기 한국사회의 이삼십대 직장인 여성들인데, 개인주의와 합리주의로 무장한 그녀들은 결혼에 대해 부정적이고, 결혼은 하더라도 아이는 낳지 않겠다고 결의한다. 맞벌이의 일반화 경향에 발맞춰 살아온 그녀들은, 가부장제의 유해함이 일소되지 않은 현실 속에 잔존하는 전통적 젠더종속의 압력에, 결혼과 출산으로 빚어질 노동시장에서의 불확실성과 그로 인한 미래의 불평등(후-전통적인 젠더종속)을 더하고 싶지가 않다.[24] "단 한 번도 충분하다거나 여유롭다는 기분으로 살아본 적 없는 삶이었다. 삼십대 중반, 이제야 비로소 누리게 된 것들을 남은 인생에서도 계속 안정적으로 누리며 살고 싶었다."[25] 「도움의 손길」의 화자가 주장하는 안정지향의 "합리적인 선택"(p.143) 저변에 신자유주의가 초래한 불안정성의 공포가 짙게 깔려 있음은 물론이다. 주목해야 할 것은 그녀가 돌봄의 구매자가 되면서 생계부양자로 규정된 남성이 돌봄에 대한 책임을 면제받으며 누려온 '생산형 무임승차권'을 획득하게 된다는 점이다. 가부장제와 은밀히 공모하며

24   전통적 젠더종속과 후-전통적 젠더종속의 구분은 낸시 프레이저 「페미니즘과 자본주의, 역사의 간계」, 『전진하는 페미니즘』, 임옥희 옮김, 돌베개 2017에서 가져왔다.

25   장류진 「도움의 손길」, 『일의 기쁨과 슬픔』, 창비 2019, p.143.

자본주의를 영속시켜온 신자유주의 체제에서 돌봄의 책임은 두번 하청된다. 한번은 성차별적 분업에 의해, 또 한번은 생산자로서의 지위 유무에 의해. 각 단계에서 발행되는 '보호형 무임승차권'과 '생산형 무임승차권'을, 맞벌이 가정의 남편은 중복하여, 아내는 후자에 한하여 소유한다.[26]

여기서 '소유한다'라는 표현은 비유가 아니다. 임금노동자, 달리 말해 상품의 생산자로 자신을 정체화하는 '일하는' 여성들은 인생 전체와 맞바꿨다고 해도 과언이 아닌 소유권의 보호·주장·행사·침해에 예민해진다. "집도 내 것이고, 집 안에 있는 모든 것들이 다 내가 고른 내 것인데, 그런 집에서 내가 살고 있다는 사실만 내 것 같지 않았다"(p.130)라는 문장이 암시하는 대로, 좀처럼 실감되지 않는 소유권에 대한 화자의 불안이 「도움의 손길」의 숨은 주제다. 이 소설이 화자와 (그녀와 거래 관계인) 아주머니를, 성경 속 '부자'와 "부자의 식탁에서 떨어지는 부스러기로 주린 배를 채우려고"(p.137) 하는 '거지'의 이미지에 겹쳐놓는 대목은, 이른바 '낙수효과'를 연상시키면서 돌봄 수혜자와 그 제공자를 자본(소유)의 크기에 비례해 서열화된 지위로 형상화한다. '부탁과 감사'라는 호혜적 형태로 커뮤니케이션을 수행하면서도 아주머니의 업무 추진에 대한 감시와 사찰을 멈추지 않는 화자의 모습은, 그녀가 신자유주의적으로 협소화된 '정의', 즉 책무성(accountability)의 관리자라는 직접적 증거다. 실제 직업이 회계사(accountant)이거나 관련 업무를 맡는 것으로 설정되기도 하는 장류진 소설의 여성들은 '숫자를 세고 계산을 맞추며 장부를 기재하는 일'에 능숙하고 그 회계적인 실천을 통해 '투명성, 반부패, 청렴' 같은 책무성의 윤리가 일상의 도덕으로

---

26 돌봄의 책임에 대한 두개의 무임승차권에 대해서는 조안 C. 트론토 『돌봄민주주의』, 아포리아 2014, 김희강·나상원 옮김, 특히 2부를 참조.

안착하기를 욕망한다.[27] 그렇다면 「도움의 손길」은 '비윤리적' 거래를 시도하는 아주머니를 향한 화자의 '정당한' 불만에 대해, 또 충분히 '정의'롭지 못한 데서 오는 불쾌감을 감수하며 거래를 유지해온 화자에게 도리어 '정직'을 명분으로 '손해를 끼친' 아주머니의 적반하장에 대해 말하고 있는 것일까.

작가 자신이 한쌍이라고 소개한[28] 다른 작품 「연수」와 함께 읽을 때 「도움의 손길」의 진가는 명확해진다. 「연수」는 지역 맘카페에서 추천받은 아주머니에게 연수를 받고 운전에 대한 공포를 이겨내는 회계사 비혼주의자 여성의 이야기다. 회계적 사고를 편안하게 여기는 화자의 재무제표식 산술을 거쳐 돌봄의 수혜-제공 관계가 형성되고, 그 거래의 당사자인 두 여성의 상이한 세대와 계급, 그로 인한 가치관과 태도의 차이가 부각된다는 점에서 「도움의 손길」과 「연수」는 동일한 얼개를 갖고 있다. 그렇다는 것은 두 작품이 갈라지는 지점에 특별히 주의해야 한다는 뜻이기도 한데, 결론부터 말하면 두 소설에서 화자는 돌봄 제공자 여성에게 신뢰와 호감을 갖는 데 각각 성공 또는 실패한다.

성공의 사례부터 살펴보자. 「연수」에서 운전 초보자인 화자는 자신을 "갓 태어난 갓난아기"[29]로 여기며 가르치는 아주머니의 돌봄에 힘입어 연수가 끝날 즈음 "비포장도로, 흙길"(p.280)을 무사히 통과해 "그냥 운전이 하고 싶어 핸들을 잡는 사람들이 마음"(p.282)마저 이해하는 단계에 진입한다.

27   신자유주의적 정의 개념인 책무성과 그 윤리의 측정·관리자인 회계사의 형상에 대해서는 서동진 「이 윤리적인 사회를 보라: 신자유주의적 윤리로서의 정의」, 이택광 외 『무엇이 정의인가?』, 마티 2011 참조.

28   장류진 「작가노트: 흘러들어온, 그리고 이어지는」, 『2020 제11회 젊은작가상 수상작품집』.

29   같은 책 p.266.

'비법'의 이름으로 전수받은 아주머니의 '경험적 지식' 덕에 화자가 9년 동안의 낭패감을 삽시간에 떨쳐버리는 이 소설의 줄거리는, 미숙한 주인공이 숙련된 교사의 지도로 거듭나는 도제식 성장 플롯과 겹쳐지면서 아마도 그녀들을 매개한 맘카페와 흡사할 여성 주도의 양육 공동체를 상상하게 한다. 화자가 아주머니에게서 '딸의 성취를 통해 자신의 인생에서 가장 기쁜 순간을 경신해간 엄마'를 발견하는 대목에서 짐작할 수 있듯이, 이 소설은 세대의 경계가 희미해지고 계급의 격차가 축약되는 긴 시간의 축 위에 두 여성을 배치한다. 그 인류학적 선 위에서 인간은 마치 도로의 차들처럼, 빼곡하게 줄지어 조금씩 앞으로 나아가지만 멀리서 보면 멈춰 선 듯이 보일 것이다. 전진하는 문명의 도로에서 차선 실수를 범한 화자가 원하는 길로 들어설 수 있도록, 아주머니가 "뒤에서 막아"주고 대신 "차갑고 신경질적인 경적"을 받아내고 고맙다는 인사는 사양하며 "전방 주시"를 "스피커폰으로 조언"(pp.284-86)할 때, 이 장면은 여성연대가 이룩할 진보의 서사를 함축하는 것처럼 보일 정도다. 그러나 이런 해석이 주는 만족감에 취하지는 말자. 우리는 아직 「도움의 손길」의 실패를 점검하기 전이다.

　「도움의 손길」에 나타난 연대의 실패를 재생산노동(돌봄)의 상품화 사태와 관련해 해석한 이지은의 글은, 이 소설의 화자에게 아주머니가 '구원'을 언급하며 요청한 '공동체에 대한 책임'이 "교회의 맹목적인 가르침, 곧 신앙의 영역으로 받아들여진다"고 보았다. 그러면서 질문을 용납하지 않는 교회의 일방적 교육이 문제였고, 오늘날 공동체 윤리를 기획하는 것은 종교가 아니라 정치의 영역에서 자본주의에 대한 비판과 페미니즘의 언어를 경유해 이루어져야 한다고 주장한다. 요컨대 화자가 아주머니에게 신뢰와 호감을 갖는 데 실패한 것은 신앙의 실패이지, 끝없는 축적을 통해 생존을 도모해야 하는 소비 주체로서 "시혜적 연민" 이상의 배려를 하기는 곤란했던 화자의 실패로 보지는 않은 것이다.[30] 진상이 그렇다면, 신앙과 같은 맹목적 힘에 좌지우지되지 않는 이성적 인간은, 시장이 존재하는 한 공동체에 대한 책임에서 얼마든지 자유로워져도 무방한 것이 아닌가. 이런 오해를 막기 위해, 연대 실패라는 이 소설의 결과를 초래한 '원인-실패'의 현장으로서 화자가 기억하는 교리교실 장면을 섬세하게 들여다볼 필요가 있다.

칠판에 두개의 그림을 붙였다. 하나는 천국이고 하나는 지옥이었다. 천국에 있는 사람들은 긴 숟가락으로 서로에게 밥을 떠먹여주고 있었고, 지옥에 있는 사람들은 혼자만 먹으려고 하다보니 밥을 하나도 먹지 못해 뼈밖에 남지 않았다는 이야기였다. 심지어 그들의 하반신은 불구덩이에 잠겨 있었다. 나는 교리 선생에게 물었다.

"그러면 숟가락 안 쓰고 그냥 손으로 먹으면 되지 않아요?"

선생은 약간 당황하다가 곧 싸늘한 표정을 하고 이렇게 말했다.

"그게 마음대로 될까요? 지옥에서는 숟가락을 불로 녹여서 손바닥에 붙여버린답니다."

그 후로 나는 숟가락이 손에 붙어버릴까 몇 번이나 확인하며 밥을 먹느라 곧잘 체하는 아이로 자랐다.(p.139)

이 소설에서 '체기'는 인용문에서, 그리고 화자가 아주머니의 대가족 사진을 메신저 프로필에서 확인하고 남편에게 소화제를 사 오라고 부탁할 때 각각 등장한다. 두번의 체기 사이에 나오는 것은 화자의 비출산 결정에 대

---

30 이지은 「재생산노동력의 상품화와 여성 연대의 곤경: 장류진, 「도움의 손길」에 부치는 주석」, 『문학동네』 2019년 겨울호 pp.446-47.

한 장황한 이유 설명, 집을 보러 다니다 만났던 양육자 여성들의 지친 얼굴에 대한 회상, 아들의 계좌로 임금을 입금해달라는 아주머니의 말에 이상스레 상하는 마음이다. 세개의 삽화는 별개로 보이지만 실은 어릴 적 교리교실에서 거부하고자 했던 '긴 숟가락'의 상징과 포개진다. 인간은 '긴 숟가락'을 이용해서만 밥을 먹고 생존할 수 있다는 선생의 전언은 책임을 요청하는 타인과 어떤 식으로건 묶이고 싶지 않은 화자의 욕망에 정면으로 충돌하는 것이었고, 타인과 연결되지 않고도 생존할 방법이 있지 않겠느냐는 그녀의 질문은 손바닥과 숟가락을 하나로 만들어버린다는 지옥의 풍경과 함께 우문이 돼버린다. 인간의 관계성을 불가피한 인간의 조건으로 못박는 교회로부터 화자는 멀리 떠나왔지만, 떠나온 곳으로 다시 자신을 불러들이는 세개의 삽화가 징검다리처럼 놓이면서 어릴 적 '체기'는 돌아온다. 소유권에 대한 불안에 시달리는 화자에게 관계적 존재로서 자기를 바라보라는 주문, 가까스로 취득한 소유권을 더 불안하게 만들지 모를 그 지식은 아직 소화하기 어려운 것으로 남아 있다.

돌봄의 책임을 여성에게만 떠맡기는 현실을 생각하면 '긴 숟가락'에 대한 화자의 진저리가 납득이 된다. 그러나 '긴 숟가락' 일화를 통해 인간을 관계적 존재로 규정하고 공동체에 대한 책임이 그 존재론적 지식 안에 새겨져 있다고 이야기하는 교리교실은 신앙을 주입한다기보다 인류학적 지식을 전달하는 것에 가까워 보인다. 화자는 신앙을 거부한 것이 아니라 인류학적 지식을 부정한 것이며, 틀린 지식에 붙들려 있는 한 연대는 실패하기 마련이다. 이쯤에서 「연수」가 도로에 세대와 계급이 다른 여성들과 그녀들을 배려하거나 위협하는 여러 차주를 끌어들이면서, 혼잡한 듯 보여도 옳은 길을 찾아 전진하는 인간사의 이미지를 만들고 있다는 것은 강조될 필요가 있겠다. 「도움의 손길」은 성경책이 "관성적으로 계속 가지고 다니는"(p.137) 짐이자 무상으로 기증해도 아깝지 않은 값 없는 진리가 된 시대에, 진정한 의미의 '구원'은 종교가 아니라 종교가 기반을 둔 참된 인류학적 지식 속에 이미 배태되어 있다고 말하는 게 아닐까. 이런 관점에서 보면 「연수」가 선보인 스마트폰을 통한 '원격 돌봄'의 장면은 새삼 흥미롭게 읽힌다. 소비사회의 회계-주체로 조형돼온 우리가 당장이라도 실천 가능한 연대의 형식은 그와 같은 '느슨한 연결'일지 모른다. 인간은 돌봄의 수혜자이자 제공자인 관계적 존재라는 점에 수긍하면서도, 돌봄의 책임을 과거와 다르게 어떻게 해석·배분·실천할지 토론하는 세간의 공동체 실험들에는 공통적으로 저 '느슨한 연결'의 기획이 있다.[31] 오래전 익힌 인류학적 지식에 합당하게 살아보려고 뒤늦게나마 모의 중인 우리의 노력 속에서 '구원'은 조용히 발명되고 있는지도 모른다.

5. 포스트 코로나 시대와 돌봄 민주주의

팬데믹 사태를 마주하고서 새삼스레 깨우치게 된 인류학적 기초지식은 인간이 호흡기 달린 생명체로서 살고 있다는 것이다. 매일 늘어나는 확진자 수와 사망자 수는 대기 중에 노출된 호흡기들이 불가피한 상호의존관계에 놓여 있다는 것을 투명하게 일러준다. 날숨[呼]과 들숨[吸]이 우리가 타인과 세계와 관계하며 돌봄의 제공자이자 수혜자로 살고 있다는 생래적 흔적으로 보일 때, 호흡이 놓인 사회경제적 환경을 점검·개량하고자 노력 중

---

31   페미니스트 비혼주의자 여성들이 중심이 된 새로운 공동체 실험의 현장들에 대해서는 2020년 3~4월 경향신문에 연재된 「언니들의 플랫한 생활」을 참조할 수 있다.

인 오늘날의 분주한 움직임들은 다음 민주주의의 태동으로 읽힐 수 있다. 모두가 돌봄의 수혜자(care receivers all)라는 합의에서 시작해 평등에 기초한 민주주의를 구상하는 '돌봄 민주주의'[32]가 촛불정신의 비전이 될 수 있을까. 분명한 것은 촛불혁명기 한국문학이 '자기 돌봄'을 약탈당한 청년들의 희망 없는 삶과 소리 없는 죽음에 대해(김유담), '돌보는 권력'을 향해 모여든 여성들의 역사와 그 잠재력에 대해(강화길), 시장이 분할하고 줄 세우는 돌봄 관계의 느슨하고 수평적인 연대 가능성에 대해(장류진) 부지런히 이야기하고 있다는 사실이다. 촛불정신의 구체화가 여기까지 진행되고 있다는 것을 확인하는 데서 일단 이 글은 멈춘다. 다만 포스트 코로나를 대비하고 있는 우리의 자세에 '덕분에'의 윤리가 깃들고 있는 상황은 퍽 의미심장해 보인다. '덕분에'라고 표현하면서 우리는 우리의 의존성을 겸허히 인정하게 되지 않는가. 불평등이 도저히 거스를 수 없는 자연처럼 일상을 장악해가는 동안에도 우리가 평등에 대한 염원을 포기해본 적은 없다는 것을 나는 돌봄(care)을 다루는 촛불혁명기 한국문학과, 타인의 호흡을 걱정(care)하고 자신의 호흡을 조심(care)하는 시민들 '덕분에' 알게 됐다.

---

32   조안 C. 트론토 『돌봄민주주의』, pp.83-84.

기울어진 해석 지평에서의 쓰기/읽기

— 최근 여성 역사 서사의 실천들

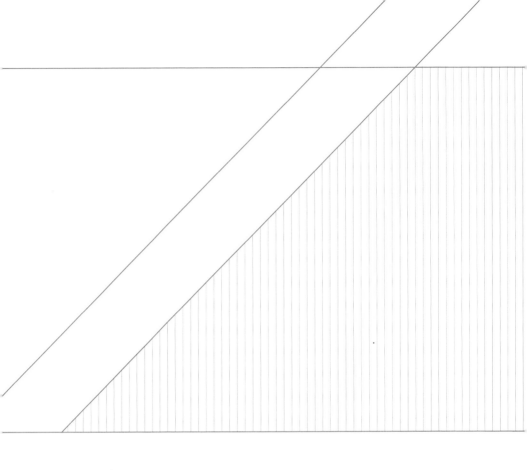

안서현

문학평론가
2010년 월간 〈문학사상〉 신인평론상을 수상하며 평론 활동을 시작.
계간 『자음과모음』 편집위원.
katharina430@gmail.com

기울어진 해석 지평에서의 쓰기/읽기
─ 최근 여성 역사 서사의 실천들

여성 역사 서사의 곤혹

열광의 한편에서 『82년생 김지영』(조남주, 민음사, 2016)이 맞닥뜨려야 했던 저항은 '지금, 여기' 여성 서사의 곤혹을 그대로 보여준다. 많은 이들이 갖고 있는 '김지영'이라는 이름을 통해 여성들의 공통 경험을 환기하려고 했던 작가의 '보편성' 전략은, 중산층 여성의 경험을 특권화한다는 문제제기로 그 대표성에 흠을 내려는 시도를 만난다. 여성 다수의 경험이라 해도 그것을 보편성의 내용으로 받아들이지 않고 특정 집단의 목소리로 축소하려하는 것이다. 한편 한 여성의 삶을 통해 여성적 실존의 곤경을 그려내려는 작가의 '개인성' 전략은, 반대로 인터넷 카페 어디서나 볼 수 있을 법한 이야기가 과연 문학성을 가질 수 있는지 의문이라는 폄하에 부딪힌다. 이 소설이 궁극적으로 제시하는 여성 자아의 빈곤이라는 메시지를, 첨예한 개인성의 문제로 받아들이려 하지 않는 것이다. 이와 같은 일부 독자들의 모순된 반응은 기존의 서사적 관습, 또는 남성의 서사적 권력에 대한 철저한 방어를 드러낸다는 점에서 증상적이다. 근대소설이 보편성과 개인성의 미학적 접합에 의한 서사물이라 할 때, 기실은 그 보편성도, 개인성도 남성중심적으로 해석된 의미영역이었다.[1] 여성 서사는 여전히 양쪽 의미영역에서 소외를 겪을 수밖에 없는, 기울어진 해석 지평 위에 놓여 있다.[2]

여성 역사 서사를 이야기하는 글에서 『82년생 김지영』을 다시 불러온 까닭은, 여성 역사소설이 놓인 자리 역시 크게 다르지 않기 때문이다. 여성 역사소설은 아직도 그 안에 '역사가 없다'는 이야기를 종종 들어야 한다.[3] 여성 역사소설은 보편성을 잘 다루지 못한다는, 파편적인 형식으로 인해 역사의 흐름이나 시대상을 충실히 담아내지 못한다는 비판이다. 과거 대부분의 시기 여성의 역사는 연속적인 것으로 기록되지 못했고, 따라서 여성사를 서사화하기 위해서는 기존의 역사 서사와는 다른 재현 방식이 필요하지만, 여성 역사소설은 그러한 차이에 대한 고려 없이 리얼리즘 서사 미학

<hr>

1   본고는 최근 여성 서사의 흐름 가운데 역사 서사의 양상을 점검해달라는 요청에 의해 쓰였다. 여성 서사가 단순히 작가나 중심인물의 젠더가 여성인 서사를 의미하는 것이 아니듯이, 이 글에서도 여성 역사소설을 여성이 창작하거나 여성이 중심인물로 등장하는 역사소설이라는 단순한 의미로 사용하고 있지는 않다. 여성 역사소설에 대해서는 관계적이고도 역사적인 정의가 필요하다. 다시 말해 여성 역사소설에 대한 정의는 연속성을 갖지 못하고 단절적으로 쓰여질 수밖에 없었으며 그 연속성을 복원하는 것을 목표로 하는 여성사와의 상호적 관계, 그리고 기존의 역사소설들과 그 서사 전통에 대한 대타적 관계를 고려하여 새롭게 이루어져야 한다. 여성 역사소설에 대한 기존의 범주화 시도가 20세기 후반 여성 작가들의 역사소설을 여성 인물의 결혼과 가문 재건 등 가족사 중심으로 읽어내는 작업에 기반해 있다는 사실은, 여성 역사소설을 독해할 수 있는 개념적 틀의 부족을 보여준다. 김경수, 「한국 여성역사소설의 구조와 상상력」, 『어문학』 제74호, 2001.

2   기울어진 해석 지평이라는 말은 불평등 조건을 의미하는 '기울어진 운동장'이라는 말에서 착안하였으며, 기존 문학장이 가지고 있었던 남성중심성을 지적하기 위하여 사용하였다.

3   한 좌담에서 박민정 작가는 "여성 작가들이 쓰는 소설들이 많은 비율을 차지하자, 요즘 소설엔 역사와 노동이 없다거나 중장년층 남성이 읽을 책이 없다는 식의 이야기들을 한다"고 여성 서사에 대한 편견을 지적한다. 박주연, 「'여성 서사'는 한계가 없다-여성창작자 토크쇼 "여성주의, 스토리텔링을 질문하다"」, 페미니스트 저널 일다, 2019.7.12.

을 기준으로 평가받기 일쑤였다. 그렇다고 해서 여성 역사소설이 개인성을 그리는 데 특화되어 있다는 평가를 받는 것도 아니다. 여성 작가들의 역사소설은 대개 사적이고 통속적인 이야기라는 익숙한 비판이나, 기존 역사소설 독법을 의심하지 않고 따름으로써 여성 인물의 개인성을 삭제해버리는 관습적 해석에 맞닥뜨린다. 높게 평가되던 남성 작가의 역사소설들에서 여성은 자주 민족이나 국가의 운명을 환유하는 존재이거나 전형적인 수난 이야기의 주인공이었고, 가부장의 보호 아래 놓여야 할 대상으로 설정됨으로써 다시 남성적 자아를 보충하는 역할을 맡곤 했던 것이다. 자연히 기존의 해석 지평 역시 남성의 자아 경제에 기반해 있었기에,⁴ 설령 여성인물의 주체성이 서사에 구현되어 있다 해도 그것을 충분히 읽어내기 어려웠다.

근대 역사소설은 그대로 노블(novel), 즉 근대 장편소설의 동의어나 대명사에 가까운 대문자 역사의 반영물이었으며, 그 서사는 역사적 상황 속에 놓인 개인을 형상화함으로써 보편적 시대상을 그려낸다는 공식에서 크게 벗어나지 않았다.⁵ 포스트모더니즘 이후의 역사소설은 이른바 '역사의 종언' 이후 역사적 맥락으로부터 떨어져나와 방황하는 개인의 이야기를 다룸

---

4 프로이트 정신분석학에서는 리비도 경제와 같은 개념이 사용되기도 했다. 리비도 경제는 자아의 나르시시즘에 바탕을 두고 있는 욕망의 경제라 할 수 있으며, 초기에는 남성 자아를 중심으로 설명되었다가 점차 성차에 관한 설명이 덧붙여졌다. 프로이트의 영향을 받은 서사학 이론에서는 이야기의 플롯 역시 남성적 자아의 욕망 충족, 즉 쾌락원칙과 관련되어 있다고 보았다. 이처럼 남성적 자아를 중심에 둔 욕망의 경제, 그리고 남성적 자아의 향유를 중심에 둔 서사적 욕망의 경제라는 의미에서 '남성의 자아 경제'라는 말을 사용하였다.

5 죄르지 루카치의 『소설의 이론』을 비롯한 근대소설의 이론에서는 보편성을 시대정신이라는 말로 설명하고 있다. 이 말은 물론 헤겔의 절대정신에 연원을 두고 있는 것으로, 이때 보편성이란 차이를 인정하는 개방적이고 상호주관적인 보편성이라기보다는 절대적 보편성에 가까웠다.

으로써 기존 근대소설의 보편성과 개인성의 접합 방식에 약간의 재조정을 가져왔으나, 여전히 남성적 경험에 중심을 둔 것이었다. 이 말은 주인공이나 화자의 성별이 남성이었다는 의미만이 아니라, 그 서사가 독자의 남성적 향유를 가정하고 쓰였다는 뜻을 포함한다. 2000년대 이후 한국의 역사소설을 몇 편만 떠올려보아도 그렇다. 먼저 근대 이전의 과거를 배경으로 하되 그 안에 등장하는 인물은 근대적 인간의 전형 그 자체였던 역사소설들이 있었고, 그 인물은 개인으로서 역사의 무게를 고스란히 짊어짐으로써 근대적 남성 자아를 투사할 수 있는 거울이 되었다. 또 운동권 해체 이후에 역사로부터 분리되어 쓸쓸히 허무를 응시하거나 다시 역사와의 접점을 찾아 헤매는 인물을 등장시킨 역사소설들이 그 뒤를 따랐고, 그 인물은 기존의 근대적 남성 주체와는 또 다른, 당시의 신세대 남성 주체가 투사된 대상이었다. 어느 경우든 역사소설은 남성 주체들의 서사적인 자기 확인 장치에 가까웠던 셈이다.

더 이상 '여성문학'이라는 특수한 이름이 필요하지 않은 이른바 '여성서사의 시대'가 도래한 만큼, 역사소설 역시 여성 역사소설을 포함할 수 있는 범주로 재정의될 필요가 있다. 그리고 그러한 작업을 위해 지금의 여성 역사소설은 다음과 같은 과제들을 부여받고 있다. 먼저 보편성의 범주를 반성적으로 검토하고, 배제되었던 것들은 없는지 질문하는 서사일 것. 여성의 경험을 의미 있게 다루고 공통 경험에 등재하며, 기존 대문자 역사의 보편성 독점에 문제를 제기해야 한다. 또 여성의 개인성을 소외시키지 않고, 여성에게 서사적 주체성을 돌려주는 서사일 것. 여성 인물이 대상이 되거나 어떤 상징이나 전형으로 환원되지 않고, 자신의 개별성을 드러내야 하며, 세계를 인식하고 해석하는 데 있어 여성의 자아를 서사의 중심에 두어야 한다. 이러한 여성 서사의 도전을 염두에 두면서, 최근에 발표된 세 편의 여성 역사소설을 읽어보고자 한다. 이 글에서 다루는 텍스트는 박서련의 『체공녀 강주룡』(한겨레출판, 208), 한정현의 『줄리아나 도쿄』(스위밍꿀, 2019), 장혜령의 『진주』(문학동네, 2019)이다.[6]

과제 1: 남성 역사 서사의 전유로 서사 관습 넘어서기

『체공녀 강주룡』은 과거 시공간을 배경으로 실존 인물의 이야기를 상상적으로 그리고 있다는 점에서 고전적인 의미의 역사소설에 가깝다. 그러나 그 전개 방식에서는 기존 역사소설에 대한 대항 서사적 면모를 보여준다. 이 소설은 '강주룡'의 투쟁을 단계적으로 그리면서, 그녀를 서간도 무장 독립운동 단체의 투쟁에서 평양 고무공장 노동조합에서의 생존권 투쟁으로, 그리고 마지막으로 집단 아사 투쟁의 끝에 주룡이 벌이는 단독 투쟁으로 차례로 나아가게 한다. 특히 그 절정에 해당하는 주룡의 단독 투쟁, 즉 을밀대 고공 투쟁 장면은, 담대하고 적극적인 당대 프롤레타리아 여성의 해방투쟁 장면을 보여줌으로써 남성 중심으로 쓰인 일제강점기 해방운동사를 다시 돌아보게 한다. 또 이러한 역사 해석의 새로움만이 아니라, 기존 역사소설 문법을 비판적으로 전유함으로써 여성 재현의 관습을 문제 삼고 있는 지점들도 섬세하게 읽어낼 필요가 있다.

먼저 이 소설이 남성 인물과 주룡의 관계를 설정하는지 살펴야 한다. 주룡의 어린 남편 '전빈'은 그녀를 처음 무장 독립운동 단체로 이끄는 역할을

---

6   한정현의 『줄리아나 도쿄』의 경우 역사소설로만 한정하기 어려운 텍스트다. 그러나 한국과 일본 현대사의 여러 측면을 환기하는 인물이나 사건을 다루고 있으므로, 이 글에서는 역사소설로 다루기로 한다.

하지만, 이후 단체 안에서 그녀가 희롱을 당해도 남성들 간의 동지애를 앞세우는 등 한계를 드러내는 인물이다. 주룡은 여성에게 제한된 역할만을 부여하고 여성을 동등한 동지로 인정하지 않는 공동체에서 소외감을 겪던 중, 결정적으로 여성에 대한 폭력을 결속의 기반에 두는 공동체에 환멸을 느껴 전빈도 남겨둔 채 그곳을 떠나게 되는데, 이러한 장면은 여성 인물을 애정에 얽매이는 존재로 그리는 전형성을 깬다. 결국 전빈은 그 자신과 남성 중심 공동체의 한계를 껴안은 채 죽음을 맞이하는데, 이러한 전개를 통해 『체공녀 강주룡』은, 여성 작가의 역사소설에서는 가족사나 애정 관계가 서사의 중심에 놓인다는 통념을 불식하는 동시에 주룡에게 더욱 서사의 초점을 집중시킨다. 이처럼 남성 인물이 일찍 죽음을 맞이하여 독자의 시야에서 페이드아웃 되는 것은, 여성 인물이 주체성을 갖지 못한 수동적 존재로 등장하거나 때로는 충분히 성격화되지 않고 비체화된 몸으로 등장함으로써 남성 인물의 자의식을 강화하는 매개로만 기능했던 기존 역사소설의 서사 관습을 뒤집는 일종의 서사적 미러링으로 독자에게 다가오기까지 한다. 주룡은 이처럼 남성 중심 해방운동의 한계를 경험하고, 이를 발판으로 다음 단계로 계속해서 나아감으로써 '경험하고 성장하는' 주인공의 특권을 온전히 누린다.

또 『체공녀 강주룡』은 고무공장 여직공이 된 주룡과 '달헌'이라는 지식인 남성의 관계를 그릴 때도 전형성의 벽을 넘으려는 고투를 보여준다. 달헌은 노동조합에 참여하려는 주룡을 독려하지만, 그녀는 남성 주체에 의한 계몽의 대상이 되는 것을 완강하게 거부한다. 이른바 매개적 인물을 중심에 둔 계몽의 서사라는 당대 리얼리즘 문학의 재현의 틀 자체를 비판적으로 재해석하는 대목이다. 주룡은 달헌의 설득에 의해서가 아니라 스스로 여성 노동자로서의 자각과 파업 투쟁에 대한 확신을 얻는 과정을 통해, 또

공장 동료 '삼이'의 노조 탈퇴라는 계기로 노조에 가입하기로 결정한다. 삼이라는 인물 역시 이러한 투쟁이 남성의 지도에 따른 것이 아니라 기혼 여성을 포함한 당대 여성 노동자들의 내적 요구에서 출발한 자발적 생존권 투쟁이었음을 보여주는 인물이다. 사정상 탈퇴하기는 했지만 그녀가 노조에 가입하려 했던 것은 둘째를 낳고는 유급 출산휴가를 받아야겠다는 절실한 요구 때문이었던 것이다. 이러한 전개 역시 여성을 수동적 존재로만 형상화하고 자기 입법적인 주체로 그리지 않았던 기존 역사소설을 비판적으로 전유하고자 하는 작가의 의도를 드러낸다.

주룡은 달헌을 비롯한 남성 엘리트들을 경계하면서도 결국 그들과 함께할 수밖에 없었고, 그러한 점을 스스로의 한계로 인식해왔다. 그리하여 해방의 '방아쇠'가 되기 위한 자신만의 오롯한 싸움, 을밀대 고공 투쟁으로 나아가게 된다. 이 최후의 투쟁을 통해 그녀는 여성을 의존적 존재로 형상화하던 관습을 비웃듯 당당하게 고공에 홀로 설 뿐 아니라, 그러한 행동에 당대 여성을 재현하는 전형적인 이분법인 '모단 껄'과 다른 여성(여성 노동자)라는 구분에 대한 항의를 담는다. 남성 작업반장을 비롯한 당시 사람들의 이분법적 인식을 비판하고, '모단 껄'도 여직공도 모두가 존중받아야 하는 사람일 뿐이라는 것이 바로 그녀의 최후의 메시지인 것이다. 그리고 이로써 주룡은 그렇게도 원하던 '모단 껄'이 된 것이기도 하다. '모단 껄'은 일반적으로 생각하듯 화려한 외양을 지닌 유행의 소비자만을 뜻하는 것이 아니라, 근대적 자기 인식을 지닌 여성을 가리키는 말이기도 하기 때문이다. 그녀는 여성들을 착취하는 식민지 근대의 모순에 대해 누구보다 잘 이해하였을 뿐 아니라, 한 여성 개인으로서의 자각을 드러내고 온몸으로 자유와 권리를 주장함으로써 근대적 주체의 면모를 오롯이 보여주고 있다는 점에서 '모단 껄'인 것이다. 이처럼 『체공녀 강주룡』은 여성 주체의 서사를 전면에 내세움으로써 여성 역사소설의 첫 번째 조건을 보여주고 있을 뿐 아니라, 여성 재현의 관습들을 뒤집는 거울 서사를 통해 읽기/쓰기의 지평을 근본적으로 뒤흔들고 있다.

과제 2 : 서사의 병치를 통하여 여성 서사 위상 조정하기

『줄리아나 도쿄』는 데이트 폭력 피해와 그로 인한 실어[7]를 겪는 '한주', 그리고 그녀와 유사한 경험을 하는 성소수자 '유키노' 사이의 유대를 서사의 중심에 두고 있다. 그러나 이러한 두 사람의 이야기의 병치는 전체 소설로 보면 첫 번째 병치일 뿐이다. 이후 다른 병치들이 출현하는 지점, 작가가 '김추'의 논문을 통해 남성 지식인들의 전공투와, 여성 노동자들의 클럽 줄리아나 도쿄를 나란히 놓는 지점을 읽어내는 것도 중요하다. 작가는 당대 남성 지식인의 자아를 성립시킨 전공투와 여성 노동자들이 자아를 표출하는 공간이었던 클럽 줄리아나 도쿄를 '주체성에 관여하는 원초적인 무대 경험'이라는 측면에서 병치함으로써, 그동안 상대적으로 주목받지 못했던 후자를 부각하고 있다.

그런데 더 주목해야 할 것은 이러한 병치가 다시 의문시되는 구조다. 김추의 논문에 대해 던진 한주의 질문을 통해 이러한 병치의 가능성에 대한 의문이 제기되는 것이다. 두 공간의 동일시는 어떠한 측면에서는 부당하다. 전공투의 패배가 남성 지식인의 자기 한계 때문이었던 반면, 줄리아나 도

---

7   한주의 자살 충동이 실어로 이어진 것은 자신의 욕망이나 의지에 따라 발화하지 못했던 과거의 한주와 그 언어의 상징적 죽음에 해당한다.

쿄의 폐쇄는 그 공간을 향유한 여성들 자신의 문제가 아니라 남성적 시선의 침투 때문에 일어난 사건이었다. 따라서 전공투와 줄리아나 도쿄를 나란히 세운다면 그것은 바로 남성 주체의 한계를 보여준다는 지점에서만 가능하다는 발견에 도달하는 것이다. 이와 같은 한주의 문제제기는 물론 유키노의 어머니의 줄리아나 도쿄 이야기를 염두에 둔 것이기도 하다. 오키나와 미군 강간 사건 피해자이자 미군 전용 클럽 노동자 출신으로 여러 겹의 폭력의 경험을 헤쳐나와 줄리아나 도쿄에 이른 유키노의 어머니의 자기 서사를 남성 지식인의 비대한 자의식을 드러내는 전공투 서사와 같은 층위에서 맞세우는 것은 불가능하다. 이처럼 병치를 통하여 서사를 구성해나가던 소설은 스스로 그 병치를 문제삼으면서 한계 지점을 드러낸다. 이와 같이 스스로를 탈구축하는 절묘한 전개를 통해 남성과 여성의 자기 서사가 놓인 자리에 대한 질문을 던지고 있는 것이다.[8]

이어서 이 소설은 전공투를 본격적으로 다시 묻는 데까지 나아간다. 무라카미 하루키를 비롯한 이른바 전공투 세대의 문학이 거대 서사로부터 떨어져 나와 헤매는 냉소적 개인을 탄생시켰고 1990년대 학생운동 막바지의 한국에서도 널리 읽히면서 이러한 개인의 형상이 동아시아 포스트모던 남성 주체의 전형으로 자리 잡았던 만큼, 이러한 물음은 매우 중요해 보인다. 이 물음은 20세기 후반 동아시아 문화사 자체를 젠더적으로 재검토할 것

---

8 일본의 전학공투회의는 학생운동집단의 붕괴를 가져왔으며 포스트모더니즘 주체/서사의 소급적 기원으로 자주 언급된다는 점에서 우리나라의 한총련 사태와도 비교해볼 수 있다. 이 소설에서 여성 서사를 경유하여 전공투의 의미를 다시 묻고 있는 것과 함께, 황정은의 「아무것도 말할 필요가 없다」(『디디의 우산』, 창비, 2019)에서 한총련 사태 당시의 기억을 여성 참가자의 시선에서 재구성하고 있는 대목도 떠올려볼 수 있다. 당시 젠더 의제가 부차로 간주되었던 정황까지를 고려한다면, 이 시기를 통과한 이후의 여성 주체의 내면 또는 마음의 구조는 남성 주체의 그것과는 매우 다른 것이었을 수 있다.

을 요청하는 것일 수 있기 때문이다. 그리고 이러한 재검토를 위해서는 전공투의 언어를 상대화할 수 있는 힘을 가진 김추 어머니의 자기 서사가 필연적으로 덧붙여져야만 한다.[9] 김추의 어머니는 아버지와 오빠의 전공투를 둘러싼 논쟁의 틈바구니에서 처음으로 자신의 목소리를 냄으로써 한국으로의 유학길에 오르는 데 성공한다. 그리고 한국에 방문했을 때 우연히 본 연세대 시위 현장에서 단상에 올라 "대학이 무엇입니까?"라는 질문을 던졌던, 그녀에게 전공투 오빠의 말보다 더 큰 울림을 주었던 한국 노동자를 다시 만나 사랑에 빠지게 된다. 김추 어머니의 이야기는 다시 전공투 이야기, 즉 한 시대에 걸쳐 당대 문학의 전형이라는 위상을 차지하고 있었던 남성들의 자기 서사를 상대화하고, 전공투의 한계를 진작에 간파하여 남성들이 벌인 세대적인 논쟁 틈바구니에서 용기 있게 자신의 목소리를 냈던 여성의 자기 서사를 부각시킨다.

이처럼 김추 어머니의 이야기를 유키노 어머니의 이야기와 병치함으로써 이 소설은 전공투 이후 남성 지식인에 의해 상징적으로 독점되었던 개인의 언어를 다시 여성들의 것으로 되찾아오게 된다. 그리고 그 과정에서 그녀들의 언어가 지닌 고유성 역시 재발견된다. 평생 자신의 감정을 드러내지 않는 남성적 언어를 모방해온 유키노 어머니의 위장의 언어와, 엉뚱함이라는 배역을 맡은 사람처럼 굴면서 자신을 방어했던 김추 어머니의 연기(演技)의 언어는, 그녀들이 일생에 걸쳐 자신으로서, 그리고 주인공으로서 살기 위해 선택했던 '무대의 언어'였다. 두 어머니에게 무대/단상은 최초의

---

9   김추 어머니의 이야기는 소설 맨 끝의 '번외'라는 장에서 자세히 그려진다. '번외'는 본 이야기에 부가적으로 덧붙이는 이야기라는 의미이기도 하지만, 세상을 떠난 인물을 다시 불러내어 그녀의 일인칭 서술로 이어가는 이야기라는 점과도 관련 있는 제목이라고 여겨진다.

자기표현의 공간이었다. 유키노의 어머니가 아이를 안고 스스로 클럽의 무대에 올라 춤을 추던 순간과, 김추의 어머니가 단상 위 시위 노동자가 틀었던 음악을 따라 한국 유학을 결행했던 순간은 그녀들이 자신의 삶에서 주체로서 등장했던 순간으로서 그 개인사에 각인되었다. 그리고 그녀들이 고집했던 언어는 단지 위축된 언어이기만 했던 것이 아니라 그 주체 경험이 각인된 언어, 자기 삶을 지키기 위해 선택했던 무대 위 주인공의 언어였던 것이다. 그리고 그들은 일생에 걸쳐 자신의 선택을 끝까지 관철해낸다. 이러한 두 여성의 언어에 대한 재발견이 없이는, 한주의 외국어나 유키노의 같은 자리를 맴도는 언어 역시 자기의 삶을 지켜내기 위한 것임을, 그들이 지켜내야 하는 사람들과의 대화와 자기 자신으로서 발화하는 경험을 통해 자기 목소리를 찾아갈 수 있으리라는 기미도 읽어낼 수 없게 된다.

그러므로 마지막으로 눈여겨보아야 할 병치는 개인이 주인공이 되는 해방적 무대의 의미를 현재화하는 한주와 김추 두 사람의 이야기의 병치다. 두 사람은 학회장에서 만난다. 자신의 정체성을 어머니의 거짓말 안에서 찾으며 살아온 김추 자신도 이날의 논문 발표를 통해 비로소 자신이 하고 싶은 이야기를 함으로써 일종의 원초적 무대 경험을 한다. 한주 역시 폐쇄적인 학회장의 분위기 속에서 용기를 내어 김추에게 질문함으로써 자신의 무대에 오른다. 이 소설은 역사를 여성과 소수자가 오롯한 개인으로 설 수 있는 무대로 공간화하는 새로운 역사 서사, 그 무대 위에서 그 개인들이 각자의 개별성의 희생 없이 서로 동등하게 만남으로써 외롭지 않을 수 있는 새로운 동아시아 포스트모던 서사를 보여주고 있다.[10]

<hr>

10 선우은실은 이 소설에 역사적 맥락이 다소 많이 부가되어 소외된 이들의 이야기에 집중하기가 어려워졌다는 견해를 밝힌다. 이 소설을 역사소설이 아니라 소외된 이들의 목소리 찾기, 즉 한주와 유키노의 이야기를 중심에 둔 소설로 읽을 때는 그러한 평가도 가능

과제 3 : 남성적 서사 구도의 전치와 여성 언어 발견하기

앞서 다룬 두 소설이 각각 근대적 역사소설과 포스트모더니즘 역사소설의 문법을 다시 묻고 있다면, 『진주』는 모든 역사소설, 나아가 소설이라는 것의 존재 방식 자체를 질문한다. 이 소설은 분명 지난 시대 민주화 투쟁의 역사를 떠올리게 하지만, 그 역사 자체를 다루는 데 주력하는 대신 한 개인을 중심에 두는 전치를 보여준다. 역사를 바라보던 한 여성적 시선, 그리고 그 목소리를 드러내는 데 집중하는 것이다. 또 그 여성적 시선/목소리에 의해 읽히고 쓰인 텍스트의 조각들을 그 안에 무수히 중첩해놓은 자전적 글쓰기를 소설이라고 명명함으로써 소설이 무엇인지를 근본적으로 다시 묻고 있다. (뒤에서 논하겠지만, 미리 말하자면 『진주』는 허구성이 아니라 개방성 때문에 소설로 명명되고 있다.)

따라서 앞의 두 소설과 마찬가지로 이 소설 역시 '어떻게 쓰였느냐'보다 '어떻게 읽히느냐'가 더 중요한 텍스트다. 가령 이 소설 속 어머니와 딸의 이야기를 민주화 운동 세대 남성 주체들의 서사에 덧붙이는 보완재로 삼거나, 가장 없이 곤란을 감내해야 했던 여성 이대(二代) 수난사로 읽어버림으로써 그 감정을 다시 가부장적 남성 주체의 자의식 안으로 회수하는 안이한 독법은 경계해야 한다. 특히 문제가 되는 것은 어머니라는 인물을 해석하는 방식이다. 『진주』 속 어머니는 어쩌면 기존 재현의 관습 속에서 별다른 저항 없이 읽히는, 전형적인 여성 인물에서 멀리 벗어나지 않기 때문이

하다. 그러나 본고와 같이 이 소설을 역사소설로 읽을 경우, 여러 인물의 이야기를 계속해서 병치해나감으로써 역사를 기존과 다른 방식으로 읽어낼 수 있는 맥락을 직조하고 있다는 해석이 가능해진다. 선우은실, 「해석적 판단과 직접 확인, 자기와의 대결」, 『문학과 사회』, 2019년 여름호.

다. 침묵하며 기다리는, 그러면서도 돌봄의 의무를 다하는 희생적인 여성상으로 쉽게 읽혀버릴 소지도 있는 것이다. 자전성에서 기인하는 이러한 한계를 감안하여 읽어야 한다. 딸의 이야기 역시, 아버지의 부재로 인해 겪어야 하는 성장의 곤경에 관한 이야기로서만 읽는 것이 아니라, 남성 주체의 자리를 대신하여 새로운 발화 주체의 자리를 넘겨받는 여성의 이야기로 읽어내야 한다.

요컨대 『진주』에 대해서는 그 전치를 읽어내는 독법이 필요하다. 『진주』는 남성적 언어를 부재하는 것으로 놓고 여성 언어를 부재의 자리에서 끌어내 중심에 놓음으로써 인상적인 전치를 만들어내고 있는 소설이다. 이 소설 속 아버지는 부재하는 존재, 돌아온 이후에도 어떤 의미에서는 끝내 부재하는 존재로 그려진다. 이러한 아버지의 부재는 관습적으로는 프로이트적인 의미에서 남성 자아의 기원이었으나, 이 소설은 여기서 부재하는 타자를 향하는 여성 자아의 성장 서사를 이끌어낸다.[11] 그것은 물론 죽음으로 치닫는 오이디푸스 서사가 아니라, 그러한 부재를 견디고 그러한 부재를 향하여 끊임없이 발화함으로써 여성의 언어가 어떻게 하나의 탈중심적인 문학 언어로 탄생하는지, 어떻게 일기, 편지, 그리고 시의 텍스트가 되는지를 보여주는 일종의 신화로서 기능한다. 장마다 삽입된 실물 텍스트들은 이러한 탄생을 가시화함으로써 여성의 언어적 실존을 현시한다. 이전까지

---

11 김애란의 「달려라 아비」(『달려라 아비』, 창비. 2005) 역시 부재하는 아버지를 등장시켜 일종의 자기 서사를 구성해낸 바 있다. 이 자기 서사는 세대론적으로 독해되면서 유머로써 상징적 아버지의 부재를 방어하는 새로운 세대의 등장으로 읽혔으나, 그러한 부재에 대한 반응이 자신의 자의식을 살지우는 데로 나아가지 않고 유머로 받아질 수 있는 거리감을 유지하고 있으며, 또한 모성적 세계와의 유대로 이어진다는 점에서 젠더적 관점에서는 더 독해될 여지가 있다. 장혜령의 『진주』는 시기도 내용도 차이가 있으나, 남성 주체의 오이디푸스 로망스에서 벗어난 여성 주체/언어 기원담이라는 점에서 이 작품과 비견될 만하다.

주로 침묵하는 존재로 그려졌던 여성은 이러한 딸의 형상화를 통해 말하고 쓰는 존재로 다시 태어난다.

"자전거를 배우기 위해서는 또 무엇이 필요합니까"[12]라는 질문으로 시작되는 『진주』의 도입부는 이 이야기가 철저하게 여성 화자의 성장이라는 서사적 목표를 중심으로 전개될 것임을 예고한다.[13] 그리고 더 중요한 것은 이러한 성장이 곧 자기 언어의 발견 과정이라는 사실이다. 그것은 취조 과정에서 받아쓰기를 해야 했던 아버지와도 같이, 사복 경찰이 불러주는 문장을 받아적으면서 마치 "쫓기는 사람처럼"[14]의 글씨를 쓴다는 놀림을 들어야만 했던, 타자성의 위압감 하에서 찾아진 언어였다. 또 작은 구멍이 뚫린 유리판으로 막혀 있는 테이블에서 수감 중인 아버지를 면회했던 때처럼, 상대와 자기 목소리의 한계를 체감하면서도 이야기를 계속해야 했던, 타자성을 뚫고 나오는 언어이기도 했다. 이 소설은 그렇게 아버지의 언어가 지닌 한계를 넘어서 자라난 딸의 자기 언어, 그 개별성의 자기 증명이다. 진주라는 제목 역시 한 언어의 탄생 과정을 의미하는 은유다.

한편 진주는 딸이 아버지의 면회를 갔던 도시의 이름이기도 하다. 진주는 화자의 유년 시절 기억 속에 각인된 장소다. 그런데 그 기억은 이 책 속의 다른 기억들과 마찬가지로 빛나는 언어적 풍경으로서 서사적 공간 안에 펼쳐지고 있다. 처음 수감된 아버지를 면회 갔을 때의 진주는, 사투리를 쓰는 식당 여자와 아이들이 주고받는 말들을 통해 잊지 못할 언어적 풍경으로 각인된다. 두 번째 진주행에서도 사람들이 경우에 따라 진주말과 서울

---

12 장혜령, 『진주』, 문학동네, 2019, p.11.

13 작가는 책 안에 자신의 손과 발을 아버지에게 그려 보냈던 편지를 복원하여 실물로 실음으로써 여성 주체의 성장이라는 이미지를 독자에게 각인한다.

14 위의 책, p.148.

말을 번갈아 가며 쓰는 모습과 서로 대화할 때는 진주말로 이야기하는 모습을 화자는 유심히 바라본다. 이러한 점은 마치 아니 에르노의 『세월』과도 같은 여성 역사소설의 글쓰기 방식을 연상시킨다. 구체적인 연대와 관련된 개인의 기억, 그리고 관련된 기호, 이미지, 장면 들을 서사 안에 펼쳐놓고 그것들을 매개로 다른 이들의 기억을 불러냄으로써 공통 기억을 서사적으로 직조해내는 에르노의 소설처럼, 『진주』 역시 화자가 그동안 아무에게도 이야기해본 적 없는 지극히 개인적인 경험이 그 당시 만났던 사람들과 그들의 말이 만드는 언어적 풍경으로 펼쳐져 나가면서 다른 이들의 기억과 만난다. 『진주』는 개인성을 내세우고 보편성을 감추면서도 한편으로는 언어적 풍경을 매개로 누군가의 기억과 만날 수 있는 탈중심적 보편성의 자리를 고민하는, 그럼으로써 개인성과 보편성의 서사적 접합 형식을 탈구축하고자 하는 낯선 글쓰기를 시도한다.[15] 그것은 민주화운동 세대, 그리고 주로 남성들에 의해 독점적으로 해석되어 온 이 시대의 경험을 딸 세대 여성 주체를 중심으로 새롭게 서사화하는 가능성을 보여준다.

---

15 소설가 한강은 『진주』의 초고를 검토한 후 "에세이를 초과하는 것들이 들어 있"기 때문에 소설로 명명되는 것이 좋겠다는 견해를 밝혔다고 한다. 이는 화자의 목소리에서 개인의 발성에서 출발하되 그것을 넘어설 수 있는 가능성을 발견하였음을 의미한다. 이 말에 이어서 작가 장혜령은 쓴다. "나 또한 그랬다. 이야기의 세계를 만들어, 기록되지 않는다면 사라질지 모를 기억이 머물 자리를 그 속에 마련하고자 했다. 그 세계가 고립된 방이 아닌, 누군가 들어올 수 있고 머물 수 있는 곳이길 바랐다." 장혜령, 『진주』 작가의 말, 문학동네, 2019, pp.273-274.

해석적 주체의 재탄생

　최근의 여성 역사 서사는 자기 경험과 내면을 보편적인 것, 동시에 개인적인 것으로 인정받으려는 투쟁을 시작한 여성 주체의 무대이다. 그리고 이들의 무대는 기존의 무대를 흔들고 부수면서 새롭게 만들어진다. 이 새로운 무대를 위해 필요했던 무대 장치들이 전유, 병치, 그리고 전치 등의 서사 전략들이었다. 기존의 서사 문법과 그 밑바탕에 놓인 감정 경제를 경쾌하게 뒤집는 전유, 여성의 자기 서사를 내세워 남성의 자기 서사를 상대화하는 병치, 자주 재현의 중심이었던 아버지의 목소리를 부재하는 것으로 두고 주변화되었던 딸의 언어의 존재를 부각하는 전치의 시도들은 역사소설이라는 무대를 여성적인 것으로 탈구축하는 일이 시작되었음을 알리고 있다.

　그런데 더 중요한 것은 작가와 함께 그 무대 자체를 의심하고 흔들어보는 독자의 역할이다. 역사소설을 읽는 익숙한 방식에 저항하고, 과거 자신이 지녔던 익숙한 독서의 감각과 해석의 관습을 일일이 다시 물어가며 새로운 읽기를 재발명하는, 그럼으로써 해석 지평의 기울기를 재조정해나가는 독자의 존재다. 새로운 역사소설들이 전유, 병치, 전치 이외에도 다양한 텍스트의 인용과 중첩을 통해 읽기라는 행위의 수행을 강조하고 있는 것 역시 그러한 이유에서인지 모른다.[16] 남성적 향유의 회로를 따르는 읽기에서 벗어나 여성 주체의 욕망과 성장을 중심에 둔 독법을 개발하고, 여성을

16　김건형은 한정현의 『줄리아나 도쿄』에 대한 글에서 이 소설의 메타 독서적 창작 양상에 대해 분석하였다. 그에 따르면 이 소설은 한주나 김추 등을 통해 "타인의 역사를 읽어내 자신을 변화시키고, 그에 힘입어 다시 역사의 독법을 갱신하는"(p.99) 작가의 방법론을 보여준다. 김건형, 「역사를 읽는 인물을 읽는 소설」, 『학산문학』 2019년 가을호.

비롯한 여러 층위의 다양한 주체성과 그 감성 구조들을 바탕으로 서사의 윤리성을 시험하며, 작가와 독자라는 두 개인성을 비롯한 무수한 개인성들이 서로를 희생시키지 않는 방식으로 만나는 접합 방식을 고민함으로써 소설이라는 무대를 새롭게 구축하는 데 참여하는 독자들. 이들만이 해석 지평의 기울기를 되돌려놓을 수 있다.

그러므로 바꾸어 말하자면, 여성 역사소설은 여성이 역사적 주체이자 서사적 주체로서 자신을 확인하는 무대이기도 하지만, 기존의 서사 관습의 존재와 해석 권력의 편향을 인식하고 그것을 깨나가는 탈규범적 읽기를 실천하는 독자들이 해석적 주체로 재탄생하는 무대이기도 하다. 새로운 읽기를 통하여 여성 서사의 잠재적 의미를 한 번 더 최종적으로 무대화하는 이러한 해석 공동체의 역량과 실천을 통해, 여성 역사소설은 곤혹을 넘어 매혹을 보여줄 것이다.

오염과 친밀성의 경계에서

― 이성애 공포와 여성 섹슈얼리티 재현의 임계점들

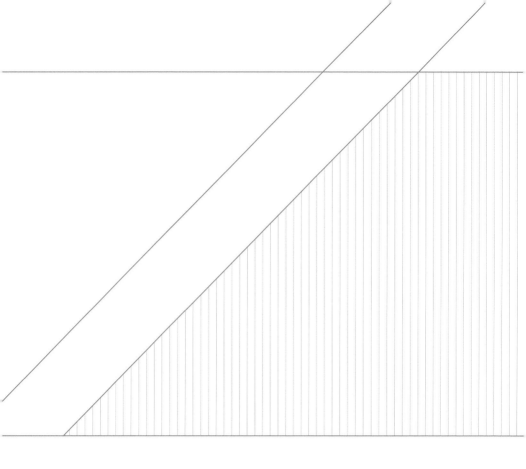

오은교

2018년부터 한국 문학 현장에서 비평 글을 쓰고 있다.

오염과 친밀성의 경계에서
— 이성애 공포와 여성 섹슈얼리티 재현의 임계점들

1. 들어가며: 여성 테러리스트의 범죄 에로티시즘

1992년 출간된 양귀자의 소설 『나는 소망한다 내게 금지된 것을』(살림)은 독특한 범죄 에로티시즘을 보여준다. 아버지에게 매맞던 어머니와 집을 나온 뒤 음지의 금융업으로 막대한 규모의 부를 쌓은 스물일곱 살의 대학원생 강민주는 남성에 대한 분노로 피가 끓는 여자다. 대 남성에 대한 "응징의 대리인"(p.75)을 자처하는 그는 곧 당대 최고의 미남 스타이자 애처가이며 다정한 아버지로 유명한 배우 백승하를 납치, 감금하는 것으로 인류사적 복수를 감행한다. 강민주가 이 복수를 실현하기 위해 선택한 인물이 폭력적이거나 거친 남성미를 뽐내는 남자가 아니라 가정적이고 겸손한 "부드러운 남자"(p.49) 백승하인 까닭은, 그런 '좋은 남자'야말로 뭇 여성들에게 허튼 판타지를 선사하는 인물이기 때문이다. "여자들을 교란시킨 죄, 여자들로 하여금 남자에 대한 미련을 못 버리게 한 죄, 자신이 택한 남자가 나빴던 것은 자신의 숙명이라고 여기며 여자들을 운명주의로 빠뜨린

죄"(pp.51-52)가 바로 그의 죄다. 강민주는 자신에게 절대적으로 복종하는 집사 남성 황남기의 도움으로 백승하를 납치, 감금한 후 채찍과 당근을 번갈아 쓰며 그를 길들인다.

양귀자를 스타성 있는 대중작가로 만든 이 소설에 대한 당대 평론가들의 반응은 썩 좋지 않았다. 이 소설은 87년 항쟁과 노동자 대투쟁, 전교조 운동 등 당대의 사회적 의제를 다루는 동시에 재개발로 밀려나는 도시 변두리 서민들의 삶의 애환을 연민적 필치로 그려냈던 작가가 행한 일종의 '배신'과 '전향'으로까지 여겨졌었던 모양이다. 이 작품을 90년대적 탈이념성과 연관시켜 해석한 이는 이 소설이 "엄정한 리얼리즘적 정신의 유보"를 보여주며 변증법적 주체 대신 초월자적 형상을 내세움으로써 "현실에 대한 부정 의지나 극복 의지를 스스로 거두어들이"는 '통속문학'으로 진단한다.[1] 한편 적극적인 여성주의 비평을 실천했던 페미니스트 평론가들도 이 소설을 좋게 보지 않기는 마찬가지였다. '올바른 여성문학의 정립을 위하여'라는 『여성과사회』 기획연재를 통해 이 소설을 평한 필진들은 이 소설이 우화적인 역담론을 취하고 있으니 경직된 리얼리즘의 잣대로 재단할 일은 아니라고 말하면서도, 결국 강민주가 모성과 사랑에 이끌리면서 "전반부와 후반부의 논리적 파탄"이 발생하고 "지배자와 지배받는 자의 구별이 모호해지면서 (…) 패배하게 되고 마는 것"이라며 작가의 "여성문제 인식의 얕

---

1   류보선, 『경이로운 차이들』, 문학동네, 2002; "더 이상 저 가슴 벅찬 '리얼리즘의 승리'를 믿을 수 없"게 된 90년대 이후 양귀자 문학의 새로운 국면을 서술하며 '상품적 가치가 큰 작품'과 '정제된 미적형식을 가진 작품'으로 그의 작품을 양분하는 필자 또한 "이념의 포기나 이념의 대체가 문학적 감동을 보증하는 것"이 아니라는 말로 전자에 속한 이 소설의 가치를 짐짓 돌려 깎았다. 이광호, 「리얼리즘이 있던 자리—현길언·양귀자의 소설」, 『문학과사회』 1993년 겨울호.

음"을 지적한다.[2] 또한 양귀자의 방향 틀기가 "남성의 근육질에 의존"하고 있으며 소설의 결말이 "여러 모순들의 완벽한 결정체"라고 지적하며 던지는 다음과 같은 의문도 앞선 비평과 그 궤를 같이한다. "이 소설은 페미니즘을 가장한 반페미니즘 소설인가? (…) 독자는 왜 이토록 모순에 가득한 이 소설에 열광했던 것일까?"[3] 전통적인 리얼리즘 미학으로는 물론이거니와 페미니즘의 관점으로 보았을 때도 부족한 이 소설은 90년대 '탈이념의 상업주의'와 '통속' 프레임을 통해 비평장 내에서 계륵처럼 취급되었는데, 동시에 이 작품이 수년간 베스트셀러였으며 역대급 영화 판권 경쟁[4]을 일으켰다는 사실은 독자성을 고민하는 오늘날의 관점에서 새로운 해석을 요구하는 면이 있다.

소설 속 강민주가 남자만큼 싫어하는 것은 바로 그 남자들과의 출구 없는 결혼생활을 이어가는 여자들이다. 여성 폭력을 상담하는 시민단체 상근자로 일하며 기혼 여성들의 불행을 수집하는 강민주는 남자에 대한 분노만큼 여자에 대한 경멸 또한 차곡차곡 쌓아간다. 강민주는 "잡지나 방송 같은 데에 편지를 보내 고민을 털어놓는 이른바 고민녀들"(p.23)이나 그런 여성들을 위한답시고 성폭력 상담소를 열어 사회적 존경을 받는 "세상에 이름 석 자 팔고 있는 모든 여류들을 싸잡아 경멸"(p.22)한다. 강민주가 원하는 것은 점진적 구조개선이 아니라 바로 남성에 대한 테러리즘 그 자체다. 남성과

<hr />

2   김양선·김은하, 「양귀자의 『나는 소망한다 내게 금지된 것을』에 이르는 길」, 『여성과사회』 4호, 1993.

3   박혜경, 「폐허 속에서 일구는 희망의 연대—양귀자의 작품세계」, 『문학의 신비와 우울』, 문학동네, 2002.

4   「양귀자 소설 영화 판권 경쟁 과열 "장사 되겠다" 30여 감독 사투 벌여」, 경향신문, 1992. 9. 30.

사랑에 빠지는 여성을 적극적으로 비난했던 이 소설의 연재처는 그런데 독특하게도 『리빙센스』라는 잡지다. 1990년 창간한 『리빙센스』는 당시 비약적인 확장, 세분화 경향을 보였던 여성지 시장에서 인테리어, 패션, 요리를 중심으로 중산층 정상 가족의 스위트홈 신화를 꿈꾸었다는 신세대 여성들을 겨냥한 잡지였다.[5] 그렇다면 양귀자는 여주인공 강민주가 가장 끔찍해하는 바로 그 대상을 향해 이 소설을 쓴 것이고, 강민주가 가장 멸시했던 여성이야말로 강민주를 탐독했던 독자였던 것이다. 이 부조화가 말해주는 것은 무엇인가.

　현재의 관점에서 보자면 이 소설의 주인공 강민주는 여성향 서브컬처 서사에서 흔히 볼 수 있는 인물이다. 재력과 학력과 체력을 두루 겸비한 강남의 아파트 거주민인 이 여성은 고급 세단을 타고 조지 윈스턴의 피아노 연주를 들으며 올림픽대로를 달릴 때 가장 큰 쾌락을 느끼고, 돈으로 불우한 남성을 노예화하고, 힘으로 순진한 남자를 사육하는 전형적인 '광공' 유형의 인물이다. 여성의 폭력 판타지를 보여주는 이 범죄소설은 일종의 BDSM을 실험하는 듯도 보이는데, 가령 거구의 충직한 남성 황남기가 강민주에게 바치는 절대적 '맹종'과 '굴복'의 행태, 청정하고 유순한 기운이 흐르는 다정한 남성 백승하를 '결박'하여 '사육'하는 강민주의 행각 등은 실현이 불가능하므로 금지된 것에 대한 여성의 소망이 범죄 미학의 문법을 거쳐 취향별로 나열된 듯한 인상을 준다.

　강민주는 심신이 쇠약해진 백승하를 안아 달래주다가도 돌연 그의 안

5　「특정층 겨냥 전문 여성지 쏟아진다」, 한겨레, 1990. 9. 13. 당대의 여성지 시장의 경향을 두루 설명한 이 기사에서 『리빙센스』는 『행복이 가득한 집』 『홈 인테리어』와 더불어 "비교적 생활에 여유가 있는 중산층 주부를 대상으로 센스 있게 집안을 꾸미는 요령, 가구 배치법, 조명, 커튼, 화초 가꾸기 등"을 소개하는 잡지로 설명되어 있다.

면을 가격하며 자신의 통제력을 과시하지만, 그를 지배하며 그에게 점차 성적 끌림을 느끼는 자신의 감정을 부인하지 않는다. "이 남자는 어디서 이토록이나 아름다운 웃음을 배웠을까. 내 손은 그의 얼굴을 만지고 싶어 자꾸 움찔거리고 내 이성은 움찔거리는 손을 자제시키느라 안간힘을 쓴다. 내가 만약 이 남자를 침대에 쓰러뜨린다면, 그런 일이 생긴다면 모두가 저 찬란한 웃음 때문이리라."(p.237) 특히나 강민주와 백승하가 밀실에서 연습하는 연극 장면을 통과하며 강민주의 성적 판타지는 증폭되고 소설은 점차 야릇해져간다. 백승하가 살인자 선생 역을 맡고 강민주가 희생자 학생 역을 맡아 진행되는 이 연극은 둘 사이의 표면적인 권력관계를 뒤집으며 진행됨으로써 BDSM 플레이의 연극성을 잘 보여준다. "연습에 임하는 동안만은 그가 나의 지휘자다. 나는 기꺼이 그의 통제하에 있다."(p.247) "무대에서 다른 삶을 살아보는 일도 나쁘지 않다. 내가 나를 떠나 다른 나가 되는 일이 이처럼 신선할 줄이야."(p.303) 그러나 강민주의 관심을 독차지한 백승하에게 질투심을 느낀 황남기가 이 공연에 끼어들어 강민주를 살해한다. 강민주의 죽음은 분명 여성 테러리스트가 도달할 수 있는 예정된 파멸이지만, 어떤 면에선 성적 판타지의 극단적 실현이기도 하다.

현실과 반대되는 힘의 논리로 진행되는 납치극, 그리고 그 안에서 공수가 한번 더 반전된 연극이 하나의 현실세계로 일치되어 이야기가 종결되는 순간, 강민주의 복잡한 욕망은 결정화되며 '동결'된 채로 남는다. 자신을 독차지하지 못한 하층계급 남성의 우발적 폭력, 무력한 상층계급 남성의 당혹과 절규, 순백의 실크 옷을 물들이는 낭자한 피, 그 모든 걸 지켜보는 강민주의 꺼져가는 의식, 그리고 죽음. 강민주가 남긴 노트 속에는 다음과 같은 말이 쓰여 있다. "여기 황홀한 비극이 있다. (…) 희극에는 결코 황홀함이 없다. (…) 그러나 비극에는 오르가즘이 있다. (…) 다른 모든 것은 다 절대사

가 관장한다 하더라도, 그 감정만은 우리가 소유한다."(pp.193-194) 강민주의
죽음은 여성 판타지의 좌절일까, 혹은 판타지의 실현일까. 『나는 소망한다
내게 금지된 것을』은 남성과의 낭만적 사랑과 헌신의 희비극을 원하는 독
자도, 반대로 남성을 향한 더이상의 지체 없는 보복을 감행하고 싶은 독자
도 모두 일정 정도 쾌락을 얻을 수 있는 독특한 소설이다.[6]

　강민주의 욕망은 어느 면에서 봐도 정치적으로 올바르다고 보기 어렵
다. 민주적 토론이 있어야 할 자리에 전횡적 폭력이 있고, 상호적 사랑이 있
어야 할 자리에 독점적 지배가 있다. 남자를 죽이고 싶어하다가 남자에게

6　할리퀸 로맨스의 폭발적인 성공 이후 여성의 로맨스 소설 독서 문화를 폭넓게 연구한 제
니스 래드웨이는 낸시 초더로의 정신분석학적 모성 연구를 경유하여 로맨스 소설을 가
부장제의 폭력과 피로를 보상하고 대리 만족시켜주는 '보상문학(compensatory fiction)'으
로 명명한다. Janice A. Radway, Reading the Romance: Women, Patriarchy, and
Popular Literature, University of North Carolina Press, 1984. 타니아 모들스키는
여성 독자들이 대량 생산된 환상으로 현실의 불합리를 대리 보충하며 결과적으로 가부장
제를 수동적으로 승인한다는 래드웨이의 지적은 여성들의 독서가 가질 수 있는 정치력을
무화하는 엘리트주의 해석이라고 반박한다. 래드웨이의 연구를 중심으로 한 영미권 여
성 독서 연구 논쟁은 다음을 참고. 이정옥, 「로맨스, 여성, 가부장제의 함수관계에 대한 독
자반응비평―제니스 A. 래드웨이의 『로맨스 읽기: 여성, 가부장제와 대중문학』을 중심으
로」, 『대중서사연구』 51호, 2019, pp.349-383. 모들스키에 따르면 여성 독자의 통속 로
맨스 향유에는 권력을 가지고 남성을 조종하고자 하는 욕망이 있다. 그는 이를 '복수하며
사랑하기(loving with a vengeance)'라는 개념으로 논증한 바 있다. Tania Modleski, Loving
with a Vengeance: Mass Produced Fantasies for Women, New York: Routledge,
2008. 피의 복수와 낭만적 사랑이 동시에 이루어지는 양귀자의 이 소설은 이 양극의 입
장을 모두 포함하고 있는 것으로도 볼 수 있을 것이다. 소설 속 강민주와 백승하가 펼치
는 '연극'이라는 무대 장치가 이 양극을 매개한다. 강민주는 남성을 응징하며 한정된 상황
내에서 남성과의 낭만적 사랑을 향유한다. 정다연은 서브컬처 내의 노골적인 고수위 장
르에서도 "여성 작가와 독자가 여자 주인공의 성적 무지를 선호하는 경향"이 있으며 "로
맨스 장르는 현존하는 가부장제 질서 안의 남녀 불평등 구조 속에서 여성성의 온전한 승
리와 보상을 꿈꾸기 때문에" 여성 독자의 쾌락 충족을 위한 다양한 연극적 장치들이 추가
된다고 분석한다. 정다연, 「신음 소리에 담긴 한국 여성의 욕망」, 『비주류 선언―서브컬
쳐 본격 비평집』, 텍스트릿 엮음, 요다, 2019, p.127.

빠져 죽임을 당한다. 리얼리즘 미학을 배반한 통속소설이고, 여성주의의 가치를 저버린 반페미니즘 소설이라는 비판을 받은 이 소설에 그러나 당대의 여성 독자들은 열광적 지지를 보냈다. 그렇다면 이 열광을 중산층 스위트홈 신화가 득세하고 페미니즘 인식론이 부상하는 상황 속 에서 여성 독자가 여성의 섹슈얼리티를 복잡하게 보충하고 외삽하며 동시대의 사회적 각본들에 저항한 흔적으로 볼 순 없는 것일까. '통속'이란 이름으로 폄하되었던 이 독서에 특권화된 쾌락의 질서를 교란하고자 했던 여성의 보편적 행위성이 있다.

2. 지금 한국문학장에서 여성 섹슈얼리티를 상상하는 일

한국문학에서 여성의 섹슈얼리티를 재현하는 일이 난제가 아닌 적이 없었지만, 매일같이 여성에 대한 구조적인 혐오범죄가 보고되는 오늘날 그것은 더욱 복잡한 관계망 안에 놓이게 된 듯하다. SNS에서 일탈 계정을 운영한 여성 청소년들에게 접근, 협박하여 동영상을 촬영시키고 그것을 불법 유통한 대규모 성범죄, 여성의 신체를 맥락 없이 오려붙여 성애화하는 디 프페이크 능욕 범죄, 성폭력 피해자의 평범한 일상이 그가 무고한 피해자가 아니라는 증거자료로 유통되는 이 기술 복제 시대에는 여성이 섹슈얼리티 판타지를 시험하기는커녕 조금이라도 성적 욕망을 드러내는 일 자체가 위험해진다. 최근 한국문학장에서 나오는 성적인 묘사는 거의 대부분이 강간이거나 대책이 필요해 보이는 딱한 성애뿐이다. 남성과의 인간관계 자체가 현실적 공포로 체험되는 가운데 '스릴러'가 주요한 여성주의 서술 문법

으로 부상하거나[7] 레즈비언십이 대안적 기표로 채택되는 것이[8] 근래 한국

<hr>

7　강지희는 2000년대의 칙릿 로맨스 소설 속 이성애 연애의 위장 각본에서 '소비된 신체'로서 여성이 감지했던 불안이 근래 여성 스릴러의 문법으로 진화되었다고 분석한다. "최근 한국의 많은 여성소설들은 성적 위협을 넘어 납치, 유기, 살인 등 기존 여성 서사에서 잘 다뤄지지 않던 음험한 범죄들을 다루며 심리 스릴러의 문법을 적극적으로 차용하는 중이다. (…) 인내심이 바닥난 가운데 비틀린 충동과 광기를 가학적으로 실현해버린 후, 그들은 더없이 태연하고 평온한 얼굴로 되돌아온다. 강렬한 파토스를 담고 있기보다 어딘가 무심하고 피로한 여성들의 표정은 우리에게 이상한 두려움을 안긴다. 어떤 전략도 연기도 발휘하지 않는 이 여성들의 맨얼굴에는 우리가 처음 보는 권력이 스며들어 있다."(「투명한 밤과 미친 여자들의 그림자」, 『문학동네』 2020년 봄호, pp.91-92) 또한 격월간 문예지 『악스트』는 2019~2020년 '여성 서사, 고딕-스릴러'라는 기획을 통해 여성주의 문법으로 쓰인 스릴러 장르 소설들을 연재하고 이를 단행본(『사라지는 건 여자들뿐이거든요』, 은행나무, 2020)으로 묶어 출간했다.

8　여성 동성애를 폭력적 이성애에 대한 합리적 대안으로 여긴다는 점은 재고를 요청하지만, 남성이 공포스러운 존재로 체험되는 현실의 상황에서 문학이 여성 섹슈얼리티 재현을 위축시키고 있다는 다음의 지적은 현재의 작품 생산 경향을 확인해주는 측면이 있다. "여성을 대상으로 한 성범죄(강간, 데이트 폭행, 데이트 살인, 이별 살인, 그냥 무차별적 살인) 기사를 거의 매일 접하는데 어떻게 여성이 남성과의 낭만적 사랑을 상상할 수 있겠는가? 남자친구와의 섹스가 몰카 동영상과 리벤지 포르노가 되어 인터넷 음란물 시장을 돌아다니는 상황에서 남성과의 섹스는 공포가 아니겠는가? (…) 그런 맥락에서 최은영, 천희란, 박민정의 레즈비언 서사에서 시도되는 여성 간의 낭만적 사랑 이야기는 어쩌면 남자와의 사랑을 공포로 받아들이는 시대의 불가피한 징후일지도 모른다."(심진경, 「새로운 페미니즘 서사의 정치학을 위하여」, 『창작과비평』 2017년 겨울호, pp.45-47) 대중 서사 영역에서 레즈비언 관계가 남성의 폭력성을 고발하고 대체하는 대안으로 동원되는 것에 대한 의심은 영화 〈아가씨〉에 대한 조혜영의 비판에서 찾아볼 수 있다. 식민주의와 가부장제의 폐해를 고발하기 위해 히데코와 숙희의 국적, 계급, 교육수준 등의 모든 차이는 무화되어야 한다. "저는 남성 감독이 레즈비언 섹스 장면을 찍은 것이 문제라고 생각하지는 않아요. 다만 그런 생각은 했어요. 레즈비언 섹스가 너무 평등하고 동등하다못해 '데칼코마니'로 그려지는 것에는 이성애자인 남성 감독의 판타지가 들어가 있다고요. 여성들끼리의 관계는 무조건 동등하고 유토피아적일 것이라는 상상 자체가 레즈비언 관계를 대상화하는 거죠. (…) 영화에서는 그 둘의 연대가 너무 갑작스럽게 이뤄지죠. 서로가 서로를 속인 상황에서도 너무 쉽게 이해되고, 『핑거스미스』에서 두 관계는 그렇게 동등하고 정치적으로 올바른 관계는 아니에요. 욕망과 착취, 권력이 작동하는 그런 관계죠. 남성 감독이 자신이 속해 있는 가부장제와 남성 중심 문화를 비판하려고 할 때 여성들의 관계를 유토피아적 데칼코마니로 해석하는 것이 오히려 문제적이었다고 생각해요."(조혜영, 「〈아가씨〉와 〈비밀은 없다〉는 여성영화

문학장의 경향이다. 실로 근래 문학장에 연애소설이라는 순정 문학 장르는 거의 사라지다시피 했다. 여성에게 가장 폭넓게 허락된 자율성의 영역이 이성애 사랑이었다는 점에서 제도권 문학장에서의 연애소설 감소는 물론 일종의 진보의 징후지만, 페미니즘 실천이 사회적 가시성을 획득해가는 와중에 여성의 성애에 대해 발화하는 것 자체가 금기시되는 경향 또한 숙의를 거듭하게 만든다. '탈성애'가 페미니즘 서사의 가장 유력한 마스터플롯이 되는 것은 지당한 일인가.

대안적인 남성 시민상을 개발하는 것이 도리 없이 어려워지고 있는 가운데, 이 연애소설 실종 사태가 진행되는 과정 속에서 이 몰락의 조짐을 발견할 수 있을 것이다. 웅숭깊은 내면을 가진 애인과 성욕 없는 남편을 대신한 자리에 들어오는 바르고 맑고 어여쁜 최은미 소설의 연하남들(『아홉번째 파도』(문학동네, 2017)의 서상화, 『어제는 봄』(현대문학, 2019)의 이선우 등. 특히 서상화는 여주인공의 성장을 위해 가련히 희생되는데, 이는 전통적인 남성 성장소설에 등장하는 여성 캐릭터를 닮은 측면이 있다), 정세랑 소설에서 데이트 폭력을 가한 남자 다음에 오는 존재감이 희미한 외국인 애인(「효진」, 『옥상에서 만나요』, 창비, 2018)과 언제나 서운함만을 선사하는 연인을 대체하며 등장해 최고의 로맨스 판타지를 선보이는 외계인 남편(『지구에서 한아뿐』, 네오픽션, 2012; 난다, 2019) 정도가 지난 몇 년 동안 그나마 인상을 남긴 대안적 남성 파트너 상이다. 그러니까 '오빠'도 '한국인'도 심지어 '인간'도 아니어야만 간신히 아름다운 연애소설이 가능해지는 것이다. 2016년 이후 시간의 연장 속에서 그렇게 연애소실은 서서히 자취를 감추게 되었다.

◇◇◇◇◇◇◇◇◇◇◇◇◇◇◇◇◇

인가」, 손희정 외, 『을들의 당나귀 귀』, 후마니타스, 2019. p.321)

2.1. 퀴어 묻은 무고 소설: #미투 운동은 어떻게 재현되고 있는가

2016년 #문단_내_성폭력 운동과 #미투 운동은 이후 다양한 방식으로 소설 안으로 들어오기 시작했다. 천희란의 「우리에게 다시 사랑이」(『현대문학』 2019년 7월호), 윤이형의 「우리의 2010년대」(웹진 비유 2020년 1월호), 임솔아의 「눈과 사람과 눈사람」(『눈과 사람과 눈사람』, 문학동네, 2019) 등이 서사적, 형식적 장치를 통해 성폭력 피해 당사자, 가해자의 여성 동지들, 그리고 연대자들이 겪는 '분열' 감각을 사유하는 반면, 가해자로 지목된 남성들이 자신의 행태를 돌아보며 문학적 '회색지대'를 고집하는 작품들 또한적지 않게 제출되고 있다는 경향 자체는 사실 그다지 새롭지 않다. 성폭력에 대한 해석은 역사적으로 반복되는 측면이 있기 때문이다.

가령 김종옥의 「스토킹」(『악스트』 2020년 1/2월호)은 성폭력 피해자의 언어를 해석하는 가장 오래된 전형을 반복한다. 같은 학과 사무실에 근무하는 학부 조교 주경은 대학원생 조교인 엠에게 자신이 스토킹을 당하고 있다고 고백한다. 학내에서 성희롱과 직장 내 괴롭힘에 관한 이슈가 대두된 상황에서 추문으로 지도교수가 사라져 불안정한 지위에 처한 엠에게 주경의 도움 요청은 부담스럽지만 올바르게 대처하지 않는다면 더 큰 역풍에 부딪힐 것이다. 주경의 주장에 따르면 스토커는 주경의 전 남자친구이자 학과 대표였으며 곧 총학생회장 선거에 출마할 예정이다. 주경의 부탁으로 스토커를 찾아간 엠은 그러나 남학생으로부터 "그녀의 말은 모두 거짓입니다"(p.214)라는 말을 듣는다. 그에 따르면 주경은 좋아하는 남성에게 접근한 뒤 그를 스토커로 몰아가는 작전을 쓰며 남성들을 괴롭히는 중이다. "그녀의 마음에는 뭔가 비정상적인 것이 있습니다. 그것을 외로움이라 부를 수도 있겠죠. (…) 다만 지금 저의 가장 큰 걱정은 선배님이 마지막이 아닐지도 모른다는 겁니다."(p.215) 누구의 말을 믿어야 할지 몰라 혼란스러워진 엠은 그러나 그때 이후로 차츰 주경에게 매혹된다. "엉덩이와 다리 사이의 굴곡", 빛을 반사하는 하얀 얼룩 같은 "가슴"(p.212) 등 주경의 육감적인 신체가 재차 상기되고, 그는 "게시판"과 "양성평등센터"(p.217)가 없다면 주경을 끌어안고 싶다는 욕망에 사로잡힌다. 가난한 자신을 버린 후 젊고 잘나가는 남자에게 가버린 전 여자친구에 대한 원망의 마음이 시시때때로 떠오르는 가운데 그는 주경의 곁을 스토커처럼 맴돌게 된다.

남성을 꾀어낸 후 성범죄자로 몰아세우는 편입생 주경은 과대망상증 환자로 남성을 스토커화하는 방식으로 자신의 욕망을 충족하는 듯 보인다. "제가 미친 것처럼 보이나요? 제가 그런 미친 짓을 할 여자라고 생각하신 거예요?"(p.216) 어느 쪽의 입장이 진실인지 내내 모호한 가운데, 주경에게 당한 전적이 있는 남성들과 죽은 옛 동창의 원혼까지 나타나 엠을 말리지만, 소설의 말미에서 엠은 결국 양성평등센터 조사관의 방문을 받고 자신의 욕망을 시인함으로써 주경을 유혹자로 위치시킨다. 미래를 위해 처신을 똑바로 할 것을 충고하는 학생회장과 학과장, 그리고 이와 쌍을 이루는 죽은 친구와 해임된 교수 등은 성범죄를 원천 차단하기 위해 공직 주변에 문제적 여성을 배제해야 한다는 '펜스 룰'의 쓸모를 입증해보인다.

「스토킹」이 낡은 '꽃뱀' 기표를 이용하여 공론장 전체에 독을 타는 전형적인 무고 논리를 반복한다면, 최근의 새로운 경향이라 할 만한 것은 가해자로 지목된 남성들이 무고를 주장하기 위해 '퀴어 정체성'을 소환한다는 점이다.

가장 대표적인 예가 김경욱의 「하늘의 융단」(『문학사상』 2019년 1월호)이다. 스쿨 미투로 고발당한 중년의 고등학교 교사 곽춘근은 자신의 성정체성을 숨기고 살아가며 거짓된 외피에 고통받는 클로짓 게이이다. 스쿨 미투로 농료 교사가 이미 날아간 가운데 곽춘근은 돌연 학내 익명게시판을통해 "스타킹 올이 나갔다면서"(p.178) 여학생의 다리를 만진 혐의로 고발당한다. 곽춘근은 "억울하기야 했지만 남학생보다 오히려 여학생을 대할 때 성적 긴장감에서 자유로운 까닭을 밝힐 수는 없었다"(p.180)며 오히려 "남학생이었다면 손대지 않았"(p.184)을 것이라고 생각한다. 무고함의 근거로 성정체성을 내세우며 스쿨 미투는 '권력'의 문제가 아니라 '성적 지향'의 문제로 전환된다. 곽춘근을 향한 비판은 퀴어의 수치심과 연결된다. 그는 진상조사위원회의 심사를 받는 중 성정체성을 커밍아웃하면 오해를 풀 수 있을 것이라 확신하지만 그러지 못하는 용기 없는 자신을 한탄하며 끝내 해명 불가능한 자리에 스스로를 위치시킨다.[9] 퀴어는 권력형 성범죄에 연루될 수 없다는 뜻이 아니다. 위계에 의한 성폭력은 특수한 '성욕'이 제어되지 못해 발생하는 '욕구'의 문제가 아니라 성욕이 '특수한 상황'에서 제어되지 않아도 되는 '권력'의 문제라는 점을 이 소설이 은폐하고 있다는 점이 문제인 것이다.

퀴어 진실의 담지자로서 억울함을 호소하는 방식은 이기호의 「위계란 무엇인가?」(『자음과모음』 2019년 가을호)에서도 나타난다. 소설가이자 문창

---

9 김건형은 페미니즘 리부트 이후 기득권 세력이 스스로를 '보통 사람'으로 입증하기 위한 전략으로 혐오 정치를 선동하고 있으며 이 소설 속 퀴어의 신체가 페미니즘 수행에 제동을 걸기 위해 '동원'되었음을 주장한다. "서사는 "'게슈타포' 네 글자"의 자리에 스쿨 미투를 위치시키고 추방된 남성 퀴어의 혐오스러운 형상에 힘입어 그를 비극적 피해자로 전환한다. (…) 부당한 박해에 굴하지 않고 비밀을 지켜낸 곽춘근의 숭고한 순교는 연민과 죄의식을 불러일으킨다. (…) 동성애자라는 사실을 절대 들켜선 안 되는 '비밀'로 다루면서 그것으로 그의 일생을 한정한다. 말할 수 없는 '천형'으로서 퀴어를 소모하며 문학적 진실을 성찰하는 기성 문법을 반복하면서, 퀴어의 신체(성)는 다시 게토에 갇힌다."(김건형, 「지금, 인간에 대해 말할 때 일어나는 일─혐오의 정치적 자원(화)에 대하여」, 『문학동네』 2019년 가을호, pp.626-627)

과 교수인 화자 '나'는 야심한 시각에 학부생 박채연의 방문을 받는다. 민소매에 반바지를 입은 이 학생은 정신과 약물치료를 받고 있는 것으로 짐작되는데, 잠이 오지 않는다는 이유로 새벽에 그의 연구실을 찾아오는 기행을 벌인다. 둘은 어느새 밤새 수다를 떨며 새벽녘 공원을 산책하는 "우정"(p.127) 관계로 발전하지만, '나'는 "내 안에 채연을 향한 다른 마음이 있다는 것을 스스로 인정"(p.132)하지 않을 수 없다. 어느 날 술에 취해 '나'의 연구실로 찾아온 박채연은 학과 선배 정현지를 만나러 가는 길에 동행을 부탁하는데, 그곳에서 경미한 몸싸움이 일어나고 이후 '나'는 학내 익명게시판을 통해 "문예창작과 이 모 교수가 같은 과 학생과 연애를 하고 있으며, 심지어 그 연애 상대가 학과 선배를 폭행하는 현장에까지 동행했다는 것, 그 폭행을 보고도 만류하지 않았다는 내용"(p.134)의 고발을 당한다. 박채연과 정현지의 관계는 남다른 사이로 암시되지만, '나'는 물론 이를 밝히거나 확신할 수 없다. 박채연이 잠적하고 정현지가 졸업하는 것으로 사건은 일단락되고, '나'는 정년 보장 심사를 무사통과한다. 이후 '나'는 지루한 폭력 예방 동영상 강의 속에서 '위계'가 "지위나 계층을 나타내는 등급"인 위계位階가 아닌 "속임수나 상대방에게 오인, 착각을 일으키고 상대방의 그러한 심적 상태를 이용하는 것"(p.137)인 위계僞計라는 것을 알게 되며 채연과 나눈 마지막 전화통화를 떠올린다. 사라진 채연은 억울함을 호소하는 '나'에게 "무서운 것과 불안한 것은 정말 차원이 다른 이야기인 거 같아요. 제 말이 맞죠?"(p.138)라는 겁박의 말을 남긴 채 전화를 끊었다. 위계의 의미가 '권력'의 행사에서 '오인'으로 인한 심리적 조종으로 전환되며 결국 '교수-학생' '작가-지망생' '중년-청년'이라는 이 소설의 모든 권력관계는 철거되고 상대에게 오해를 사게 했을 소통의 실책만이 위계 폭력의 원인이 된다. "저는 그냥 한번 무서운 게 더 나을 것 같은데…… 불안한 건 계속 이어지잖아요?"(p.126) 이제 위력을 행사하는 주체는 을의 위치를 이용하여 '나'를 영원한 불안 속에 가둔 채연이다.

이 소설의 화자가 자신의 심리적 무고함을 내어주면서까지 말하고자 하는 것은 위계 권력의 작동이란 상대적이라는 것, 무분별한 온라인 폭로가 사태를 종합적으로 보지 못한 이들의 오해에서 비롯되었다는 것, 비밀스러운 퀴어의 진실을 지켜주기 위해서 가해자로 지목된 당사자가 해명을 온전히 할 수 없는 사정이 있다는 것 등이다. 수년간 우리 사회를 뜨겁게 달구었던 물음, '위계란 무엇인가'는 결국 정보 비대칭으로 인한 '실수'와 '착오'로 축소되고 개별화된다.

익명게시판, 인권 센터, 조사위원회로부터 공격과 심판을 받아 생계의 위험에 처하는 중년의 남성 선생들을 그리는 이 문학적 작업들은 지금 한국사회에 터져나오고 있는 여성의 성폭력 경험 고백과 미투 운동의 의의를 무력화하는 수사와 상응할 뿐 아니라 현실의 권력구조와 남성 동성 문화의 폭력성을 괄호 안에 둔 채 여성 인권과 퀴어 인권을 경쟁시키는 허구적 구도를 적극적으로 양산한다.[10]

〰〰〰〰〰〰〰

10　이와 같은 구도는 작품뿐 아니라 비평을 통해서도 생성되고 있다. 2010년대의 문학성이 '퀴어 페미니즘'으로 정위될 것이라고 예견하는 한영인은 김비의 소설 속 시스젠더 여성이 트랜스젠더 여성의 신체를 낯설어하는 장면을 두고 "'퀴어'와 '페미니즘' 사이의 건널 수 없는 간극을 앞질러 예견"한다고 주장한다. "'퀴어 페미니즘'이 새롭게 마주해야 하는 적은 단지 '남성 동성 사회(성)가 생산하는 퀴어·여성혐오와 이성애 규범성'만이 아닐 것이다. 오히려 그것의 강력한 적은 페미니즘 내부에서, 그러니까 페미니즘과 퀴어를 한사코 분리해내려는 급진적 경계 짓기에서 올 가능성이 크다." 한영인, 「소급될 수 없는 기원?」, 『자음과모음』 2019년 겨울호, pp.315-316 참조. 그러나 이원화된 성별 질서를 가능케 하는 전사회적 젠더 장치들을 안타까운 자연으로 원경화하고 트랜스젠더에 대한 부정과 증오를 해부학적 신체를 둘러싼 여성들 내부의 갈등으로 축소하는 것은 시스젠더 남성을 비당사자화하며 페미니즘에 대한 적대와 성의 생물학적 결정론이라는 오래된 오독을 미필적 고의로서 강화한다.

문단 내에서 미투 운동을 의심하는 시도는 비단 작품 내부에서만 일어나는 일이 아니다. 성폭력 피해자의 이야기를 담은 글을 쓰고 이를 수정한 여성 작가에게 평론가가 왜 '자기검열'을 했냐는 의문을 담은 글[11]을 발표하고 그것을 작가의 '개인' 이메일로 송부하는 등의 행위를 저질러왔다는 사실이 밝혀지기도 했다. 작가 스스로 '검열'이라는 표현까지 하게 만든 것은 성폭력 생존자의 언어를 손쉽게 거짓말로 의심하는 오래된 부정주의 관습에 기인한다. 비평적 백래시라는 표현조차도 점잖게 느껴지는 이 일은 평자가 비단 성폭력 피해자의 감정을 손쉽게 재단하고 평가했다는 사실에만 있는 것이 아니라 남성 평론가가 비평을 여성 창작자 개인의 인격을 위협하고 모독하는 무기로 썼다는 데에 있다. 잘 알려져 있다시피 출판계에서 개고는 아주 흔한 일이다. 최인훈의 『광장』은 열 개 이상의 판본이 존재한다. 그는 작품이 출판사를 바꿔가며 출간되고 전집과 교과서에 수록된 이후에도 작고 직전까지 개정판을 냈다. 비교적 최근의 경우로 한 남성 시인이 작품집을 간행하며 여성혐오적인 표현을 고치고 일부 작품에 대한 미수록 결정을 내렸다는 이유로 주목과 칭찬을 받는 사례도 있었다.[12] 남성 작가는 '시대의 서기'로 살며 새로운 시대정신에 발맞춰 글을 고쳐도 되지만, 여성 작가가 자신의 글을 수정하면 그것은 '자기검열'이 된다. 과거의 언피시함을 수습하려는 때늦은 시도가 된다. 대체 '검열'은 누가 한 것인가?

11   황현경, 「나는 소망한다 내가 금지한 것을—『어제는 봄』」, 『기획회의』 496호, 2019. 9. 20.

12   「"내 문학작품 속 여혐 수정" 새 풍경」, 한국일보, 2017. 2. 23.

2.2. 없거나 없어야 하거나: 페미니즘 문학의 섹슈얼리티는 어떻게 독해되고 있는가

문학장 내에서 여성 섹슈얼리티 재현이 박한 이유가 과연 한국사 회가 성적인 표현을 자제하는 조신하고 엄숙한 곳이기 때문일까. 그러나 페미니즘 인식론을 강하게 드러내는 최근의 작품 속 여성의 성적 욕망이 독해되는 방식은 여성 섹슈얼리티 재현에 대한 제동이 '표현' 영역이 아니라 '해석'의 영역에 있다는 점을 보여주고 있는 듯하다.

독자와 평단의 폭넓은 지지를 고루 얻은 강화길의 「음복飮福」(『화이트 호스』, 문학동네, 2020)에 대한 비평장의 몇몇 독해들은 여성의 성적 욕망을 아예 읽지 못하거나 부러 읽지 않는 경향을 보인다. 이 작품을 '이 계절의 소설'로 꼽으며 찬사를 아끼지 않은 평자는 작가와의 대화에서 이 소설을 체념과 희생의 드라마로 읽었음을 밝힌다.

> 어쨌든 변화를 일으키기 위해서는 '정우'의 무지를 폭로하고, 그 자신의 무지가 권력일 수 있다는 사실을 깨닫게 하는 지점에서부터 시작해야 할 텐데요. 세나는 그런 갈등과 투쟁의 영역으로 들어서는 것을 꺼려합니다. "과연 그걸 선택이라고 말할 수 있는 걸까"라고 자문하지만, 다른 한편으로는 미래 세대의 여성 주체를 향한 바람을 다소 체념적으로 전하면서 끝을 맺는 것 같기도 합니다. 갈등을 매개로 한 계몽으로는 변화가 불가능하다는 세나의 허무주의적 냉소가 느껴지기도 하는데요.[13]

---

13 강화길·강동호 인터뷰, 『소설 보다: 가을 2019』, 문학과지성사, 2019, p.53 중 강동호의 질문.

질문자는 이 소설에 드러나는 여성의 권력에 대한 야심이나 성적 욕망을 완벽히 읽지 못한다. 그는 여성이 남성의 무지함을 깨우치게 해주는 것이 긍정적 변화를 추동할 수 있는 동인이 될 것이라 주장하면서 세나가 투쟁을 회피하며 허무와 냉소에 젖어 있다고 진단하는데, 이러한 해석의 인식 구조가 작품이 서사화하고 있는 남성상과 닮아 있다는 점에서 인터뷰 전체는 절묘한 웃음을 자아내게 하며 소설과 한쌍을 이룬다. 정말 이 소설은 여성의 세계사적 패배가 전승되는 무력한 과정을 묘사한 작품일까. 아니, 이 여성은 정말 정의와 평등'만' 꿈꾸는가.

「음복」은 서술자가 해사한 남편의 얼굴을 반복적으로 묘사하며 여주인공의 성적 취향을 분명히 드러낸다. "서서히, 고요하게, 모든 그늘이 사라진 얼굴. 내가 좋아하는 얼굴이었다."(p.13) 더 과감하게 분석하자면, 이 소설이 다른 남자와 관계해 낳은 아이를 황제의 아이로 속여 궁에 입성하는 평민 여성의 이야기를 담은 황실 치정극을 경유한다는 점을 참조했을 때, 세나는 남편이 승계받은 일정 부분의 권력을 함께 누리며 사랑스러운 남편과의 안정적 결혼 제도를 유지하면서도 동시에 대담한 혼외관계의 가능성까지 암시하는 것으로 보인다. 어차피 남편 "너는 아마 영원히 모를 테니까"(p.41). 이 중국 드라마의 열혈 애청자인 남편이 아내가 그 이야기에서 얻을 수 있는 교훈이 무엇인지 전혀 알아채지 못하듯이, 다양한 위치에 처한 전 세대 여성의 행위성을 추적하며 은밀한 쾌락의 암시까지 추가해놓은 이 소설에서 여성의 무력함을 읽어내는 독법은 가부장제 가족 체제 속에서 여성의 섹슈얼리티가 어떤 계선을 타고 수행될 수 있는지를 놓치고 있으며 바로 그 때문에 무지한 남성의 자리를 벗어나지 못한다.

한편 '돌봄 노동'이라는 소외된 주제를 꾸준히 의제화하는 평자는 앞의 분석과는 달리 이 소설에 등장하는 여성들을 적극적인 행위자로 이해하며

「음복」과 「가원佳園」(『화이트 호스』)을 모성의 관점에서 해석한다. 그에 따르면 이 소설들은 딸/손녀/며느리들이 악역을 도맡으며 자식들을 길러온 윗세대 여성들이 감당해온 돌봄의 역사를 깨달아가는 과정으로서 세대간 여성 연대의 가능성을 마련하고 있으며, 여성은 권력의 재배치를 도모하며 불리한 역할을 기꺼이 '선택'해온 행위자들이고 그들의 돌봄 노동은 "미래지향성과 재생산성 그리고 이타성을 함축하는"[14] 대안적 권력 모델에 부합하는 것이다.

> 그의 소설은 대안적 권력 모델을 추구하고 행사해온 행위자-여성들의 삶을 조명함으로써 그러한 대안적 권력을 이미 가졌거나 앞으로 가질 수 있는 여성으로서의 삶을 긍정하게 해주고, 돌보는 권력을 향한 여성들의 헌신을 북돋운다. '돌봄'과 '권력'은 얼마든지 결합할 수 있고, 그럴 때 정치는 불평등을 심화하는 이해당사자들의 아귀다툼이 아니라 양육의 주체인 모든 시민, 공동체, 국가의 평등하고 다양한 미래에 대한 소원이자 그 소원을 이루려는 끝없는 경주를 가리킨다(⋯)(pp.45-46)

엄마들의 행위성에서 민주주의 가치의 갱신으로 이어지는 이와 같은 독해의 기저에는 여성이 가부장적인 남편을 승인하는 이유는 그로부터 얻을 수 있는 어떠한 종류의 만족감 때문이 아니라 모성으로서 아이를 보호하고 지켜내기 위해서여야만 한다는 불안이 내재되어 있다. 이를 위해 세나의 성적 취향이나 실천은 묵과되어야 한다. 어떠한 방식으로라도 기혼

---

14   신샛별, 「불평등 서사와 정치적 효능감, 그리고 '돌봄 민주주의'를 향하여—김유담, 강화길, 장류진 소설에 주목하여」, 『창작과비평』 2020년 여름호, p.45. 이하 인용시 본문에 쪽수만 밝힌다.

여성의 성적, 정서적 만족이 강조되는 순간 모성의 가치, 나아가 '돌봄 민주주의'라는 의제를 말하기가 불편해지기 때문인데, 이는 돌봄 노동을 여성의 몫으로 자연화하여 무급 서비스 취급하려는 가부장적인 세계가 정확히 원하는 어머니상이기도 하다. 성욕의 암시를 말끔하게 소거한 채 다음 세대 여성에게 더 나은 삶을 물려주기 위한 여성들의 선택을 강조하는 것이 도리어 모성을 다시금 특정한 방식으로 물화, 신성화하기 때문이다.

「음복」에서 세나가 남편의 천진한 얼굴을 욕망하는 이유는 그것을 자신의 딸에도 물려주고 싶기 때문만이 아니라 그것이 세나의 젠더화된 성적 취향이기 때문이기도 하다. 「가원」의 연정이 할아버지를 닮은 한심한 한량만 골라 사귀는 이유를 묻지 않고 할머니와 연정 간의 복잡한 사랑의 내력을 설명하는 일은 재미없다. 이 여성들의 남자 취향은 너무나 지독스러운 데가 있어서 차라리 없는 욕망으로 치고 싶을 정도다. 그러나 최근 쏟아지고 있는 수많은 소설들 중에서 이 소설들이 유난히 큰 주목을 받았던 건 가부장제 가족 체계 속 여성의 역사적 경험을 가장 설득력 있게 묘파했기 때문만이 아니라, 기혼 유자녀 여성의 피해와 행위성을 말할 때에는 성애를 말하면 안 된다는 금기를 어기려 하기 때문이다. 강화길은 모성의 정치력을 조명하는 동시에 엄마를 불투명한 쾌락을 누리며 성혼 체제 자체를 내부에서 이미 무력화하고 있는 주체로 설명해낸다. 자신은 어쩔 수 없었지만 자식만은 더 나은 삶을 살게 하자는 오래된 시각에 완전히 휩쓸리지 않으면서도, 가부장제 타파를 위해서 여자들은 아예 남자와 교제하면 안 된다는 새로운 소견에도 별로 굴복하지 않는다.

우리 사회에서 기혼 여성의 성애는 손쉽게 희화화되는 대상들 중 하나다. 아줌마의 성욕은 우스꽝스러운 것, 감당하기 부담스러운 것, 그래서 함부로 대해도 되는 것으로 표상된다. 그렇기 때문에 이 소설에서 기혼 여성의 섹슈얼리티를 깨끗이 도려낸 채 체념의 드라마로 해석하거나 다음 세대 여성들을 위해 감행해온 모계 속 최선의 선택의 역사를 재발견하고 강화하는 분석은 그 의도와 무관하게 돌봄 노동을 담당한 여성의 존재를 불완전한 선택지를 떠맡은 희생자로서의 엄마, 그럼에도 최선의 노력을 다하는 영웅으로서의 엄마, 나아가 돌봄 노동에 대한 전사회적인 박해 속에서도 자기 노동의 가치를 사회적으로 의제화하는 의연한 정치적 주체로서의 엄마라는 프레임에 유자녀 기혼 여성을 가두게 된다. 여성을 모범적인 방식으로만 승인하며 여성의 욕망과 저항의 도구를 '선별'할 때 여성의 행위자 주체성을 말하기는 더욱 어려워진다.

성애를 드러냈으니 추행에 동조했다고 단정한 후 무고로 몰아가고, 여성 억압의 역사와 모성의 가치를 말하기 위해서는 성애에 대해서 감쪽같이 침묵해야 할 때, 여성의 섹슈얼리티 재현이라는 난제가 다시금 공고화된다. 왜 소설이 여성 섹슈얼리티의 주체적 재현에 소극적인지를 고민할 것만이 아니라 해석 담론이 작품 속에 표현되어 있는 욕망들을 어떻게 읽어내고 있었는지를 함께 되물어야 할 것이다.

3. 오염 공포와 분할의 성 정치

최근 대중 서사 영역에서 여성의 섹슈얼리티를 적극적으로 실험한 작품이라 할 수 있는 영화 〈아워 바디〉(한가람, 2018)를 둘러싸고 일어난 해석 경합은 오늘날 '여성 서사'라는 깃발을 둘러싸고 일어나는 갈등들을 잘 보여준다. 오랜 기간 공무원 시험을 준비하며 늘어진 몸으로 살아가던 자영은 시험을 포기한 후 우연히 현주를 만나 그를 따라 조깅에 빠져들면서 현주의 육체와 욕망을 모방하게 된다. 매번 공모전에 낙방하는 소설가 지망생 현주는 알코올과 운동 중독에 빠진 또다른 우울한 청년일 뿐이지만, 그 육체적 외양의 탄탄함은 자영의 흠모의 대상이 된다. 현주의 몸을 따라가던 자영은 나아가 현주의 섹스 판타지까지 모방해보는데, 여기서 그 악명 높은 '부장 섹스'가 일어난다.

일부 여성 관객들은 이에 진저리를 쳤다.[15] 〈아워 바디〉는 '명문대를 나온 여성이 입신을 포기하고 몸매를 가꿔 늙은 남자와 자는 이야기'로 회자되며 안티 페미니즘 서사로 낙인찍히는 철퇴를 맞았고, 그 때문인지는 몰라도 극장 관객을 채 일만 명도 동원하지 못했다. 이 영화를 기어이 "'달리기'란 운동을 통해서 자영이 자신의 인생을 되돌아보고 스스로 자신의 삶을 찾아가는 과정을 통해 여성의 욕망과 욕구 그리고 희망을 말하고자 하는"[16] 체육 영화로 읽는다면 이 서사의 모든 세부는 못마땅할 수밖에 없다. '부장 섹스'는 "여성에 대한 부정적 시선과 더불어 비판과 논란의 여지를

---

15 이 영화를 둘러싼 SNS 속 여성 관객들의 반응은 듀나의 글에 정리되어 있다. "〈아워 바디〉를 싫어하는 몇몇 관객들은 이 영화를 '중년 남자와 섹스하는 영화'라고 부른다. 마치 젊은 여자가 중년 남자와 하는 섹스가 한국 영화에서 흔하지 않은 것처럼. (…) 관객들이 이 영화의 섹스 신을 싫어하는 이유는 동성애 기반에 바탕을 둔 것일 수도 있고 이성애 기반에 바탕을 둔 것일 수도 있다. 자영과 현주의 관계만이 의미가 있다고 생각하는 관객들은 이성애 섹스가 지겨울 것이다. 하지만 더 많은 관객들은 영화가 그리는 모든 이성애 섹스의 환멸에 찬 묘사가 더 신경 쓰일 것이다. 보다보면 숨이 막힌다. 주인공은 자신이 이성애자라고 믿는데 이성애엔 답이 없다. 그리고 다들 질겁하는 마지막 섹스는 따지고 보면 자영이 할 수 있는 가장 동성애에 가까운 섹스이다. (…) 우리의 몸과 정신이 뒤섞이며 만들어내는 욕망은 결코 온전하게 납득이 가는 존재가 아닌 것이다. (…) 이런 이야기가 대부분 그렇듯 〈아워 바디〉는 우리가 전에는 전혀 생각하지도 못했지만 처음부터 존재할 수밖에 없는 욕망의 사각을 비춘다."(듀나, 「〈아워 바디〉」, KMDB, 2019. 11. 29. https://www.kmdb. or.kr/story/9/5302)

16 김혜진, 「〈아워 바디〉: 몸으로 삶을 대변하다」, 『독립영화』 49호, 2020, p.145. 이하 인용 시 본문에 쪽수만 밝힌다.

제공하는 한계점"(p.144)을 가지며 "힘든 시기에 만나 정신적으로 의지하고 동경했던 존재인 현주와의 동성애 코드를 드러내려한 연출 방식은 진정 그녀의 힘든 삶에 대한 진정성 있는 메시지를 저해"(같은 쪽)하고 미성년자인 자영의 여동생이 콘돔을 훔치는 장면은 "의아"(p.142)하다면 그 까닭은 여성주의 내러티브에서 여성의 성적 표현을 불순한 것으로 판단했기 때문이다. "여성이 주체가 되는 지위 향상이 아닌 스스로 비판적 현실을 수동적으로 받아들이는 상황을 보여주는 데 그치는 것이 아닌가?"(p.144)라는 의문 밑에는 여성 성장에 대한 긍정적 비전을 위해 여성은 성애적인 것에 열중하는 대신 빠르게 안정적인 삶의 궤도에 안착해야 한다는 불안이 내재해 있다. 영화에서 자영에게 인턴 자리를 주선해준 친구 민지의 반응은 이러한 반응들과 상통한다. "야, 너 안 잤어도 인턴 됐을 거야." "근데 왜 다들 그렇게 생각해?" "뭐?" "왜 내가 인턴 되려고 정부장이랑 잤다고 생각해?" "하, (…) 그래서 뭐 연애라도 하기로 했어?" 자영의 섹슈얼리티 실험은 취직을 미끼로 한 '상납'과 진지한 '연애' 사이에서 '번역 불가능한 지점'이 된다.

〈아워 바디〉는 레즈비언의 생애를 보여주는 서사라기엔 남자랑 자는 여자들이 너무 많고, 카메라가 여자의 몸을 대상화하지 않는 것도 아니며, 깨달음과 성숙의 결말을 향해 나아가는 모범적인 페미니즘 성장영화와도 거리가 멀다. 여성들(자영, 현주, 화영, 자영과 화영의 엄마, 민지와 직장 동료들)이 서로의 몸을 훔쳐보고 모방하는 퀴어한 기운이 흘러넘치는 가운데 열락 없는 이성애 섹스가 지겹도록 반복된다. 영화는 주인공의 취업 성공이나 현실 각성의 기미와 같은 정상적 생애주기에 대한 전망을 제공해주지 않는 것은 물론이거니와 자영이 마라톤 대회에 출전한다거나 하는 식의 개인적 성취를 재현하지도 않는다. 이야기는 회사를 그만둬 백수가 된 자영이 오성급 호텔에서 룸서비스를 시켜 먹으며 수음을 하는 장면에서 돌연 끝이 난다. 먹고살 길이 막막한 이 청년의 육체 실험은 낭비적으로 보이고 권력자 남성의 성욕을 충족시키는 일에 더러 기여하므로, 올바른 페미니스트가 되고자하는 여성 관객의 콤플렉스를 자극하기에 충분하다. 이 짓궂은 영화가 그럼에도 겸허하게 수용하는 단 하나의 테제는, 여성의 욕망이 상당히 '오염'되어 있다는 것이다. 〈아워 바디〉의 미덕은 이러한 '욕망의 오염성'에 대해 도덕적 판단을 시도하는 대신 이를 인정하고 마주하는 것을 거부하지 않는다는 데에 있다. '마이 바디'인 줄만 알았던 한 포대의 몸뚱이는 기실 온갖 시선과 기율과 욕망이 교차하는 '아워 바디'인 것이다.

만인의 선망의 대상인 현주의 몸을 탐하는 자영의 욕망은 동성애적인가? 거울 속 자신의 몸을 현주의 나신과 견주는 자영의 시선은 여성에게 강요되는 보디 셰이밍과 하등 관련이 없는가? 현주를 떠올리며 부장과 자는 자영의 욕망은 이성애적인가? 부장을 향한 자영의 성욕은 결단코 기존의 성 질서에 남김없이 회수될 운명에 처하는가? 관객도 자영 본인도 이 여정의 끝이 어디인지 잘 모른다. 다만 하나의 실험이 막 지나갔을 뿐이다. 아마 여성 관객들의 비명은 이 불온한 오염 지점들을 적나라하게 관찰해야 했던 부담감과 별 보상도 없이 극장을 나서야 했던 허탈함에서 온 것일 테다. 음전하게 굴어도 살기가 팍팍한 여성들에게 자영이 선보이는 이 몸의 쾌락에의 몰두는 '근심'을 넘어 '경악'의 대상이 된다. 페미니즘이 시대정신이라는 지금 여기, '오염 공포'라는 '안보 체계'의 재작동은 그렇게 여성의 섹슈얼리티를 '통제'와 '관리'가 가능한 형태로 규격화할 것을 요구하게 된다.

3.1. 안전 공간과 친밀성의 경제:
공안 체제가 섹슈얼리티를 프로파일링하는 방식

전염병 통제를 위해 모두가 마스크를 착용하고 사회적 거리 두기를 실시하며 시민들의 동선이 샅샅이 공유되고 있는 팬데믹 상황은 한 사회의 '감염 및 오염 공포'가 어떠한 '분할 정치'를 수행했/하는지를 보여준다. 유럽 광장의 시위대가 마스크를 착용하지 않을 자유를 외칠 때 난민 캠프에서 집단감염이 발생하고, 시카고 흑인의 전염병 발병 및 사망 비율은 백인의 그것을 크게 웃돌며, 코로나 바이러스로 인한 국내의 첫 사망자는 청도의 한 폐쇄병동에서 이십 년 넘게 입원 중이던 무연고자였다. 전염병은 국적화, 인종화, 시설화 등 다양한 방식으로 계급화되어 있다. 그리고 지난 4월 말, 이태원발 집단 발병 사태는 퀴어의 '문란'한 삶을 지탄하는 방식으로 작동했다.[17] 전염병은 또한 지극히 강렬하게 젠더화되어 있다.

최은미의 「여기 우리 마주」(『문학동네』 2020년 가을호)의 화자 '나'는 비누와 캔들을 만드는 공방을 막 차린 참이다. 살림 공간과 업무 공간이 분리되지 않은 홈 공방을 오래 운영하며 모든 노동을 능숙하게 분리하여 수행해야 했던 '나'는 전문성 있는 선생님으로 실력을 인정받기 위해선 "깨끗하고 멀

---

17 최현숙은 전염병 확진자의 동선 공개와 언론을 통한 퀴어 증오 선동이 맞물렸던 순간을 다음과 같이 기록한다. "수많은 이성애자들의 '사랑하는 가족' 간 밀착 확산 사태가 좀 수습되어가던 4월 말 5월 초 연휴에 '젊은것'들이 이태원과 강남으로, 클럽과 노래방으로 떼로 몰려다니다가 터진 거다. 이때다 싶은 한 언론사는 코로나 재확산이 염려된다면서 5년 전에 써두었던 '블랙 수면방' 기사를 올렸다." 이어 그는 퀴어 친구가 SNS에 게시한 글을 수정 인용하여 덧붙인다. "쓰레기 언론과 달리 방역의 대상으로라도 비로소 호명해주는 방역 당국에 대해 짐짓 감격하는 마음이 생겼던 게, 생각해보면 비참하다. (…) 누군가에게는 자칫 직장과 가족과 사회에서의 입지가 결딴날 수 있는 변수가 그들에겐 그저 행정상의 세부적 난맥이다." 최현숙, 「방역당국은 섹스를 금하라」, 경향신문, 2020. 5. 22.

쩡하게, 주부로서의 노동만을 선별해서 지워버"(p.274)려야 한다고 믿는다. COVID-19가 유행하고 등교를 하지 못하는 아이들이 오직 '학모'의 책임이 되면서 '나'는 다시 완벽한 방역 주체로서의 주부가 되어야 하는 이중적 족쇄에 걸려들게 된다.

전염병이 한차례 잦아드는 듯했던 초봄, 친구 수미의 소개로 공방은 동네 맘들이 쉬어가는 공간이 된다. "그녀들이 숨쉴 곳을 찾아 어디라도 나와 있다는 것에 나는 이상할 정도로 안심을 느꼈다. 적어도 아이와 둘이 고립되어 있지 않다는 것에."(p.269) 그리고 '나'는 또한 "여자친구 선물을 만든다면서"(p.271) 온 남자 둘이 서로를 쳐다보며 웃는다는 것을 알게 된다. 전염병 사태로 가게 운영은 쉽지 않고, 사춘기에 접어든 딸아이와의 생활방식 협상은 날로 어려워지고, 살림과 육아를 뒷전으로 한 남편의 위로 같은 비난의 말을 끊임없이 들어야 하지만, '나'는 그럼에도 자신의 공방에서 손님들이 안전함을 느끼며 친밀감을 쌓아간다는 사실에 기쁨을 느끼고 자부심을 가지게 된다.

팬데믹은 "살짝만 당겨도 죽는 집단과 제대로 당겨도 죽지 않는 집단"(p.278)이 무엇인지를 명백하게 보여주는 계기가 되었다. 캔들을 만들던 수미가 말한다. "우리가 취미질을 하던 여기가 확산의 진원지가 된다면, (…) 우린 아마 총살을 당할걸?"(같은 쪽) 학생들의 등교 계획이 발표되며 피로가 누적된 학모들이 서서히 일상으로의 복귀를 준비하기 시작했을 때 이태원발 무더기 확산이 시작되었고 "맘 카페는 폭발했다"(p.276). "너네들이 클럽에서 처놀지만 않았어도./너네들이. 너네들이!"(같은 쪽) 불안과 적의는 내부를 향한다. '나'는 수미를 비롯한 맘들의 단톡방 초대를 거절하고, 게이 커플이 만지고 간 비누가 다 젖을 때까지 에탄올을 뿌려댄다. 같은 건물에 있는 "노래 주점"과 "건전 마사지 숍"과 "대화 카페"(p.265) 대신 '항균'

과 '힐링' 제품을 만드는 공방이, 수미의 남편이 회식차 들른 "강남 B 룸살롱"(p.281) 대신 수미의 딸이 갇혀 있는 가정집이 고립된 채 박살난다. 여성들의 아지트와 퀴어들의 게토와 어린이들의 놀이터가 거덜이 난다.

온라인 공간에 접속한 딸이 자신을 드러내며 했던 말은 "욕하지 말고 친근히 대해주세요"(p.282)인데, N번 방의 공포가 드리워진 세상에서 '나'는 그저 딸의 활동을 더 단속할 수밖에 없다. "니 얼굴을 찍지 마. 어디에도 너를 올리지 마. 쓰지 마. 가지 마. 하지 마. 위험해. 너무 위험해. 다 차단해. 내가 안심할 수 있게 해줘. (…) 하지만 어떻게, 어떻게 가능할까."(p.279) 운전과 승하차 보조를 한 번에 해결할 수 있다는 이유로 환영 받는 '여자 기사님'인 수미가 만성피로와 남편과의 불화로 인한 예민함으로 자신의 딸에게 분노를 분출하고 죄책감을 물림하듯이, 이 시국의 '나' 또한 홈 카메라로 딸을 시시때때로 감시하며 다그치게 된다. "남편을 죽이는 대신 애를 잡는 여자들. 정말이지 좆같은 여자들. 좆빨러라는 욕을 먹어도 싼 여자들./하지만 내가 하고 싶은 건 자기혐오가 아니다. 좆빨러가 되지 않으려고 피오줌을 싼다고 말하고 싶지도 않다. 그게 전부는 아니니까. 나는 외로움에 대한 이야기를 하고 싶다."(p.273)

기혼 여성은 '좆빨러', 퀴어는 '클럽에서 처노는 자'가 되는 적대적 낙인찍기가 이어진다. 섹슈얼리티를 프로파일링하며 작동하는 이 오염 공포는 안보를 자기 준거 삼아 스스로 동력을 얻고 몸피를 키워가며 더욱 강력한 분할 정치를 수행하고, 친밀성은 감히 욕심낼 수 없는 것이 되어간다. 그렇지만 '나'는 맘들이 그립다. "그 여자들이 이 봄을 어디서 어떻게 보내고 있을지를 생각한다. 그 여자들이 왜 어디에서도 보이지 않는 건지를 생각한다."(p.272) 안전 공간을 희구할수록 안전 공간이 사라진다. 친밀함을 갈망할수록 외로움이 짙어진다. 친구들과 공방에 나와 모여 앉은 맘들조차 "서로

한테 매력적인 사람이고 싶을수록, 테이블에 함께 앉아 있는 채로 고립되어"(p.274)간다.

성불평등으로 초래된 오염 공포가 광풍처럼 불어닥치는 이러한 상황에서 손쉽게 떠올려봄직한 대책은 남자가 아예 존재하지 않는 세계를 구축하는 것이다. 천희란의 「카밀라 수녀원의 유산」(『악스트』 2020년 1/2월호)은 여성 생활공동체를 배경으로 남자 없는 세계가 가져올 유/디스토피아를 장르적으로 형상화한다. 미스터리한 자본가 카밀라는 어느 폐광촌의 대저택을 인수하여 "폭력으로부터 보호받지 못했거나 장기간 위협적인 현실에 노출되어 있던 여자들"(p.99)이 사는 여성 전용 생활공동체를 꾸린다. 라우라 모녀 또한 그곳에 입주한 여성들 중 하나로, 라우라는 "폭력과 공포로 몰아넣었던"(같은 쪽) 아버지들이 없는 그 세계를 "천국"(p.101)으로 여긴다. 평생 이 저택에만 거주하고 싶은 라우라와 달리 라우라의 어머니는 '자립'을 주장하고, 공동체 바깥의 남자와 연애를 시작한다. 피학대 아동이었던 라우라에게 엄마의 새 애인은 이 천국의 평형상태를 깰 공포스러운 '오염원'이고, 학대 생존 동기인 엄마의 이성애는 검질긴 '천형'이다.

폭풍우가 몰아치는 어느 날 라우라는 어머니의 짐 가방을 내다버리려 하다가 "그간 마음속에 억눌려 있던 강렬한 충동을"(p.105) 깨닫는다. "나는 여기에 남을 거야. (…) 더는 그 삶에 휘말리지 않을 거야."(같은 쪽) 라우라는 엄마를 목 졸라 살해한다. 그리고 수녀원을 운영하는 여성들의 도움을 받아 시신을 매장하며 그들의 이야기를 듣게 된다. "나도 아주 오래전에 내 엄마를 죽였단다."(p.106) 이후 라우라는 카밀라의 모친이 저택 지하실에 감금당해 있던 흔적을 발견한다. 완벽한 안전과 친밀성이 보장된 것으로 보였던 이 천국의 표면장력 아래에는 "이 저택에 살았고, 이 저택의 안팎에서 살고 죽어간 여자들의 서로 다른 비극의 기록"(p.109)들이 넘쳐난다. 부친의 폭력에 시달렸던 레즈비언 딸이 남자를 못 끊은 엄마를 죽여버리는 이 소설은 여자들끼리만 살면 안전하고 평등한 페미니즘 공동체가 도래할 것이라는 레즈비언 유토피아 신화를 지그시 의심한다.

친밀성의 영역에 배치되어 돌봄과 가사를 담당했던 여성들이 친밀성을 상업화한 성 산업이나 불평등한 이성애 관계로 내몰렸다는 페미니즘의 오랜 교훈은 여성으로 하여금 안전에 대한 남다른 감각을 벼리게 했는데, 그것은 동시에 멸균 지대에서 구성되는 욕망이란 없다는 의미이기도 하다. 객체적 '성적 대상화' 작용과 주체적 '성적 욕망'의 발현을 명확하고 깨끗하게 구분하기란 어렵다. 오히려 남성화된 욕망과 무관한 섹슈얼리티를 구성할 수 있다는 확신이 섹슈얼리티 내부의 위계를 설정하며 성차별적 질서를 강화하는 일에 기여할 수 있다.[18] 「카밀라 수녀원의 유산」은 남성에 대한 공포와 대립각을 세우며 레즈비어니즘을 폭력적 이성애에 대한 합당한 대안으로 정립하는 측면이 있다. 그런데 정말 레즈비언 섹슈얼리티가 남성화된 시선에 조금도 오염되지 않고 평화롭고 안전하게 구성되는 일이 가능은 한 것일까.

---

18 게일 루빈은 서구사회에서 성이 계층화되어 있다고 주장하며 정상적이고 축복받는 섹슈얼리티 특권 집단과 저주받고 금지된 섹슈얼리티 소외 집단을 도표로 제시한 바 있다. 섹슈얼리티의 이러한 위계질서화로 인해 특정한 정치적 순간마다 이 소외 집단을 억압하는 방식으로 정당성을 확보하는 증오 정치가 자행된다. "성적 행위들은 대개 아무런 내재적 관성이 없는 개인적이고 사회적인 불안을 표상하는 기표로 기능한다. 도덕적 공황에 빠져 있을 때 그러한 공포는 억세게 운 나쁜 어떤 성행위나 성적 인구집단에 부착된다. (…) 성 계층화 체계는 자기방어력이 결여된 희생자들을 공급하고, 그들의 운동을 통제하고, 그들의 자유를 축소하기 위한 기존 장치들을 제공한다."(게일 루빈, 『일탈―게일 루빈 선집』, 현실문화, 2015, p.332)

3.2. 응시 구조의 다성성: 여성의 섹슈얼리티는 어떻게 수행되는가

대체로 맞기에 반드시 틀린 로라 멀비의 고전적 페미니즘 응시 이론[19]은 남성은 남성 인물에게 이입하고 여성은 여성 인물에게 이입하며 주류 영화가 이성애자 남성 중심의 시각적 쾌락을 충족하는 일에 복무한다고 주장하며 캐릭터에 대한 독자 이입의 다양한 가능성을 무화한다는 합당한 지적을 받았다. 반박의 예는 무수히 많다. 퀴어 청소년의 성장담을 그린 시리즈 〈판타스틱 하이스쿨〉 1화에는 여성에게 끌리는 스스로에게 혼란스러움을 느끼던 케이트가 자신의 정체성을 확인해보기 위해 남자 학급 친구의 집에서 훔쳐온 포르노 잡지를 보는 장면이 등장한다. 그런데 물색없는 아버지가 노크도 없이 방에 들어와 독서는 중단되고, 당황한 아버지는 잠시 숨을 고른 후 딸에게 따뜻한 충고의 말을 전한다. "넌 이 잡지 속 여성들처럼 보일 필요가 없다는 걸 알아야 해. 진짜 남자는 여성의 몸매를 따지지 않고 사랑하는 법이지." 케이트는 애매한 미소를 지으며 고개를 끄덕인다. "알겠어요. 고마워요, 아빠." 헐벗은 여성이 잔뜩 나오는 이 도색잡지는 반드시 이성애자 남성 독자만을 위한 것이 아니었던 것이다.

이희주의 「사랑의 세계」(『문학동네』 2020년 여름호)는 다양한 응시 방식을 보여주며 여성들의 욕망이 결코 단순하지도 올바르지도 않다는 사실을 드러낸다. 이 소설은 폭력적인 과거의 기억을 안고 사는 여동창생들이 대도시 도쿄에서 다시 조우하여 서로를 욕망하고 배척하는 피카레스크적인

---

19 Laura Mulvey, "Visual Pleasure and Narrative Cinema", Screen, Vol. 16, no. 3, 1975, pp.6-18.

플롯[20]20을 취하고 있으며 펨/부치 도식과 '남성과 동일시하는 여성'의 형상을 적극 사용한다. 「사랑의 세계」의 주인공은 자기 욕망에 충실한 여러 인물들도, 채 밝혀지지 않은 의문스런 범죄 사건들도 아니다. 이 소설의 주인공은 다양한 방식의 응시들이 교차되며 직조되는 '시선' 그 자체다.

국적과 계급과 섹슈얼리티가 다양한 이 네 명의 여성이 만들어가는 이 '사랑의 세계'에는 마음이 통하는 관계가 하나도 없다. 일본인인 펨 마이는 퀴어 화류계에 종사하는 듯한 부치 서연을 욕망하지만, 서연은 헤테로 여성 소영을 욕망한다. 그러나 소영은 남자 없인 못 사는 여자다. 이성애자이자 외모에 대한 콤플렉스가 있는 '나'는 이들의 어긋나는 다각관계를 지켜본다. 쓰레기를 쌓아두고 살면서 비굴하게 사랑을 구걸하는 마이는 안쓰럽지만 어쩐지 가소롭게 느껴지고, 끊임없이 남자의 사랑을 필요로 하는 소영을 한심해하면서도 그 미모와 솔직한 태도에 어쩐지 질투가 난다. '나'는 또한 남자같이 하고 다니는 서연을 혐오하면서도 그의 무관심에 빈정이 상한다. 이 관계를 지켜보는 '나'의 응시가 '나'의 욕망을 그렇게 만든다.

'나'는 이성애자이지만 '나'의 욕망은 이미 퀴어함에 전염되어 있으며 그것은 이 소설의 다른 여성들도 마찬가지다. 최루성 한류 드라마에 열광

---

20 리타 펠스키는 여성주의가 개발한 가장 주요한 플롯 중 하나로 '레즈비언 피카레스크' 서사를 꼽는다. "레즈비언 피카레스크 소설은 여성들끼리의 사랑은 건전하고 평등하며 대체로 무성적이라는 믿음의 가식을 폭로하는 데서 기쁨을 맛본다. 이런 소설은 절박하고 예측 불가능한 성적 흥분의 리듬을 강조하며 사랑과 잔혹의 가족유사성, 매력의 수수께끼를 강조한다. 욕망은 윤리적 규범의 한계를 범람하며 레즈비어니즘과 여성주의를 하이픈(레즈비언-페미니즘)으로 연결시키고 성적 경향성과 정치를 연대시키려는 시도를 철저히 파괴한다. 무엇보다도 이런 장르는 '남성과의 동일시'를 여성에 대한 모욕으로 간주하고 레즈비언이야말로 본질적으로 여성과 동일시하는 여성으로 간주하는 여성주의 형식과 심각하게 충돌한다는 점이다. 그런 관점과 달리 피카레스크 장르는 탐욕스러울 만큼 남성의 자유와 쾌락을 가로채서 남성적인 문체가 주는 무모한 매력에 깊은 경의를 표한다."(리타 펠스키, 『페미니즘 이후의 문학』, 이은경 옮김, 여이연, 2010, p.183)

하는 마이의 취향은 동성애적이기만 한가. 헤테로 미녀를 좋아하는 서연은 헤테로 남성의 욕망을 따라 하는 것인가. 남자에게 인기 없는 헤테로 여성이 부치의 애정을 탐하는 것은 이성애적인가. 오리지널 욕망과 모방 욕망을 판별해내는 것이 당최 불가능해 보이는 이 사랑의 용광로를 보고 있자면, 차라리 가장 오리지널한 욕망이란 이 식별 불가능성과 번역 불가능성, 이 오염과 감염 상태 그 자체로 보인다.[21]

저마다의 위태로운 삶을 감당하며 살고 있는 이들은 모두 친밀성에 대한 독자적인 욕망에 몰두하며, 남성과의 협상, 심지어는 여성에 대한 폭

<hr>

21 이성애자 남성 관객들의 즐거움을 위해 제작된 영화 〈블랙 위도우〉(1987)의 주인공 알렉스의 캐릭터를 레즈비언 응시의 관점으로 해석한 밸러리 트라우브(Valerie Traub)는 레즈비언이 무엇이냐는 질문의 답으로 "레즈비언은 이것저것이다(A Lesbian is such and such)"(p. 305)라고 말하며 레즈비언과 그의 욕망을 정의하는 것의 모호함을 밝힌다. "레즈비언의 문제적인 존재론적 지위는, 존재자의 불연속적 질서를 규명하는 데에는 명사보다는 형용사를 사용하는 것(가령 레즈비언의 욕망)이 더 낫다는 사실을 알려준다. (…) 나는 레즈비언의 욕망을 확실히 정의하는 것(가령 알렉스는 레즈비언이다)보다는 레즈비언의 욕망을 구성하는 내부의 모순들을 탐색하는 보다 번거로운 과정을 제안한다. 젠더와 에로티시즘 사이의 수렴, 강화, 미끄러짐, 이동 들은 이분법적이지 않은 성적 쾌락에 대한 전망─'모든' 성적 주체들을 위한─을 제공하게 해준다."(p. 324) Valerie Traub, "The Ambiguities of 'Lesbian' Viewing Pleasure: The (Dis)articulations of Black Widow", Body Guards: The Cultural Politics of Gender Ambiguity, Routledge, 1991; 레즈비언 당사자임을 밝힌 필자는 안전 이슈로 인해 촉발된 멸균 지대로서의 분리주의 레즈비언 실천과 그 재현이 "오해될 바에는 재현되지 않기를 택함으로써 오해의 근원으로 지목된 가부장제에 우리를 정의할 권위를 다시금 심어주는 무력한 유토피아"임을 주장하며 차라리 "혐오스럽고 매혹적인 억압의 심상들이 레즈비언에 의해 전유되어 온전히 레즈비언의 욕망과 언어에 복무하는 극장으로 분리주의 유토피아의 풍경을 상상"하겠다고 주장하며 불온하게 오염된 섹슈얼리티 재현을 원한다고 고백한다. "레즈비언 유토피아의 가능성은 근사한 이상향들이 세련되게 함구한 여백을 지저분한 글씨와 더듬거리는 말들, 결핍과 선망 등의 추한 정서들을 포함하는 레즈비언의 기호로 전염시킬 때 또한 발견될 수 있다. (…) 나는 남성이 여성을 욕망하고 여성이 여성에 이입하는 정독을 이리저리 꼬인 오독에 예속시키는 레즈비언 관객 공동체를 파시스트처럼 원했다." 뚜이부치, 「레즈비언은 여성해방의 꿈을 꾸는가」, 웹진 SEMINAR 2호.

력[22]을 통해서라도 저 자신의 욕구를 관철시키려 한다. "사람이 외로운 게 죄니?"(p.289) 이들은 이성애중심주의적 핵가족 체계가 보장하는 친밀성이 아닌 새로운 친밀성을 거침없이 실현하며 밀어붙인다. 안타깝고 아스라한 정조가 지배하는 최근 제도권 문학장의 레즈비언 서사들 사이에서 이 소설의 존재는 단연 돌올하다. 불쾌한 이 욕망의 냄새들을 지우는 "락스 냄새"(p.294)가 이 세계를 지배하고 있지만, "육욕의 죄를 지은 죄인들이 가는 곳"(p.263)이라는 〈지옥의 문〉 조각상을 응시하는 이 여성 청년들의 뜨거운 시선은 완전히 지워지지 않는다. 이 소설에서 섹슈얼리티는 고정된 정체성이 아니라 시선들의 독해를 통해 구성된다.[23] 안정된 정체성이 욕망의 항

◇◇◇◇◇◇◇◇◇◇◇◇◇

22 여성이 물리적 폭력을 저지르는 일이 레즈비언 인물을 통해 제시되고 있다는 사실은 주목을 요한다. 레즈비언 섹슈얼리티 서사의 폭력성을 연구한 린다 하트는 "레즈비언을 끊임없이 출몰하는 비밀로 만들어 유포하는 과정을 추적"하며 그 미스터리한 특성이 "이성애적/가부장적 문화가 자신이 필요로 하는 타자를 지워두기 위해서 오히려 끈질기고 눈에 띄게 이를 드러내고 생산해내는 대단히 편집증적인 문화의 병적인 반복"이며 그것이 동성애자를 범죄화하고 "이성애자를 동성애자로부터 분리시키려는" 담론적 장치임을 밝힌 바 있다. 린다 하트, 『악녀』, 강수영·공선희 옮김, 인간사랑, 1999, p.10. 「카밀라 수녀원의 유산」 속 엄마를 죽이는 라우라와 「사랑의 세계」 속 서연을 살해한 혐의를 받는 마이는 모두 레즈비언이다. 레즈비언이 범죄적인 것과 연루되고 있다는 사실, 이들이 임재와 부재를 반복하며(카밀라는 사회에서 단절된 수녀원을 드나들며 여러 차례 거처를 옮긴다. 마이는 아무 곳에서나 느닷없이 나타났다가 살인 혐의를 받고 흔적 없이 사라진다) 미스터리한 아우라를 만들고 있다는 사실을 주목하며 지금 이 사회에서 문화적으로 패턴화된 레즈비언 형상의 또다른 담론적 함의들을 발견해낼 수 있을 것이다.

23 오혜진은 헤테로섹슈얼 서사를 날조하여 퀴어 성애를 '연성'하고 '선동'하며 노는 대중 독자와 눈앞의 명백한 성애 표현을 두고도 기어코 우리네 삶의 보편적 진실을 읽으려는 비평의 정조관념의 간극을 지적하며 '퀴어성'이 경화된 당사자주의나 정체성으로부터 필연적으로 도출되는 '결과'가 아니라 독서 행위를 통해 수행적으로 발휘될 수 있는 '효과'임을 지적한 바 있다. "'퀴어 문학'이라는 라벨링과 무관하게, 퀴어 문학의 정치적 기획은 오직 이성애만이 '정상'으로 간주되는 사회에서라면 독자의 의지와 관습에 따라 자주 과잉 혹은 과소 해독된다."(p.81) 오혜진, 「지금 한국 퀴어 문학장에서 '퀴어한 것'은 무엇인가—한국 퀴어 서사의 퀴어 시민권/성원권에 대한 상상과 임계」, 『문학과사회 하이픈』 2018년 겨울호.

로를 결정지어주는 것이 아니라 절대공간으로서의 사랑의 세계 속에서 시선의 교차를 통해 섹슈얼리티가 점진적으로 수행된다. '정체성으로서의 퀴어'가 아닌 '해석으로서의 퀴어'라는 이와 같은 서사적 전략은 퀴어 베이팅을 상업화, 정치화하는 시스템 안에서 이성애중심주의를 강화하는 계기가될 수도 있고, 안정된 정체성으로 소급되는 '퀴어성'의 물화를 막는 장치가될 수도 있을 것이다.

4. 나가며: '여성 서사'의 불안과 톤 폴리싱

페미니즘이 한국문학의 체질을 바꿀 것이라는 기대와 우려가 동시에제기되는 지금, '여성 서사'라는 이름 아래에서 어떤 일이 벌어지고 있는가. 여성의 욕망을 성폭력을 부정하기 위해 사용하는 것, 모성의 가치를 말하기 위해 성애 실천을 누락시키는 것, 무해함이 연애 서사의 가장 중요한 덕목이 되는 것, 레즈비언 섹슈얼리티를 멸균 지대로 상상하는 것, 여성들 간의 섹슈얼리티 충돌을 '여성 연대'라는 명목으로 봉합하며 탈갈등화하는것, 탈성애가 여성 성장 서사의 지표가 되는 것 등등의 예들은 여성의 '섹슈얼리티'가 여전히 '여성 서사' 기율을 해치는 가장 치명적인 뇌관임을 방증한다.

요철 제거하듯 서사의 섹슈얼리티 표현과 욕망들을 매끈하게 마감 가공하여 '여성 서사'라는 수식어를 붙이는 이 '톤 폴리싱' 행위는 단지 공허할 뿐 아니라 섹슈얼리티를 프로파일링하며 분할 정치를 수행하는 문화적안보 체제를 수립한다. 이 분리주의 멘탈리티가 향하게 될 자리를 성찰해야 한다.

어둠의 정원과 밤의 문장들

— 신용목과 김중일의 시세계

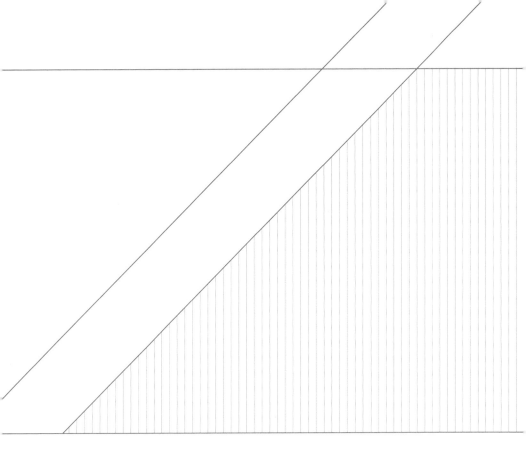

이철주

경희대학교 한국어학과 졸업. 동대학원 국제한국언어문화학과 박사
수료.
〈서울신문〉 신춘문예 평론 부문으로 등단(2018).
경희대학교 한국어학과와 서울예술대학교 문예창작과에서 강의 중.
vertigo8558@gmail.com

어둠의 정원과 밤의 문장들
— 신용목과 김중일의 시세계

1. 잘라라, 기도하는 그 손을

파울 첼란(Paul Celan)의 한 시구를 제목으로 인용한 책[1]에서, 일본의 사상가이자 작가인 사사키 아따루(佐々木中)는 작품을 정보로 환원해 읽는 것을 강력하게 비판한다. 그에 따르면 정보란 곧 명령이다. 놓치지 않을까 하는 조바심에 그저 열심히 따르기만 하면 자신이 틀리지 않았다는 확신을 제공하는 정보는 본질적으로 명령과 다르지 않다. 그는 이러한 강박관념에 눈이 멀어 닥치는 대로 정보를 모으는 두 전형으로 비평가와 전문가를 꼽는데, '모든 것'에 대해 '모든 것'을 알 수 있으며 또 그렇게 말할 수 있다는 환상에 사로잡혀 있는 비평가나, '한 가지'에 대해서만큼은 '모든 것'을 알고 있다는 망상에 빠진 전문가나, 필터를 끼워 정보로 환원된 무해하고 안전한 명령들만을 다룬다는 점에서 공히 비판의 대상이 된다. 물론 비평이라

---

1   사사키 아따루, 『잘라라, 기도하는 그 손을』, 송태욱 옮김, 자음과모음, 2012.

는 행위 일체와 전문가들의 학술적 논의 전체를 싸잡아 부정하려는 의도는 아닐 것이다. 그가 정보화시대에 굳이 힘주어 문학에서의 정보화를 비판하는 것은 읽는 행위 자체에 깃들어 있는 본질적 '위험함' 내지는 읽은 대로 살지 않을 수 없는 문학의 불가역성을 강조하기 위해서이지 비평과 연구의 무용을 주장하려는 것이 아니기 때문이다. 그는 명령들에 기도를 바치는 두 손을 자르고, 책 자체의 혁명적 에너지를 있는 그대로 수용할 것을 촉구한다.

물론 비평은 "단지 스스로를 폐기처분하는 것에 불과한 자기투영적 형식, 다시 말해 텍스트의 생명에 겸허한 자세로 순응하는 것"[2]이 아니며, "텍스트의 실존적 사실에 대한 자연발생적인 즉각적인 응답"[3]도 아니다. 비평은 시대에 따른 문학의 지형도를 그리고 문학에 던져지는 사회적 요청들에 응답하며 문학이라는 담론의 구성적 외부로 기능한다. 작품들을 선별하고 카테고리화하며 아직은 읽을 수 없는 형상들을 소통가능한 언어로 번역해낸다. 작품들에 내재된 미지의 가능성을 담론의 층위로 끌어 올리는 과정에서 불가피하게 작품의 정보화 역시 발생하기도 하는데, 다만 조심할 점은 이렇게 얻어낸 정보란 오직 비평 속에서만 작동하는, 비평이 붙인 네이밍이라는 사실이다. 작품과 정보의 경계를 주의 깊게 바라보는 일을 멈출 때 작품이 지닌 섬세한 호흡과 에너지는 작품의 주된 특징만을 명명하는 비평의 담론들에 휘발되어 자체의 위험함을 잃고 유순하게 길들여진 정보가 되고 만다.

물론 텍스트 자체가 비평의 담론과 코드에 기대어 생산됨으로써 작품

---

2   테리 이글턴, 『비평과 이데올로기』, 윤희기 옮김, 인간사랑, 2012, p.34.

3   같은 책, pp.43-44.

을 정보화하여 바라보는 일에 힘을 실어주는 현상 역시 간과할 수 없다. 혁신적인 실험으로 이야기되지만 미학 담론 내부에서는 이미 익숙히 봐온 빈번한 각주나 서브컬처의 항목들, 파편화된 문장이나 문화 담론에서 주로 거론되어온 저항전략들이 시집을 가득 채우고 있다고 해서 비평이 평가하고 해석하기에 용이한 단서들을 작품이 직접 내세우고 있다고 해서 특권적 환대를 받아서는 안 될 것이다. 최근 시의 경향을 진단하고 문제적 지점들을 논의하는 문예지 지면에서 이들 '특징'을 공유하는 작품들이 좀더 면밀한 읽기에 근거하지 않고 평가되는 것이 아쉽게만 느껴지는 건 이 때문이다.

이 글에서는 이러한 맥락에 따라 신용목과 김중일의 시를 꼼꼼히 읽어내고자 한다. 하필 이 두 시인을 고른 까닭은 20년 가까운 기간[4]동안 이들의 시가 보여준 단단하고도 깊이 있는 시세계에 대한 신뢰감 때문이기도 하지만, 등단 초부터 이들이 획득한 분명하고도 개성적인 스타일로 인해 오히려 작품이 충분히 입체적으로 조명받지 못했다는 판단에서다. 2000년대 초 데뷔 무렵에는 두 시인이 미학적 대척점에 서 있다고 평가받았지만, 2010년대를 통과한 지금 이들의 시 풍경은 그렇게 대립되지 않는 것으로 보인다. 서정적 성찰과 응시를 미학적 관념성과 뒤섞고(신용목), 미학적 모험을 애도와 성찰의 시간 속으로 구부러뜨리며(김중일) 시세계를 단단하고도 풍성하게 다듬었고, 이는 이들의 시를 두고 흔히 언급되는 용산참사와 세월호라는 외부 현실의 문제로 간단하게 치환될 수 있는 문제가 아니라고 생각한다. 이들의 시적 변화가 분명한 외적 계기의 산물이라기보다는 잠재되어 있던 한 경향의 결과라고 보고 그 내적 동력을 추적해보고자 한다.

---

4   신용목은 2000년 작가세계 신인상으로, 김중일은 2002년 동아일보 신춘문예로 등단.

2. 서정시인의 '관념성'과 미래파 시인의 '설화성'

신용목은 등단 초기부터 "군더더기 없이 절제된 이미지와 언어의 조탁에 바탕한 정제된 형식미, 그리고 현실 인식과 상상력의 팽팽한 긴장"[5]을 갖춤으로써 "서정시의 근본적 세계관과 본질적 조건에 충실"[6]하다는 평가를 받아왔다. 2000년대를 화려하게 장식했던 소위 미래파 시인들과는 선명한 대척점에 설 수밖에 없었는데, 그럼에도 일부 논자들은 신용목의 시가 서정시의 일반적 경향으로부터 어긋나 있는 지점들에 대해서도 빠뜨리지 않고 언급해왔다. "2000년대 다른 젊은 시인들의 시에 비하자면 상대적으로 현실의 실감이 상당히 남아 있기는 하지만 같은 서정시끼리 대별하여 보자면 이상할 정도로 관념적인 어떤 세계"라는 박상수의 지적[7]이나, "우리가 발 디디고 선 '지금 여기'의 삶에서 발원하는 서정이라기보다는, 시인이 만들어낸 '관념' 덩어리를 미학적 구조물로 형상화했다는 인상을 풍"긴다는 고인환의 지적[8]은 주목할 만한데, 다만 이 '관념성'에 대한 해석을 더 밀고 들어가지는 않았다. 신용목의 시세계에서 이 불균질한 관념성을 "단숨에 읽히지 않는" "혼돈된 것의 이미지"들로 보고 그 출현을 『아무 날의 도시』(문학과지성사 2012) 이후로 보는 의견도 주목할 만하지만[9] 선뜻 이해되지

---

5   고인환, 「일상과 관념 사이: 신용목의 작품세계」, 『공감과 곤혹 사이』, 실천문학사, 2007,
     p.291.

6   하상일, 「서정시와 시간의식: 문태준, 신용목, 이재무, 김석환, 강희안」, 『전망과 성찰』, 작
     가마을, 2005, p.297.

7   박상수, 「서정시의 혁신: 신용목의 『아무 날의 도시』」, 『너의 수만 가지 아름다운 이름을
     불러줄게』, 문학동네, 2018, p.440.

8   고인환, 같은 곳.

9   신형철, 『아무 날의 도시』 해설.

않는 관념적 세계는 그의 초기 시에서도 종종 살펴볼 수 있다. 신용목 시의 미학적 관념성은 초기 시세계를 벗어나며 더 선명해진 측면이 분명히 있지만 본질적인 변화라고 보기는 어렵다고 생각한다.

반면 김중일은 "세계를 알레고리화하여 이해하며, 활유법이나 직유법 등 수사적 장치에 의해 이미지들을 차곡차곡 쌓아가는 매우 개성적인 시작을 추구하고 있다"[10]거나 "당도할 삶, 열릴 삶의 조건과 형식을 고안하는 언어의 모험"[11]을 보여주고 있다며 미래파 시인들에게 주어졌던 예의 익숙한 수사 속에서 평가되어왔다. 다만 김중일이 이른바 '미래파 담론'이 유행할 무렵에는 주목받지 못했으며 이것이 오히려 "어떤 의미에서는 '미래파'로 불리는 일군의 시인들보다도 더 낯선 세계를 구축했다는 데 대한 반증이 아"니겠느냐는 장이지의 지적[12]은 매우 흥미로운데, 이는 김중일의 시 안에 미래파의 언어실험과 관련하여 쉽게 환원되지 않는 이질적 지점들이 존재했음을 암시한다. 같은 글에서 그는 김중일 시의 이야기로 구축된 알레고리들이 교훈을 줄 목적으로 동원된 것이 아니며 "세계가 '이야기'로 되어 있"고, "세계의 주민인 우리들은 이 '이야기'에서 좀처럼 벗어날 수 없다는 것을 보여주기 위해 동원된 것처럼 보인다"고 언급하는데,[13] 이는 미래파 시인들의 낯선 감각과 그 정치성을 논하기 위해 사용해온 일반적인 논법들과는 거리가 있어 보인다. 이러한 논의들은 신용목과 김중일의 시에 이들

10   장이지, 「영원회귀의 에티카, 혹은 아무튼 씨의 탈주선: 김중일론」, 『환대의 공간』, 현실
      문화, 2013, p.47.
11   조재룡, 「정치시의 미래를 견인하는 꿈의 전사(戰士)」, 『시는 주사위 놀이를 하지 않는다』,
      문학동네, 2014, p.417.
12   장이지, 같은 곳.
13   장이지, 앞의 글 p.51.

을 설명해온 익숙한 코드들로 환원되지 않는 지점이 있음을 보여주지만 이를 부차적 특성으로만 간주하고 있는 것은 아쉬움으로 남는다.

신용목과 김중일 시의 고유성은 서정시인의 '관념성'과 미래파 시인의 '설화성'[14]이라는, 전형성에서 어긋난 특이성들로부터 비롯된 것으로 보이며 이러한 이질적 성향들이 어떻게 이들의 시세계를 조금씩 변화시키며 독특한 균형점을 만들어냈는지를 살펴볼 필요가 있다. 신용목의 시는 세계의 근원을 어둠이라는 견고한 물성으로 파악하고, 어둠의 연대기를 따라 걸으며 어둠에 봉인된 마음의 상흔들을, 온 힘을 다해 버텨온 시간의 인각들을 문장의 정원에 이장하고 봉헌한다. 어둠의 물성에 도달하려는 시인에게 삶과 세계에 대한 서정적 성찰과, 물성 자체가 품고 있는 '관념'에 머무르려는 충동은 그리 다른 게 아닐 것이다. 반면 세계의 근원을 '이야기'로 보는 김중일의 시는 존재의 심연에서 소용돌이치는 어둠을 '이야기'로 구축된 인간의 말과 접붙임으로써 끓어오르는 밤의 열기로 피워낸 다채로운 감각들을 초대한다. 김중일의 시가 낯선 미래의 감각에서 시작해 무슨 수를 써도 온전히 응답하는 것이 불가능한 애도의 감각으로 변주되며 이어질 수 있었던 것은 견고한 존재의 경계를 무한히 지우고 뒤흔드는 이야기의 운동성이 그의 문장 한가운데에 자리하고 있기 때문일 것이다. 이들의 시는 어둠의 견고한 물성과 이야기가 품은 열기로 부풀어 오르는 검은 정원이 되어 낮이 쏟아내는 무심한 흥분과 망각의 관성으로부터 어둠의 온기를 보호하고

⬦⬦⬦⬦⬦⬦⬦⬦⬦⬦⬦⬦

14   강계숙은 재래의 설화성과 김중일 시의 설화성을 구분하며 김중일의 '설화'가 매개하는 시간이란 미래이며 그래서 '새로움'과 '낯섦'을 만들어낸다고 설명하지만, 그럼에도 '설화성' 자체가 언어적 실험의 첨단을 보여주려 했던 동시대 다른 시인들과 김중일을 구분지었던 조금은 전통적인 특징임도 부정하지 않는다. 강계숙, 「두 겹의 저녁 시간: 김중일의 시」, 『미언』, 문학과지성사, 2009.

생의 구석진 자리에서 웅크린 채 마모돼가는 존재의 마른 얼굴들을 끌어안는다. 어둠이 품은 울음들로 일렁이는 검은 숲이 된다.

3. 어둠의 물성과 울음으로의 유폐 : 신용목의 시

신용목의 시는 생에 가득 도사리고 있는 어둠의 흔적으로부터 생의 원형적 불구성과 울음의 깊이를 발굴하고 이를 말에 돌려줌으로써 어둠의 물성을 언어 속에 인장한다. 신용목 시의 풍경은 마음을 다해 생을 견뎌낸 존재의 울음들로, 뼈에 각인된 상처의 문양들로 축조되는데 이는 "아버지의 뼈 속"에서 울리는 "바람"(「갈대등본」, 『그 바람을 다 걸어야 한다』, 문학과지성사 2004)으로부터 물집이라는 "몸에 가둔 시간"(「산수유꽃」, 같은 책)과 "사라진 근원에 갇혀 돌고 있는/피의 우물"(「포로들의 도시」, 『아무 날의 도시』)을 이해해가는 생의 단계들 속에서 깊이를 더해간다. 신용목의 시는 세계와 존재의 근원을 향해 삶의 감각들을 한단계 더 밀고 들어감으로써 명징하게 해소되지 않는 관념의 자리를 확보하는데, 이는 경험을 추상화한 인식의 산물이 아니라 실감 자체를 가능하게 하는 전제조건이자, 섬세한 빛의 질감을 구분하고 구조화하는 감각의 토대로서 작동한다. 신용목의 시가 관념성을 품고 있음에도 서정시의 본질이라 할 수 있는 경험적 실감의 차원을 정확하게 찌를 수 있는 것은 이 때문이다.

이러한 까닭에 신용목의 시는 "어둠이 깨진 자리에 정확한 크기로 박히는, 슬픔의 오래된 습관"(「공터에서 먼 창」, 『누군가가 누군가를 부르면 내가 돌아보았다』, 창비 2017)들처럼 쏟아지는 어둠을 품에 안은 채 묵묵히 견디려 할 뿐 안전한 문장의 온기로 어둠을 가두고 길들이는 데 관심을 보이지 않는다. 가령 아래 인용한 시에서 어둠의 발견과 응시는 생의 의미를 포착하고 향유하려는 '눈'의 권능을 무너뜨리기 위한 사건적 계기로 존재하는데, 신용목의 문장은 상처에 뿌리내리고 살아가는 존재들의 항구적 운명성 앞에서 캄캄히 멈춰 설 뿐 마주한 어둠을 섣불리 이해하거나 끌어안으려 하지 않는다.

> 숲속에 집을 짓던 때도 있었나 집 속에 숲을 만든 공원에서 어둠 속에 불을 켜던 때도 있었나 불빛 속에 어둠을 모신 화단 앞의 기다림 먼 가등이 제 발을 뻗어 그 끝 연자귀 붉은 꽃잎 위에 간신히 흔들릴 때 꽃잎의 붉은 볼을 순하게만 더듬는 내 눈을 희번덕, 발광하는 눈동자가 깨물었다 연한 살 꽃잎도 상처를 품고 피나 불 없이도 빛을 내는 눈동자처럼 상처 곁에 살을 입혀 세운 몸 등진 자리마다 뭉텅이씩 어둠은 또 어둠끼리 한몸으로 사나 캄캄한 짐승은 내 안의 어둠까지 불러내며 눈과 눈 사이 간격을 좁히는데 먼 빛을 가리고 선 나도 연자귀도 어둠의 가죽, 한몸의 짐승으로 사는 눈동자는 또 얼마나 많나 어둠 속의 당신과 나처럼 어둠의 깃털을 달고 어둠 밖을 바라보는 캄캄한 맹수들
>
> —「어둠에 들키다」 전문(『바람의 백만번째 어금니』, 창비 2007)

어둠과 상처를 씻어내고 매끄럽게 봉합된 표피의 감각들로 위로를 얻으려던 눈이 "희번덕, 발광하는 눈동자"인 어둠에 깨물린다. "불빛 속에 어둠을 모신 화단 앞"에서 불빛은 어둠을 거두어내는 낮의 대리인이 아니라 오히려 어둠의 섬세한 결들을 보호하고 봉헌하는 어둠의 배경이 된다. 어둠을 비추어야만 비로소 조금씩 풀려 나오는 굳은 표정 뒤의 상처들. 빛의 가장자리로 밀려난 어둠이 역류하며 뒤엉키는 밤의 웅성거림 속에서 화자는 '나'와 '당신' 안의 "어둠 밖을 바라보는 캄캄한 맹수들"과 눈이 마주친

다. 서로의 단단한 윤곽선을 미처 확인할 틈도 없이 좁혀 들어오는 어둠의 압도적인 체적 앞에서 화자는 어둠 속으로 도망치지도, 어둠이 품은 위태로운 열을 누그러뜨리려고도 하지 않는다. "먼 빛을 가리고 선 나"의 나약함을, 빛에 의존하며 살 수밖에 없는 존재의 불가피함을 부정하지 않은 채 평생을 달라붙어 공기처럼 숨 쉬며 살아야 할 태연한 불안의 한순간을 적확하게 그려놓을 뿐이다. 선명하지만 어떤 의미나 의도로 규정되거나 환원되지 않는 신용목의 시는 온전히 분해되지 않는 어둠의 '관념성'에 힘입어 해명될 수 없는 존재의 본질 앞에 우리를 오래도록 머무르게 만든다.

신용목 시의 관념성은 타자의 고통을 응시하고 애도하는 시들에서도 강력한 힘을 발휘하는데, 그 울림과 파괴력은 애도라는 행위 자체에서 온다기보다는 그의 애도가 풀어놓는, 강제하는, 살아내지 않을 수 없게 하는, 호흡하지 않을 수 없게 하는 침묵의 완고함에 근거한다. "바다라고 불리는 익사자들의 거대한 무덤"(「얼음은 깨지면서 녹는다」, 『누군가가 누군가를 부르면 내가 돌아보았다』)으로부터 슬픔은 자꾸만 밀려오는데, "불빛의 내벽에서 분비되는 어둠의 위액들 그 속에 웅크리고 앉아"(「아무 날의 도시」, 『아무 날의 도시』) "두 손 속으로 사라지는 얼굴로 비가 오고 물이 붇"(「아주 먼 곳」, 『나의 끝 거창』, 현대문학 2019)는 이 절대적 슬픔을 그저 바라볼 수밖에 없는 신용목의 화자들은 이러한 자신의 무능을 결코 용서받으려 하지 않는다. 어둠으로부터 홀로 살아남은 자의 부끄러움을 고백하되, 그로써 암묵적으로 용서와 사면을 구하는 고백의 이기적인 문법으로부터 철저하게 거리를 두고 있는 시들에서 신용목의 문장은 타자의 슬픔 앞에 선 존재의 무능을, 가슴과 목구멍을 꽉 막고 밀려 들어오는 묵직한 어둠의 중력을, 그 침묵의 심연을 구축하는 데 공을 들인다. 고통과 슬픔을 정확한 실감의 문법에 따라 그리려 하기보다는, 실감의 세계 앞에 온전히 선 자만이 느낄 수 있는 육중한 침묵의 공기를 그려낸다.

비 오는 밤 외진 골목처럼 형광등 뜬 미역국에 얼굴을 비쳐봤을 뿐인데
미안하다, 마음이 돌아오지 않아 나갈 수가 없다
그냥 밥을 먹으며
나는 입을 가졌고 목은 부드러우며 배는 따뜻하다
이렇게 생각한다
일생을 두고 가장 힘든 일을 떠올리듯이
일곱시가 되기를 기다려, 차단막 너머 삼색 리본의 긴 휘날림 속으로 빨
려들듯이

그리고 아무 일도 없을 것이다 지나가는 기차를 바로 앞에서 바라볼 때
처럼
칸칸이 환한 창의 얼굴들을 모두 놓치고
경종 소리를 내며
아이들의 거리에서 일곱시가 사라지고,
빨강 노랑 파랑
괜히 세가지 색깔을 대보듯
나의 입과 나의 목과 나의 배에 대해
*나의 입과 나의 목과 나의 배……*라고 중얼거리며 미안하다, 나는 밥을
먹는다
　　　　—「그리고 날들Bitter Moon」 부분(『누군가가 누군가를 부르면 내가 돌아보았다』)

"아무 일도 없을 것이다." 이 슬픔은 어디선가 누군가의 마음을 피할 도

리도 없이 집어삼킬 것이고, 누군가의 눈동자는 이 출구 없는 어둠을 헤매다 늘 그렇듯 새카맣게 타들어 갈 것이다. 신용목의 문장은 미래가 예정된 이 오래된 실패 앞에서 한참을 숨죽인 채 머무른다. *"나는 입을 가졌고 목은 부드러우며 배는 따뜻하다"*라는 진술은, 슬픔에 대해 어떤 것도 하지 못한 존재의 무능을 뼛속 깊이 각인시킨다. 해갈될 수 없는 슬픔을 목구멍에 떠 넣은 밥의 온기로 해감하며 비정한 날들을 견딘다. 울음 속에 유폐된 이 어둠은 신용목의 문장이 강제하는 침묵의 시간들이다. 때로 아니 자주 그의 "호흡이 자연스러운 것만은 아니"[15]게 되는 것은, 이 익숙한 현실의 호흡을 멈추고 다시 호흡하게 만들기 위한 침묵을 문장의 심부 하나하나에 날카롭게 심어 놓고 있기 때문이다. 이 침묵의 호흡, 관념성의 뿌리에 걸려 넘어져야만, 신용목의 문장은 진가를 발휘한다. 신용목 시의 관념성은 둔탁해진 살갗을 가르고 혈관을 거슬러 타고 오르는 칼날 같은 침묵이다.

4. 이야기로 피워낸 밤의 열기와 상호투신의 윤리: 김중일의 시

김중일의 시는 자아 내부로부터 끓어오르는 끝끝내 지워낼 수 없는 '자기 안의 바깥들'을 어둠의 폐허로부터 끌어올려 현실의 중력과 매혹적으로 뒤섞는 '혼숙'의 순간들을 창조해낸다. 이를테면 "아침에 발설하면 불길하고 어지러운 꿈자리 같은 (…) 국경꽃집"(「나는 국경꽃집이 되었다」, 『국경꽃집』, 창비 2007)이 되어 음습한 몽상과 육중한 현실의 무게가 뒤엉키는 치명적인

---

15   이동재, 「바람의 노래: 신용목의 '그 바람을 다 걸어야 한다'」, 『침묵의 시와 소설의 수다』, 월인, 2006, p.127.

경계를 만들어내고 "내가 낳은 아이가 자라" "촛불처럼 켜진 혀보다 밝은 입김으로 키스를 하며 내 아버지가"(「내 시집 속의 키스」, 『내가 살아갈 사람』, 창비 2015) 되는, 안과 바깥이 끊임없이 순환하며 서로의 몸을 뒤바꾸는 "영구 항진"(「영구 항진」, 같은 책)의 운동성을 꿈꾼다.

이러한 낯선 감각의 경계에 주목하는 김중일의 시는 감각이 촉발되는 사유의 기저에 '설화'라고나 할 법한 존재의 기원에 대한 이야기를 깔아놓음으로써, 어째서 황막한 밤의 거리를 배회하며 버려지고 잊혀진 존재의 얼굴로 스스로의 얼굴을 대신할 수밖에 없는지, 자기라는 천형 같은 굴레를 깨뜨리기 위해 알아듣지 못하는 낯선 감각들이 피워내는 어둠의 혼돈 속으로 스스로를 몰아댈 수밖에 없는지, 그 치유될 수 없는 허기의 내력을 발굴하고 설명한다. "부유하는 새의 그림자를 심장으로 갖고 살아야 하는 보잘것없는 부족의 일원"(「아스트롤라베」, 『아무튼 씨 미안해요』, 창비 2012)으로 스스로의 운명을 선언하며 존재를 무감각한 일상의 시간 바깥으로 밀어붙인다. 가령 생은 이 무수한 이야기들의 선언으로 비로소 시작된다고 믿는 김중일에게 밤의 권능은 모든 존재를 슬픔으로 묶는 "매듭"의 단위로 찾아오는데, 인용하는 아래의 시에서 '그'가 저지른 장난에 "바람의 체중"을 잃고 "매듭"을 갖게 된 '나'는, 인과와 필연의 법칙에 묶여 온 생을 떨어야 하는 운명을 부여받는다.

장난스러운 방랑자가 모닥불을 훔쳐 쬐며 잠든 나의 끝단을 그저 한번 묶었다 풀었다. 하릴없이 매듭을 지었다 풀었다. 미처 다 풀리지 않은 매듭의 모습으로 나는 처음 밤을 맞았다. 나는 지상과 공중 사이를 묶은 매듭이었다. 나는 내 바람의 체중을 잃어버렸다. (⋯) 다음 날 그가 묶은 매듭은 발목이 되었다. 한순간 나는 우주의 외진 기슭에 불시착했다. 나는 지구라는 거대한 쇠구

슬을 발목에 매단 죄수처럼 다음 날에도 그다음 날에도 매듭이 조금씩 늘어 갔다. 나는 빗속의 개가 되었다가 새가 되었다가 결국에 사람이 되었다. 이미 피곤해서 죽을 지경인 내가 기어이 어느날 섧게 우는 갓 난 매듭덩어리로 땅 위에 내던져졌다. 인생은 얽힌 매듭을 푸는 시간이었다. 지나치게 명민했던 친구는 단 이십년 만에 제 몸의 매듭을 모두 풀고 바람의 태생으로 돌아갔다. 친구의 친구는 회사 난간에서 투신하여, 지구라는 거대한 망치로 자신을 내려쳐 호두처럼 단단한 매듭을 단번에 으스러뜨리기도 했다. 부러진 절기와 절기, 하루와 하루라는 관절 사이에 밤이 검고 차가운 쇠심처럼 박혀 있다. 하루는 수만개로 조각난 관절을 가진 짐승이다. 매일 순식간에 날개를 펴고 바람처럼 어제로 날아가버린다. 늘 시큰거리는 무릎은 나를 이루는 가장 굵은 매듭. 바람이 누운, 세상에서 가장 작은 무덤.

그는 천진한 학살자, 날 이곳에 묶어둔 방랑자, 불면의 작가.
나는 그가 나를 혁명적으로 다시 써주기를 희망한다.

—「관절이라는 매듭」부분(『내가 살아갈 사람』)

'관절'이라는 매듭의 기원에 대한 설화적인 이 시 속에서, "하루와 하루라는 관절 사이에 밤이 검고 차가운 쇠심처럼 박혀" 들어오는 '나'에게 삶은 "시큰거리는 무릎"을 품에 안은 채 있는 힘껏 견뎌야 하는 불모의 시간들이다. 하지만 김중일의 시는 이러한 '죽은 바람'의 연대기로, 인간의 비극성을 강조하는 익숙한 수사의 연장으로 스스로를 한정짓지 않는데, "부러진 절기와 절기", "으스러뜨"려진 매듭들을 잇고 견디는 밤이야말로 "천진한 학살자"이자 "날 이곳에 묶어둔" "불면의 작가"가 마주하고 있는 "혁명"의 시간들이기 때문이다. 김중일의 시에 있어 밤은 바람의 무덤인 관절들,

무수한 삶의 매듭들을 온 힘을 다해 접붙이는 수분의 시간으로, "자정에 발바닥을 맞대고 있으면/다음 생은 서로 바뀌어 태어나"(「당신의 온몸을 떠내려온 발 이야기」, 『내가 살아갈 사람』)는 환생과 변신의 가능태이자, "갈기갈기 갈라진 내 목소리 사이사이에 일곱가지 소리의 검은 무지개가 연주"(「환절기에 찾아온 변성기」, 『아무튼 씨 미안해요』)되는 어둠의 비등점에서 끓어오르는 '변성'의 순간들이다. 김중일의 시는 밤이 품은 피 냄새를, 어둠의 내장을 흐르는 차가운 허기를 문장의 심연에 털어 넣은 채 "그가 나를 혁명적으로 다시 써"줄 변신의 시간을 꿈꾸며 광막한 밤의 무게를 견딘다.

　이러한 김중일 시의 설화성은 차분하고 절제된 서정의 문법을 따름으로써 외견상 이전의 시세계와 상이한 풍경을 보여주고 있는 듯한 세월호 이후의 시편들에서도 그대로 유지되는데, 타자의 고통 속으로 뛰어들지 않을 수 없는 울음의 절대성을 인간과 세계의 기원에 위치해놓음으로써 슬픔의 항구성과 그 역능을 입증해 보인다. 우주만큼이나 오래된 슬픔의 기원을 '이야기'화함으로써 폐기될 수도 망각될 수도 없는 '불변'의 '필연'을 만들어낸다. 그의 문장에 따르면 "세상은 매일 매 순간 무너지려" 하는데 "세상 모든 새들"이 "잿빛 댐처럼 우주를 가둔 하늘을 틀어막고"(「매일 무너지려는 세상」, 『가슴에서 사슴까지』, 창비 2018) "베테랑 잠수부처럼/첨벙첨벙 하늘로 뛰어"(「흐르는 빈자리」, 같은 책)들 수밖에 없는 까닭은 새들이 "밤이라는 거대한 운석이" "산산조각" 난 "별의 부스러기"(「밤과 하늘」, 『내가 살아갈 사람』)이기 때문이다. 별이 떨어져 새가 되었다는 이 기원 속에서 모든 슬픔은 서로를 향해 투신하지 않을 수 없는 서로의 그림자가 된다. 맹약으로 묶인 가슴이 되어 서로의 심장 속으로 뛰어들어 오는 울음이 된다.

　나는 다시 너에 대한 기억을 앞질러 가려, 밤낮을 식음전폐하고 쫓았다.

절벽처럼 우두커니 멈춰 선 네 어깨까지 다다랐다.

나는 네 어깨 너머, 절벽 아래로 몸을 던졌다.

그 순간 끝 모를 바닥이 내게로 뛰어내렸다.

　　　　　—「나는 네가 뛰어내린 절벽」 부분(『가슴에서 사슴까지』)

　이 절대적 상호헌신의 율법은 애도에 대한 낭만적 수사가 아니다. 애도는 '나'의 바닥에 타인의 슬픔을 받아내는 것이 아니라 타인의 슬픔 속에 '나'의 바닥을 투신하는 일이고, 한 존재가 다른 존재를 향해 뛰어내린다는 건 목숨을 거는 일이다. 지금까지 살아온 모든 삶과 기억과 세계가, 앞으로 겪게 될 삶의 모든 가능성들이 정체불명의 심연 속에 집어삼켜지는 일이고 여기에는 어떤 약속도 보상도 존재할 수 없다. 이 불가해한 행위가 하나의 필연처럼 가능해지는 건, '나는 네가 뛰어내린 절벽'이라는 이 시의 불가역적 선언 때문이다. 너라는 심연을 향해 뛰어내리는 순간 "끝 모를 바닥"도 "내게로 뛰어내"리는 이 철저한 '상호투신'의 세계는, 작용·반작용의 물리 법칙처럼 견고한 필연성으로 구축된 신념의 세계이며 세계는 무엇으로 이루어져 있는가에 대한 가장 실천적이고도 뜨거운 신화적 해석이다.

　애도 이후가 아닌, 애도라는 행위 속에 이미 들어와 있는 상호투신의 불가항력에 주목하는 김중일의 화자들은 존재하기 위해 뛰어들고, 뛰어드는 타자를, 슬픔을, 울음을 견디기 위해 존재한다. 김중일의 절대적 투신의 문장은 이 예고된 실패와 붕괴의 중심에 서 있다. 밤은 오고 이미 무너진 가슴으로 사슴들은 찾아와 잠시 또 허기를 데우다 가겠지만("이 계절에 일어난 참혹한 사건으로 사슴은 태어났다. 누군가는 죽고, 사슴은 태어났다. 나는 죽은 이의 가슴을 사슴이라고 부른다.", 「가슴에서 사슴까지」, 『같은 책』) 어찌할 수 없는 슬픔의 맹목 속에서 김중일의 문장은 부서지고 무너져 내리기를 망설이지 않는다. 스스로가 선언한 삶과 세계의 기원들 속에서 김중일의 시는 몇 번이고 울음들 속으로 뛰어들어 기꺼이 산산조각남으로써 깨어질 수 없는 맹약 그 자체가 된다. 지워낼 수 없는 얼룩이, 울음이 된다.

5. 밤의 혈관 속으로

두가지 이야기를 하고 싶었다. 하나는 한 시인을 이해하기 위해 이름 붙인 기표들로 인하여 작품 자체를 '읽지' 못하고 '정보'로 환원시켜버리곤 했던 비평의 오래된 실수에 대해서였고 그래서 제대로 읽어주지 못해온 두 시인의 작품을 애정을 담아 읽어보고 싶었다. 다른 하나는 신용목과 김중일의 시에서 부차적으로 논의되었던 '관념성'과 '설화성'이야말로 어쩌면 두 시인의 시세계를 이끌어가는 핵심 동력일 수 있으며, 바로 그 때문에 두 시인이 서정과 미학적 관념성 사이에서, 또는 첨단의 낯선 감각과 공감의 울림 사이에서 독특한 균형을 획득하며 시세계를 발전시켜 왔으리라는 얘기였다. 한편으론 아쉬움도 많이 남는 글이지만 빼어나고 매력적인 시세계를 갖추고 있어도 비평이 선택한 담론의 체계에 온전히 들어맞지 않는다는 이유로 충분히 더 깊이 논의되지 못했던 두 시인의 시들을 재조명할 기회를 얻은 것에 만족하려 한다.

이들의 시는 전략과 기표를 전면에 내세우지 않음으로써 오히려 해당 시가 품은 잠재적 에너지와 생명력에 더 오래 깊이 머무르게 만들고, "읽고 만 이상 거기에 그렇게 쓰여 있는 이상"[16] 그 이전으로 돌아갈 수 없게 만드

---

16   사사키 아타루, 앞의 책, p.36.

는 문장의 보법으로 삶의 근원에 자리한 어둠의 무게를 증언하고 응시한다. 삶의 바깥으로 밀려난 어둠들을 하나둘 불러 모아 마음의 바닥에 파종하고, 어둠의 심연이 건네는 말들을 정성스레 받아 인간의 말과 피 흘리며 수분시킨다. 울음의 절벽으로 존재를 밀어붙이며 응답해주지 못한 어둠의 한가운데에 스스로를 유폐시키고, 서로의 슬픔 속으로 뛰어들지 않을 수 없는 울음의 절대성을 삶과 세계의 중심에 새겨 넣는다.

신용목과 김중일의 시는 상처 난 세계와 삶과 언어들로 가꾸어진 어둠의 정원이다. 밤의 혈관으로 퍼져 들어가는 이 불가능한 애도의 정점에서 부러진 생을 견디느라 마디가 다 닳아버린 울음들이 밤의 혈관을 따라 아득히 수혈된다. 신용목과 김중일이 일구어낸 문장의 정원 속에서 길을 잃는다. 웅성대는 어둠들로 직조된 견고한 밤의 문장들 사이에서 마음을 빼앗기고 스스로 감금된다. 해명되어선 안 될 수억의 밤이 된다.

겹쳐진 세계에서 분투하는 시인들

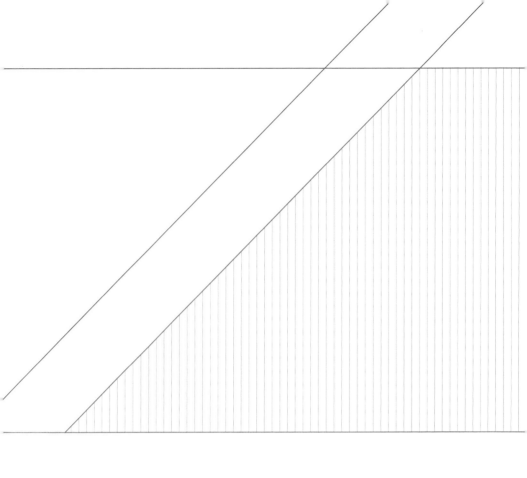

조대한

서울과학기술대학교 문예창작학과 졸업.
한양대학교 국어국문학과 박사과정 수료.
2018년 〈현대문학〉 평론 부문 등단.
blackdooly16@naver.com

겹쳐진 세계에서 분투하는 시인들

1. 현실 세계에서 온 침입자들

'전지적 독자 시점'이라는 소설이 있다. 웹소설 분야에서 누적판매 기록을 경신할 만큼 큰 호응을 받은 작품이다. 소설의 주인공은 '김독자'라는 이름의 회사원이다. 그는 이름과 어울리게도 작품 속에 등장하는 어떤 소설을 읽는 재미에 기대어 하루하루의 일상을 버텨나간다. '멸망하는 세계에서 살아남는 세 가지 방법'이라는 제목의 그 소설은 설정의 과잉과 방대한 세계관 때문에 점차 구독자를 잃어갔고, 김독자가 클릭하는 '조회수 1'의 힘에 기대어 겨우 명맥을 이어나간다. 긴 소설의 완결이 다가와 실의와 회환에 잠겨 있을 때쯤, 김독자는 퇴근길 지하철에서 익숙한 이야기의 시작과 다시 마주한다. 도깨비가 나타나고 사람들이 죽어가는 비현실적인 그 장면은 김독자가 수없이 읽었던 소설의 첫 장면이었다. 현실과 허구가 겹쳐지는 그 기이한 소설 속에서 김독자는 등장인물들과 교류하며 자신의 이야기를 새로이 써나간다.

이 작품에는 독특한 메타적 시선과 함께 웹소설에서 흔히 사용되는 여러 장르적 클리셰들이 공존해 있다. 그 속에서 최근 시인들의 시세계를 독해하는 흥미로운 입각점들을 짚어볼 수도 있다. 첫번째는 현실세계의 침입이다. 주인공에게 소설은 지친 일상과 분리된 위안의 공간이었으나, 현실이 침입하는 순간부터 그곳은 더이상 안전하지 않은 곳으로 변한다. 이를 읽는 독자들은 익숙했던 세계의 구분이 흔들리는 데서 불안을 느끼면서도, 중첩되어 탄생한 세계에서 새로운 즐거움을 느끼기도 한다. 두번째는 가상세계의 위상 변화이다. 현실에서 무용했던 주인공의 소설은 이후 세계의 운명과 향방을 결정하는 시나리오로 화한다. 먼저 알고 있던 그 가상세계의 정보 우위를 이용하여 주인공은 현실의 세계를 주도해나가고, 그렇게 가상세계에서만 존재했던 영향력이 현실세계로 이어질 때 독자들은 묘한 쾌감을 느끼게 된다. 이는 완고하게 구획된 가상과 현실의 구분선 소거이자 익숙했던 리얼리티의 파열일 것이다. 이렇게 겹쳐진 세계의 징후들을 통해 낯선 근미래의 시간을 살아가는 최근 시인들의 시세계를 이야기해볼 수는 없을까.

딸 같아서 그랬다 귀여워서 그랬다 기억이 안 난다

고등법원 재판장 참고인으로 증언한 지도교수가 위증했다고

감 씨 고발했지만

혐의 없음 불기소처분

pass****

2018.02.23. 20:03

짜식아. 빨 리. 내려오고질간에. 들어가서.

이불덮어쓰고수행해라. 지옥행이다

부당 해고 당했다 억울하다

2008년 갑 씨 교육부에 소청심사 의뢰

1심 패소 항소 기각

행정소송

1, 2, 3심 모두 패소

지옥행이다

이렇게 당했다 이야기하다

시인들이 일어나고 있다

시인협회는 갑 시인에게 자진 사퇴를 권고했다

협회 관계자가 말했다 갑 씨의 과오를 모르고 뽑은 것이다

lit0****

2018.02.23. 17:09

─성다영 「좋은 시」 부분1

　　위 시편은 언뜻 일반적인 문학작품이라기보다는 온라인상의 목소리들이 이리저리 조합된 텍스트처럼 읽힌다. 그중 하나는 성범죄로 추정되는 '갑씨'의 잘못을 규탄하고 비난하는 원색적인 목소리이고, 다른 하나는 억울함을 호소하는 당사자의 변명과도 같은 목소리이다. 이에 더해 불기소처분, 해고, 패소, 자진 사퇴 등 사건과 관련된 듯한 공식적 언어들이 함께 나열되어 있다. 시인이 밝힌 바에 따르면, 해당 작품의 제목은 모 문예지에서 청탁인사 문구로 남긴 '좋은 시를 기대하겠습니다'라는 표현에서 가져온 것이라 한다. 사연인즉슨 신작시의 원고 청탁을 받았는데 그 문예지의

1　언론사를 통해 진행된 성다영 시인의 인터뷰를 참조하여 시인의 트위터(@tristexxe)에 공개되어 있는 작품을 일부 가져왔다.

임원이 성추행 문제로 교수직에서 물러난 이였다는 것을 사후에 알게 되었고, 청탁을 거절하는 대신 자신이 고민한 좋은 시를 보내게 되었다는 것이다. 예상된 것처럼 이 작품은 반려되었고, 시인이 본인의 SNS에 발표하여 화제가 되었다.

이 작품에 제기될 비판 중 하나는 아마도 다음과 같을 것이다. 시가 현실의 목적의식을 달성하기 위해 사용되고 있다는 것. 이 비판 속엔 시 혹은 문학이 현실의 목적이나 담론을 구현하는 수단이 아니라는 입장, 최소한 현실의 목소리를 직접적으로 담아내는 문학은 덜 아름답거나 세련되지 못하다는 미학적 태도가 담겨 있다. 시의 아름다움을 구성하는 질적 내용에 관해서는 저마다 입장 차가 존재하겠지만, 확실한 것은 이제 어떤 이들에게 시의 '좋음'이란 작품 내의 아름다움일 뿐만 아니라 동시에 현실의 선함이기도 하다는 것이다. 이와 관련하여 일전에 현실의 목소리가 개입되는 시적 경향에 대해 쓴 글이 있다.[2] 시인과 시의 목소리를 겹치게 하는 작품은 일견 세련되지 못한 미학적 퇴행이거나 현실의 납작한 재현에 불과하다고 여겨지는 경향이나, 언표행위(énonciation)의 주체와 언표(énoncé)의 주체 사이의 분리가 현대시의 성취로 인정받는 일반적인 생각과는 조금 달리, 현실의 음성들이 이중적으로 얽혀 있는 어떤 시적 세계에 관한 이야기였다. 가령 이런 작품들이다.

아버지는 제기 위에 온 가족의 손바닥을 두고 못을 쿵쿵 박았다 이제 우리는 영원히 헤어질 수 없단다 가족이니까 아빠는 마지막으로 못 머리를 자르고 영원히 뽑지 못하게 두었다

---

2   졸고 「1인칭의 역습, 그리고 시」, 『문학과사회 하이픈』 2019년 가을호.

이제 너와 나는 우리가 되었다

우리는 흰쌀밥을 찬물에 말아 먹었다 한자에 우리 이름을 적고, 서걱서걱
과도로 갈라 먹고 우리는 글이 되었다 꾸깃한 종이로 서로를 감싸 안고 까맣
게 까맣게 종이를 채웠다

우리는 문장에 머물렀을 때 가장 아름다웠다

—이소호 「경진이네—5월 8일」 부분3

2월 27일
동생이 일기를 쓸 때
나는 낯선 우리에 대한 시를 쓴다
지긋지긋하게 우리로 묶이는 그런
시를

—「마이 리틀 다이어리—경진이네」 부분

내가 요즘 신인들 시집을 자주 보잖아. 잘 들어 시라는건 말이야 미치는
거야. 지금 네 상태에서 한 발자국 더 나아가야지. 독자들을 니 발밑에 무릎
꿇게 만들어야지. 선배들 니들 좆도 아니야 이런 마음으로 나도 뛰어넘어야
하는 거야. 그래 알지 너 시 잘 쓰거든? 시를 못 쓰면 내가 이런 얘기 하지도
않아. 근데 니가 가족 시를 쓴다는 그 행위 자체에 매몰되어 있는 거 같아. 니
가 이해를 못하는 거 같으니까 예를 들어 볼게 너 제일 좋아하는 시인이 누구

3   이소호 『캣콜링』, 민음사 2018. 이하 작품 제목만 표기.

야. 그래 최승자처럼 되고 싶다며, 근데 너 최승자가 될 수 없어. 다르거든 이 세상에 최승자는 최승자 하나야. 니 시는 뭐랄까. 끝까지 안 간 느낌? 더 갈 수 있는데, 지금보다 더 극단으로 가야 한단 말이야.

—「송년회」 부분

이소호의 시집 『캣콜링』에서 발화되는 목소리의 면면들이다. 「경진이네—5월 8일」에는 제사로 추정되는 풍경이 그려져 있다. 그곳에서 아버지는 "온 가족의 손바닥을 두고 못을 쿵쿵 박"아 "영원히 뽑지 못하게" 하고 '우리'라는 혈연의 울타리를 선언한다. 「마이 리틀 다이어리—경진이네」에서 표현된 것처럼 이 시집 안에는 그렇게 "지긋지긋하게 우리로 묶이는 그런/시"가 여기저기 담겨 있다. 시인은 태어나면서부터 주어진 그 선험적인 현실의 원을 자신의 시적 세계에 겹쳐놓는다. 실제 시인의 동생 이름을 딴 시진이와 시인의 개명 전 이름인 경진이는 그 겹쳐진 세계 속에서 연속된 등장인물처럼 출현한다. 그리고 「송년회」는 이 가족의 세계를 그린 작품들에 덧붙은 또다른 누군가의 목소리이다. 이 작품 바로 다음에는 고발을 사과하듯 비꼬는 이소호 시인의 「사과문」이 이어져 있다.

이처럼 앞의 시세계에서 형상화되고 있는 인물과 사연의 연속체들은 마치 현실 속 작가의 시점이 직접 반영된 것처럼 보이기도 한다. 물론 여기서의 핵심은 그 시적 묘사들을 실제의 사실 여부로 환원시키는 것이 아니라, 현실의 것처럼 기입된 그 시점의 목소리들이 시와 현실세계의 경계를 흐트러트리며 발생시키는 미적 효과에 집중하는 것이다. 주네뜨(G. Genette)는 이러한 시점들과 관련하여 흥미로운 언급을 남긴 바 있다.[4] 그는 프루스

---

4   주네뜨는 '시점'이라는 용어가 시각적인 측면만을 유달리 강조한다고 생각하여 대신 '초

뜨(M. Proust)의 『잃어버린 시간을 찾아서』를 텍스트로 삼아, 등장인물의 경험적 제약과 시점에 묶여 있으면서도 동시에 전지적 작가의 시점으로 설명할 수밖에 없는 한 사례를 소개한다. 주인공인 '나'와 작가인 '나'의 시점들을 이리저리 넘나드는 이러한 서술방식은 시점의 논리를 침범할 뿐 아니라 서사적 세계의 문법 자체를 뒤흔드는 것이라는 이야기다.

이 관점을 최근의 시인들이 만들어내고 있는 시적 세계에 잠시 적용해보자. 신형철은 2010년대 이전 시의 성과를 '시인의 내면 고백으로부터의 완전한 자유'라고 이야기하며, 한국시가 "누구도 될 수 있고 무엇이건 말할 수 있는" "위조 신분증"을 얻었다고 언급한 바 있다.[5] 당시 그렇게 새로운 발화의 영역을 개척한 작품들과 눈 밝은 해석자들 덕분에 한국시의 언어는 크게 확장되었고 그 미학적 치열함은 여전히 유의미하게 작동하고 있다. 하지만 전위의 원심력과 문학의 자유로움을 빌미로 행해졌던 일부의 억압과 젠더적·계급적 폭력들을 경험한 이들에게, 그 위조의 미학은 의도치 않게 현실로부터의 면죄부나 모종의 알리바이처럼 느껴지기도 했다. 그러니까 이 시인들은 단순히 현실 재현이나 고발의 목적으로 시를 발화하는 것이 아니라, 완고하게 분리된 현실과 시의 세계를 의도적으로 겹쳐놓으며 현실과 안전거리에 있던 당시의 미학을 정면으로 겨냥하고 있다고 보아야

점화'라는 표현을 사용했다. 여기서는 논의의 편의를 위해, 한국 문학장에서 일반적으로 사용하는 방식 그대로 시점이라는 표현을 사용하도록 한다. 주네뜨의 논의를 쉽게 설명한 글로는 박진, 『서사학과 텍스트 이론』, 소명출판, 2014, p.133-64 참조.

5 신형철, 「2000년대 시의 유산과 그 상속자들: 2010년대의 시를 읽는 하나의 시각」, 『창작과비평』 2013년 봄호 p.365. 현실의 '나'에게서 멀어진 "3인칭들의 형상"이 당시의 대의불충분성과 대의불가능성을 그 (무)의식적인 정치적 조건으로 두고 있는지도 모른다는 그의 신중한 논의를 받아들인다면, 최근 현실과 맞닿는 1인칭 발화의 어떤 경향은 촛불, 페미니즘 리부트 등 불완전하나마 실현되었던 대의가능성의 경험과 일정 부분 맞닿아 있을지도 모르겠다.

할 것이다.

연극적이고 다층적인 시적 주체들이 단단하고 진실된 실체가 있는 것으로 여겨지던 현실의 텅 빈 허위를 드러내는 데 성공했다면, 현실세계에서 침입한 이 발화자들은 이와는 정확히 반대로 실제 유효한 억압으로 작동하고 있음에도 무해한 가상의 세계로 간주되던 시의 진실과 유효성을 폭로하려 하는 것이 아닐까. "문장에 머물렀을 때 가장 아름다웠"던 이야기들은 이제 그 무용한 아름다움의 안전 공간조차 의심받게 되었다.

2. 가상 세계 속의 플레이어

가상과 현실 세계의 겹침에 관한 논의를 다른 방향으로 진전시키기 위해 최근에 개설된 '던전'이라는 문학 플랫폼의 이야기를 잠시 꺼내보자. 매일 서비스되는 웹진이라는 점, 구독자의 후원을 상정한 매체라는 점은 여타의 대안 플랫폼에서도 발견되는 특징이지만, 던전은 그 공간 안에 게임의 인터페이스를 적용한 점이 독특하다. 이름에서 드러나듯 일종의 게임의 장처럼 공간화된 그곳에 참여한 이들은 레벨을 가지고 퀘스트 활동에 따라 아이템을 얻을 수 있으며, 물약 등의 아이템을 용사에게 지원한다는 명목으로 작가를 후원할 수도 있다. 그리고 이 모든 것은 '고블린 상인'에게 일정한 입장료를 지불하는 형태를 거쳐야만 참여가 가능하다.

밤사이 벽은 얼었다

이동 상인은 이동한다 지난날보다 기울고 야윈 벽 아래로

직접 구운 유리 문진을 팔기 위해서다

이동 상인은 유리 문진에 넣을 수 있는 모든 것을 넣었다

넣을 수 없는 것을 뺀 넣을 수 있는 모든 것

자연력이나 영혼, 신념 체계를 포함할 수도 있다

그 모든 것을 허용함에도 형체를 유지한 유리 문진만이

이동 상인의 가방 안에 들어갈 수 있었다

눈을 치우듯 유리 파편들을 쓸고 쓸었던 순간을 떠올리며

이동 상인은 아무런 마음도 갖지 않는다

그 모든 것을 떠나보낼 심산만으로 매일 아침 눈을 떠야 한다고

기나긴 벽을 다 지나올 쯤에야

느리고 환연한 판단을 내린다

— 배시은 「평균자유행정」 전문[6]

◇◇◇◇◇◇◇◇◇◇◇◇◇◇
6   던전(www.d5nz5n.com) 목요일 연재분인 배시은의 시집 『평균자유행정』에서 가져왔다.

위 시편에는 "직접 구운 유리 문진을 팔기 위해" 이리저리로 이동 중인 상인이 한명 등장한다. 이 시적 세계가 던전이라는 시스템에 포함되어 있음을 감안해본다면, 게임 내에서 여러 아이템들을 바리바리 싸들고 배회하는 NPC[7]를 떠올려볼 수도 있겠다. 그는 안이 비치는 동그란 유리 문진 안에 "자연력이나 영혼, 신념 체계" 등 자신이 만들어낼 수 있는 것들을 모두 집어넣는다. 다소 의아한 것은 본인이 만든 유리 문진조차도 마음껏 판매하지 못하는 상인의 모습이다. 그것은 창작의 결과물이 마음에 들지 않는 장인의 신념 같은 것일 수도 있지만, "형체를 유지한 유리 문진만" "이동 상인의 가방 안에 들어갈 수 있"도록 허락한 게임 시스템의 문제이기도 할 것이다.

여기에서 생겨나는 자연스러운 의문은 이동 상인이 왜 이러한 시스템에 순응하고 있는가 하는 점이다. 정성들여 만들었던 "그 모든 것을 떠나보낼 심산만으로 매일 아침 눈을" 뜨고 이 지친 매일의 반복에 "아무런 마음도 갖지 않는다"라고 되뇌는 상인은 어딘지 자포자기한 듯 보이기도 한다. 그리고 보면 던전에 직접 뛰어든 그는 왜 괴물과 싸우고 레벨업을 할 수 있는 플레이어가 아니라, 그들을 보조하고 지켜볼 뿐 시스템의 주인공이 될 수 없는 상인을 택했을까. 시의 제목인 '평균자유행정'이 기체의 한 분자가 다른 분자들과 충돌하기까지 이동할 수 있는 평균거리를 의미한다는 걸 상기해볼 때, 어쩌면 이 인물은 홀로 자유로이 행로하는 사이의 순간만을 행복하다 여기고 이 세계에 적극적으로 참여하거나 다른 이들과 부딪치고 싶어하지 않는 것인지도 모르겠다. 차갑게 얼어붙은 가늘고 야윈 벽 아래를 지나다니는 이 상인의 이미지는 여러 방식으로 해석되겠지만, 부스러기를

---

7   Non-Player Character. 대개 사람이 직접 조작하지 않는 게임 캐릭터를 지칭한다.

그러모으듯 자신의 창작물을 들고 자의 반 타의 반으로 판매처를 방황하는, 그럼에도 작고 투명한 유리 문진을 완전히 포기하지 못하는 슬픈 시인들의 은유로 읽히기도 한다.

> 사과나무 아래. 송경련이 말한다. 죽으면 경기를 관찰할 수 있다고, 죽으면 다른 사람의 시점으로 세상을 볼 수 있다고. 그들 듀오는 원을 향해 뛴다. 원은 어디에 생길지 모른다. 그러나 그것은 생기고, 여기에는 약간의 운이 작용한다. 우리가 존재하는 곳에 원이 생기면 움직일 필요가 없지만, 원은 늘 우리 바깥에 존재하므로 우리는 뛴다. 널 사랑해, 널 좋아하진 않지만. 왕밍밍은 그런 말도 할 줄 안다. 나는 꿈을 꾸며 꿈에서 내가 소외되는 상황을 즐길 줄 알기 때문에. 원 바깥에 오래 있으면 체력이 닳고, 결국엔 아파서 죽어버린다. 죽기 싫다면 원 안으로 들어가야 하며 체력이 떨어지지 않도록 땅에서 뭔가를 줍고 그것을 먹어야 한다. 난 죽고 싶지 않다. 난 아프고 싶지 않다. 하지만 누군가 날 아픈 사람으로 생각해주는 건 좋다. (…) 다시, 사과나무 아래, 내가 있다. 너, 나무 아래서 회복되는 중이니?라고, 너는 말하지 않고, 넌 그냥 죽어 있는 게 나을 것 같다, 라고 너는 말하지 않고, 나는 가만히 주저앉아 있을 뿐인데, 가지 마 가지 마 가지 마, 거기 사람 있어, 라고 너는 말한다.
>
> ―문보영 「배틀그라운드―원」 부분[8]

위 시편 역시 가상의 게임 공간을 배경으로 한다. 전장으로 설정된 이 세계에 참여하고 있는 인물은 '왕밍밍'과 '송경련'이다. 시집에서 일관되

---

8   문보영 『배틀그라운드』, 현대문학 2019. 이하 작품 제목만 표기. 해당 시집의 작품들은 동명의 1인칭 슈팅게임과 기본 세계관을 공유하고 있다.

게 형상화된 이 인물들에게도 현실과 겹쳐진 이 별도의 세계 속에 따로 참여하고 있다는 자각이 있는 것 같다. 이를테면 "왕밍밍은 꿈 바깥에서 모기에 물렸"지만 "꿈 안에서 발바닥을 긁"(같은 시)는다. 문제는 이 꿈 같은 세계 안에서도 손쉬운 휴식을 허락하지 않는 강제적인 시스템이 작동한다는 것이다. 그것은 소위 '원'과 '자기장'이라 불린다. 간략히 설명하자면 원 안쪽은 안전지대이고 원 바깥은 자기장으로 이루어진 위험지대이다. "원 바깥에 오래 있으면 체력이 닳고, 결국엔 아파서 죽어버린다." 그러니 "죽기 싫다면 원 안으로 들어가야" 한다. 시간이 지남에 따라 시스템이 요구하는 원의 크기는 점점 더 작아진다. 그렇게 좁아진 원 안으로 달려가다보면 부득이하게 다른 이들과 마주치게 되고, 살아남기 위해서는 결국 그들과 강제적인 교전을 벌여야 한다.

그러니 이 세계에 참여한 이들에게 허락된 것은 죽느냐 사느냐의 낡은 양자택일이다. 하나는 이 세계에 참전하는 것을 포기하고 플레이어로서 죽음을 택하는 일이다. "죽으면 경기를 관찰할 수 있"고, 자신이 아닌 "다른 사람의 시점으로 세상을 볼 수"도 있다. 다른 하나는 이 시스템의 강제성을 암묵적으로 승인하고 플레이어로서 계속 참여하는 일이다. 이를 택한 자들은 타인을 살해하여 적군의 시체에서 습득 가능한 자원을 강탈하거나, 세계가 보급품처럼 던져주는 "뭔가를 줍고 그것을 먹어야" 타 플레이어보다 강해질 수 있다. 그렇다면 양자택일 외에 다른 선택지가 없는 이곳은 세계와의 불화와 투쟁이 전제되지 않은 곳, 즉 시스템을 거부할 수 있는 가능성 자체가 소거된 곳인가?

필사적으로 원을 향해 뛰는 모습으로 미루어보건대, 시에 등장하는 이들은 언뜻 후자 쪽을 선택한 것처럼 보인다. 한데 이들의 태도는 어딘가 조금 이상하다. 무릇 플레이어로서 참여한 자는 더욱 강해지기 위해 타 플레이어를 제거하고 그들의 자원을 선점해야 할 터인데, 이들은 마치 누군가와 대면하기를 무서워하는 것처럼 보인다. 송경련은 왕밍밍에게 만류하듯 말한다. "가지 마 가지 마, 거기 사람 있어". 다른 이들과의 충돌을 피해 그늘의 벽 아래로 쓸쓸히 이동하던 어떤 상인의 모습처럼, 송경련과 왕밍밍은 누군가와의 부딪침을 꺼려하고 두려워하는 듯하다. 그렇다고 이들이 강제적인 시스템에 적극적으로 저항하는 것 같지도 않다. 시스템이 허락하는 원 바깥으로 뛰어나가 세계와 불화를 일으키는 사람이 된다는 것은 물론 가치 있고 영웅적인 일일 것이다. "누군가 날 아픈 사람으로 생각해주는 건 좋다"고, 그럼에도 솔직하게 "난 죽고 싶지 않"고 "아프고 싶지 않다"고 이들은 말한다. 전장의 룰을 그대로 따르지도 않고 그렇다고 시스템과 적극적으로 적대하지도 않는 이들의 소극적인 태도를 어떻게 바라봐야 할까.

라끌라우(E. Laclau), 무페(C. Mouffe), 그리고 지젝(S. Žižek)은 '적대'(antagonism)라는 개념에 대해 이야기한 적이 있다.[9] 그들은 시스템의 혁명을 위해 제거되어야 하는 대상으로 상정되는 어떤 적대의 형상이, 실은 혁명의 움직임을 지속하게 하는 조건 그 자체라고 말했다. 그들은 맑스(K. Marx)의 비전을 사례로 든다. 그들이 보기에 맑스는 적대를 해결 가능한 '소외'의 관점에서 바라보았다. 맑스는 노동자들이 자본으로부터 혹은 자신의 노동으로부터 소외되지 않을 때, 다시 말해 소외가 모두 사라지는 순간에 도달할 때 궁극적 혁명이 완수된다고 생각했다. 하지만 맑스는 사회의 원동력을 지속하고 혁명을 가능하게 하는 조건 자체를 없애려 했기 때문에 실패한 것이라고, 세계의 불화를 없애려는 모든 시도는 언제나 실패로 귀결된다는 사실 속에

9 　'적대'와 관련해서는 에르네스토 라클라우·샹탈 무페, 『헤게모니와 사회주의 전략』, 후마니타스 2012, 3장 참조.

서만 존재 가능한 것이라고, 그들은 주장한다.

이 논의의 틀을 일부 빌려보자. 만약 "추락하지 않는 인간은 게임 참여 의사가 없는 것으로 취급"되는 이 꿈같은 가상의 세계에서 "추락으로 시작"(「배틀그라운드─사막맵」)되는 세계의 조건을 바꿀 수 없는 것이라면, 그 속에 참여하는 이들이 세계에서 소외된 스스로를 인지하는 순간부터 이미 이 세계에 속해 있는 것이라면, 이들이 할 수 있는 일이란 그저 "꿈을 꾸며 꿈에서 내가 소외되는 상황을 즐"기는 일일 것이다. 그것은 불가피한 추락을 비행의 일종으로 뒤바꾸는 정신승리에 불과할지도 모르고 근본적인 의미에서의 저항이나 전복은 아닐 테지만, 벗어날 수 없는 잔인한 전장의 감각과 룰을 미묘하게 달리 배치하는 태도이기도 할 것이다.[10] 다른 "사람을 만나도 죽지 않는" "그런 세상을 믿는 자는 게임 참여 의사가 없는 것으로 간주"(「배틀그라운드─설원맵」)되는 세계에서 다른 이들이 무서워 피해 다니고 적극적으로 행동하길 꺼려하는 그들의 머뭇거림은, 추락으로 시작되고 죽음으로 끝나는 이 세계의 약속된 파국을 잠시 지연시킬 뿐이다. 결과적으로 외부 시스템은 견고하게 재생산되고 달라지는 일은 아무것도 없겠지만, 어쩌면 이들은 "한 사람이 미치고 다른 한 사람도 미치고 모든 사람이 미치면" 종내 "아무도 미치지 않게 되"(「배틀그라운드─극단의 원」)는 기이한 내부 세계의 풍경을 바라고 있는지도 모르겠다.[11]

---

10   「배틀그라운드─사과」를 보면 추락으로 게임이 시작되는 것을 끝없이 지연시키는 시인의 발화가 이어진다. 또한 시스템의 의도와 무관한 혹은 시스템을 교묘히 이용한 등장인물들의 교감은 「배틀그라운드─송경련이 왕밍밍에 관해 쓴 첫 번째 보고서」 「배틀그라운드─벽에 빠진 사람」 「배틀그라운드─극단의 원」 등 해당 시집의 여러 작품에서 발견된다. 졸고 「이토록 낯설고 익숙한 세계」, 『자음과모음』 2019년 겨울호에서 위와 관련된 내용을 다룬 적 있음을 밝힌다.

11   이는 물론 현실이라기보다는 가상의 세계에 마련된 전장에 가깝다. 다만 양쪽의 겹침을

3. 가상과 현실 사이에 선 투명한 얼굴의 시인들

이처럼 인공적으로 만들어진 가상의 시적 세계와 현실의 경계에서 포착되는 묘한 거리감 혹은 소극적 태도에 대해 주목해볼 만한 언급이 최근에 있었다. 그것은 한 문예지의 시 분야 공모 심사 과정에서 나온 심사평이었다. 심사자들은 응모된 수많은 원고들을 검토하는 도중에 반복적으로 등장하는 "흰색, 폐허, 꿈속에서 꾸는 꿈, 묘한 비현실감, 연인들이 소소하게 주고받는 대화, 조금씩 어긋나는 일상 감정" 등의 이미지를 두고 "어느덧 우리 시단의 기본값으로 축적된" "정서나 세계를 대하는 태도"[12]에 관해 이야기를 꺼냈다. 한 심사자는 "인공적이지 않은 인공 같"은 그 묘한 시적 세계를 "낱낱이 깨진 조각을 섬세하게 이어 붙인" "백자"[13]에 비유하기도 했다. 이들의 언급에서 최근의 시인들이 만들어내고 있는 시적 세계의 풍경 하나를 읽어볼 수도 있을 듯싶다.

무엇이었다가 곧 아무것도 아닌 것이 되는

이런 문장을 쓰기 위해 이곳에 온 것은 아니었지만
눈을 떠보니 텅 빈 방이었고

명료하게 감각하는 이들에겐 이 세계 내 저항 또한 단순한 유희라기보다는 나름의 실존적인 투쟁과 질문이라고 보아야 할 것이다. 한편 자본에 대항하는 시인들의 직접적인 몸의 투쟁과 치열한 질감의 언어에 관해서는 나희덕 「'자본세'에 시인들의 몸은 어떻게 저항하는가」, 『창작과비평』 2020년 봄호 참조.

12   박상수 「옷장 깊은 곳에서 새 양말을 발견하는 시인」, 『현대문학』 2019년 6월호 p.211.

13   신용목 「두 개의 백자를 바라보는 마음」, 같은 책 p.214.

죽지 않고 도착해서 기뻤다

(…)

눈밭 속에
홀로 절이 서 있다

하얀 문과 검은 지붕
검은 지붕 위 쌓여가는
하얀 눈
정지한 세상
고요하고 무궁하게

　내가 찾는 것 무엇이었다가 곧 아무것이 되는 그것은 불빛 그것은 굴러가
는 토마토 그것은 이국의 사람들이 마시는 뜨거운 홍차 그것은 향기 그것은
허기 그것은 치통 그것은 늙은 개의 얼굴 그것은 울리지 않는 전화벨 그것에
손을 가져가면 순간 사정없이 깨어져

무수히 많은 파편들은
흐르고 넘어지고 흐르고 슬프고 흐른 채 나에게 도달한다
눈을 질끈 감는다
　　　　　　　　　—한여진 「검은 절 하얀 꿈」(『문학동네』 2019년 가을호) 부분

얼음 속에는 단단한 벽이 있어

나는 그 너머로 집 한 채를 볼 수 있었다

집에 들어가고 싶다
자꾸 무너지는데도

비를 맞으며
서 있는 아이처럼

인기척이 느껴지면
사라지는 벌레처럼

주머니엔 사탕 봉지가 가득하다

(…)

창문이 깨지는 순간은
거미가 줄을 치는 모습과 비슷하고

아이가 바깥으로 밀려난다

영혼이
그곳에 있는데

귓속에서는

깨지는 소리가 들렸다

작은 유리알 파편처럼

집이라는 건 다 부서지는데도
자꾸만 모으고 싶어진다

—정재율 「투명한 집」(『문장웹진』 2020년 3월호) 부분

　한여진의 시에는 제목처럼 하얀 꿈 같은 공간이 등장한다. 흰 눈밭 위에
놓인 검은 절, 하얀 문과 검은 지붕이 뒤섞인 이 흑백의 세계는 "고요하고
무궁하게" "정지한 세상"처럼 느껴진다. '나'는 어떤 문장을 쓰기 위해 혹은
무언가를 찾기 위해 그곳을 방문한 듯싶다. 다만 그 탐색의 대상이 처음부
터 명료하게 지정되어 있던 건 아닌 듯하다. 그것은 불빛, 향기, 허기, 치통
등의 모호한 시어들이었다가, "굴러가는 토마토"나 "이국의 사람들이 마시
는 뜨거운 홍차"처럼 조금 더 구체적인 질감의 이미지들로 화한다. "무엇이
었다가 곧 아무것"이 되어버리는 그 대상들은 내가 처음부터 목표로 두고
있었던 것이라기보다는, 무엇인지 모를 텅 빈 나의 목표를 그곳에서 발견
되는 것들이 아무렇게나 채우고 마는 것 같다. 한데 그 이미지들은 내가 가
까이 다가서면 "사정없이 깨어져"버리곤 한다. 애써 만들어낸 그 고요한 순
백의 세계는 손쉽게 부서져버리고, "무수히 많은 파편들"만 "흐르고 넘어
지고 흐르"다가 '나'에게 가까스로 "도달한다".
　한편 정재율의 작품에 그려진 세계는 조금 더 투명도가 높은 느낌이다.
그곳은 얼음 너머에 있는 '투명한 집'으로 형상화되어 있다. 그곳 역시 직
접 다가갈 수 없도록 물리적으로 차단되어 있다. 집 앞에는 얼음으로 만들

어진 "단단한 벽이 있어"서 '나'는 차갑고 투명한 벽 너머로만 그 세계를 훔쳐본다. 달콤한 기억과 향기에 취해 차마 "사탕 봉지"를 버리지 못하는 어린 아이의 순수한 미련처럼, 나는 눈에 아른거리는 아름다운 집의 편린을 떨쳐내지 못한 채 투명한 장벽 앞에서 비를 맞고 서 있다. 하지만 그 투명한 세계 또한 결국 부서지고 깨져버린다. 흥미로운 것은 그 부서짐의 순간이 어떤 생성의 순간과 나란히 놓여 있다는 점이다. "창문이 깨지는 순간"의 실금들은 "거미가 줄을 치는 모습"과 겹쳐져 있다. 하나의 상실이 다른 발생의 조건이라도 되는 것처럼, "집이라는 건 다 부서지는데도" "자꾸만 모으고 싶어"하는 나의 모습은 부서지기 때문에 오히려 그것을 형상화하려는 태도로 읽히기도 한다.

같은 해에 첫 작품을 발표한 두 시인의 시편들은 전혀 다른 매혹을 지녔지만, 논의의 편의와 집중을 위해 인위적으로 공통된 요소를 추출해볼 수도 있을 것 같다. 하얀 꿈이든 투명한 집이든 그 세계는 옅은 가상의 공간으로 그려진다. 그 흐릿함과 거리감은 단순히 내용뿐 아니라 행갈이나 시의 구조 등 형식적 여백으로도 잘 드러난다. 그 시적 세계는 그곳에 손을 대려 하거나 들어가려 하는 순간, 다시 말해 현실의 감각과 겹쳐지려 하는 순간 부서지듯 사라져버린다.[14] 그럼에도 이들은 그 세계를 다시 만들려 혹은 그곳에 도달하려 애쓰고 있는 듯하다. 왜일까.

---

14 주인공의 생각이나 정서가 현실세계에 직접적으로 영향을 미치는 '세까이계(世界系)'의 작품들이 파국과 멸망의 이미지로 그려지는 것을 떠올려볼 수도 있을 것이다. 이는 일찍이 박상수가 '백자'와 '세카이계' 등으로 명명했던 황인찬의 시세계와, 최근 부서지는 미래 세계의 풍경을 직조하는 여러 시인을 떠올리게 하지만 지면의 한계상 이 논의는 다음을 기약해본다.

하얗고 딱딱한 그것은
의자처럼 보인다

하얀 천 위에 앉는다
나는 구름처럼 폭삭 가라앉는다

앉을자리 하나 없어
방에는 아무도 초대하지 않는다

가면을 쓴 얼굴은 가면을 끝까지 벗지 않고
하얀 천을 걷지 않고

진짜 의자를 찾아볼까

—조해주 「의자가 없는 방」 부분

저녁 먹었어요?

어떤 사람이 그렇게 물어오면
일부러 저녁을 먹지 않는다. 먹지 않았다고 말하려고.

약속 장소에 도착하기 전에

드라마를 본다.
행복해지거나 죽기 직전까지의 이야기.

뉴스를 본다.

신발을 훔치다가 사람이 찌른 적이 있다고 말하려고.

(…)

어디 아파요?

어떤 사람이 나의 안색을 살피면

아프지 않다. 혼자 있을 때 마음껏 아프려고.

시계탑을 지날 때

꽃을 사지 않는다.

이 침묵을 계속하려고.

송이 씨는 무얼 좋아하나요, 그 사람이 물었을 때 어떻게 대답하면 좋을지

몇 가지 생각해둔 것이 있다.

―「여분」 부분

　　표지부터 새하얀 조해주의 시집 『우리 다른 이야기 하자』(아침달 2019)의
시편들이다. 「의자가 없는 방」에는 작고 하얀 동그라미가 놓여 있다. "하얗
고 딱딱한 그것은" 언뜻 "의자처럼 보인다". '나'는 그 위에 풀썩 몸을 얹어
보지만, 딱딱해 보였던 외형과 달리 그것은 실체가 없는 "구름처럼 폭삭 가
라앉는다". 그것이 의자인 줄 알았던 이유는 속을 가린 하얀 천 때문이었

을 것이다. '나'는 내심 "진짜 의자를 찾아볼까" 생각하다가도 끝내 가면과도 같은 그 "하얀 천을 걷지 않"는다. 앉을 자리가 없는 까닭에 '나'는 이 의자가 없는 방 안에 "아무도 초대하지" 못한다. 해당 시집에는 이와 비슷하게도 의자가 하나여서 친구가 한명밖에 오지 못하는 장면(「도모다찌라고 말하자 친구가 도망갔다」), 의자의 개수와 참석자의 인원이 어긋나는 장면(「참석」) 등 의자라는 조건이 마련된 뒤에야 누군가가 나타날 수 있는 풍경들이 종종 그려진다.

「여분」을 보면 '송이 씨'라고 불리는 '나'가 등장한다. 어떤 사람이 어딘가 아프냐고 물으며 '나'의 안색을 살피면, '나'는 "혼자 있을 때 마음껏 아프려고" 지금은 아프지 않은 사람이다. 또 그 사람이 무얼 좋아하는지 질문할 때를 대비하여 "어떻게 대답하면 좋을지" 답변을 미리 생각해두는 사람이기도 하다. 이는 언뜻 그 사람과 함께 있는 시간을 무탈하게 지나가려는 장면 같기도 하지만, 현실의 누군가와 접촉하는 시간을 어려워하는 모습처럼 느껴지기도 한다. '나'는 홀로된 하얀 침묵의 풍경을 유지하기 위해 색채가 있는 꽃조차 사지 않는다. 이같은 시의 풍경에, 앞서 언급한 동그란 의자를 겹쳐볼 수도 있겠다. 사람들의 등장을 가능케 했던 의자라는 조건을, 이 시에서는 조건문이라는 언어적 형식으로 치환해보자. 가령 '나'는 저녁을 먹었는지 "어떤 사람이 그렇게 물어오면", "먹지 않았다고 말하려고" "일부러 저녁을 먹지 않는다". 하얀 천의 동그라미가 의자라는 공간을 구획하고 사람들의 방문을 결정짓는 효과를 수행한 것처럼, 그 사람이 '나'에게 건넬 질문의 조건은 '나'의 행동을 제약하고 발화의 경계를 한정하는 화행적 동그라미라고 말할 수도 있을 것이다.

다만 어딘가 기이한 점은 '나'의 행동이 그 조건을 예상한듯 미리 행해진다는 점이다. '나'는 저녁 먹었느냐는 그 사람의 질문을 미리 염두에 두고 밥을 먹지 않고, 무엇을 좋아하는지 대답하기 위해 몇가지 생각을 해두며, 말과 이야기를 하기 위해 "뉴스"와 "드라마를 본다." 그러니까 해당 조건들이 이후 '나'의 행동을 이끌어내고 제약하기도 하는 가상의 동그라미인 것은 사실이나, 그 조건들을 충족시키기 위한 행동을 '내'가 먼저 수행한다는 것이다. 내 행동의 원인이자 전제가 되는 세계를 내가 미리 만들고 있는 셈이다.

이 역설적인 선후관계를 좀더 자세히 살펴보기 위해 가상의 원을 만들어냈던 문보영 시인의 이야기를 잠시 가져와보자. 시인은 한 산문에서 혼자 글을 쓰거나 춤을 추는 건 전혀 어렵지 않은데, 빵집에 가서 식빵을 사거나 신호등의 신호를 기다리는 일은 너무나 어려울 정도로 일상의 현실이 두려워지는 순간이 찾아온 적이 있다고 고백한다. 그러다 시인은 누군가의 브이로그를 보았고 자신도 우연히 브이로그를 찍게 되었다고 한다. 밥을 거의 안 먹는데 "밥 먹는 척"을 하고 "우울증에 안 걸린 척" 거리를 걷다 보니 정말로 그렇게 일상을 살아가게 되었다고, "안 미친 척하다 보면 정말 안 미칠 수 있을 것만 같"[15]았다고 시인은 말한다. 그 가상세계는 분명 시인이 만들어낸 것이지만, 이후 시인의 일상을 살아가게 하는 조건이자 현실보다 앞에 놓여 있는 지침이 되었던 듯싶다.

언뜻 현실에 발을 붙이고 있지 않은 것 같은 이 희미한 가상의 세계에 대해, 실존적 질감이나 치열함이 부족한 듯 느껴지는 이 여백의 감각들에 대해 의심이나 비판의 시선도 충분히 있을 것이다. 다만 앞서 '적대'를 이야기하며 언급되었던 자본이라는 조건을 잠시 떠올려보자. 맑스는 사용가

---

15   문보영 「대충 살고 싶어서 시작한 〈어느 시인의 브이로그〉」, 『현대시』 2019년 1월호 p.269-70.

치와 교환가치 사이의 간극, 즉 실물과 화폐 사이에 생겨나는 불일치의 적대관계를 자본주의 파국의 원인으로 보았다. 하지만 이제 화폐라는 최소한의 물질마저 잃어가며 가상의 숫자로 작동하는 그 자본은 때로 아무런 실물 근거를 두지 않아도, 미래의 '잉여'와 가치를 미리 당겨와 실제 우리의 삶을 작동시킨다. 올바름의 판단은 잠시 차치해두고서라도 그 강압적인 조건을 단순한 허상으로 치부해버리는 것이 과연 가능할까? 어떤 시인들이 만들어낸 시적 세계 역시 아무런 물질적 기반이나 실물이 없을지라도, 근미래의 자신을 겨냥한 채 행동하고 발화하는 수행 속에서 생겨난 "여분"의 가상은 그들의 삶을 이끌어가는 유효한 실체적 조건이 되기도 한다. 하얗고 투명한 그 세계는 낯선 현실과 만나면 쉽게 부서져 내릴 정도로 허약하지만, 무너지는 누군가의 일상을 지탱할 정도로 충분히 단단하기도 하다.

'세계의 자아화'라는 오래된 표현이 있다. '나'의 발화로만 환원될 수 없는 현대시의 다각적인 발화와 그 안에 분명히 존재하는 불화를 설명하기 곤궁한 까닭에, 이제는 거의 유명무실해진 개념이다. 하지만 '자아'라는 관습적인 맥락의 폭력성만 잠시 소거한다면, 어떤 시인들에게 이는 여전히 유효한 표현일 듯싶다. 물론 그것은 현실세계와 '나'가 아닌 가상의 시적 세계와 '내'가 겹쳐진다는 거꾸로 된 방향에서 그러하다. 자신이 만들어낸 세계에 기대어 다시 자신을 만들어나가는 이들이 있다. 그들이 만들어낸 투명한 얼굴은 스스로를 무한히 분열시켜나가는 것이라기보다는 실물 없이 텅 빈 나를 지탱하는 것에 가깝다. 그들이 얼굴의 "가면을 끝까지 벗지 않"는 이유는 무엇을 숨기거나 가리려는 것이 아니라, 가면 그 자체가 자신들의 얼굴이기 때문이다. 이 투명한 세계를 살아가는 시인들의 발화는 이제 막 시작되었다.

이방의 문학, 문학의 이방

— 근본적이고 급진적인 이질성의 글쓰기를 위하여

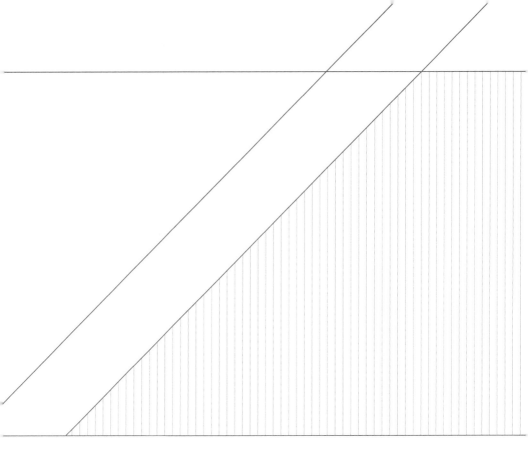

최정우

서울대학교 인문대학 미학과 및 동대학원 불문과 졸업.
2000년 『세계의 문학』으로 등단.
현재 프랑스 파리 ISMAC 교수. 음악집단 Renata Suicide의 리더.
대표 저서로는 『드물고 남루한, 헤프고 고귀한-미학의 전장, 정치의 지
도』(문학동네, 2020), 『사유의 악보-이론의 교배와 창궐을 위한 불협화음
의 비평들』(자음과모음, 2011)이 있다.
바타유의 유물론과 에로티즘, 푸코의 구조와 주체, 데리다의 탈구축적
예술론, 랑시에르의 미학과 정치, 문학론과 이미지론, 음악과 철학 사
이의 관계론 등에 관한 연구들을 중심으로, 비평 행위 자체의 자율적
가능조건이 지닌 불가능성과 텍스트의 음악적 구조성을 실험하고 탐
색하는 다양한 글쓰기를 이어오고 있다.
sacrilegium@gmail.com

이방의 문학, 문학의 이방
― 근본적이고 급진적인 이질성의 글쓰기를 위하여

0. 이방의 문학이라는 영점으로부터

무엇보다 나는 하나의 영점(零點)에서 시작해야 할 것이다. 왜 '영점'인가, 아마도 이 기이한 질문이 내가 여기에서 짧게나마 해명해보고자 하는 '이방에서 문학하기'라고 하는 저 수수께끼와도 같은 행위(그러나 그것은 동시에 그 자체가 하나의 물음이기도 한데)의 정체를 설명하기 위한 어떤 작은 시작점을 마련해줄 것이다. 그러므로 내가 먼저 나의 개인적 경험으로부터 이야기를 풀어나갈 수밖에 없음을 용서해주기를 바란다. 무엇보다 여기에는 두 개의 너무도 거대한 문제적 개념들, 즉 '이방'과 '문학'이 이미 컴컴한 깊이로 도사리고 있음에야. '이방'이라고 하는 외부의 이질적인 영역을, 그것도 그 안에서 '문학'이라는 여전히 정체불명의 관념성을 행한다는 이 기이한 상황을 설명하기 위해서는, 어쩌면 역설적이겠으나, 절대적이고 추상적인 보편에 기대는 것이 아니라 지극히 상대적이고 구체적인 경험으로부터 출발하지 않으면 안 된다는 것이, 아마도 내가 취할 수 있는 나 자신에 대한 최소한의 정직성일 터이므로.

내가 프랑스로 넘어와 살게 된 것이 2012년 말부터이니, 2020년 현재로 어느덧 8년의 시간이 흘렀다. 프랑스의 대표적인 한국학 전문가이자 한국 문학의 주요한 프랑스어 번역자인 나의 친구 파트리크 모뤼스(Patrick Maurus) 교수의 초대로 프랑스의 국립외국어대학에 해당하는 파리 이날코(INALCO) 에 와서 한국학과의 교수로 일하게 된 것이 그 시작이었다. 처음에는 이렇 게 오랜 시간 파리에 머무르리라고는 전혀 예상하지 못했고 길어야 2~3년 정도의 체류만을 생각했다. 그러던 것이 어느새 그 예상의 배가 넘는 시간 이 지났고, 나는 여전히 현재에도 파리의 몇몇 학교들에서 프랑스 학생들 에게 한국어와 한국학을 가르치는 일을 계속하고 있다. 아마도 이러한 간 략한 설명이 일단은 내 개인적인 경험의 피상적 외면을 이룰 것이다.

피상적이라고 말했으나 기실 이 외면적 설명이란 것을 자세히 들여다 보면 거기에는 매우 특수한 상황이 놓여 있음을 알 수 있다. 그리고 이 특수 성은 '이방에서 문학하기'라는 우리의 주제와 어떤 의미에서 가장 직접적 이고 동시에 뒤틀린 방식으로 연결되어 있는 것이기도 하다. 왜 그런가. 먼 저 내가 한국어와 한국문학이라는 일국의 문화가 그와는 전혀 다른 문화를 지닌 프랑스라는 나라에서 연구되고 소비되는 매우 특수한 환경과 조건 안 에 위치해 있다는 점을 이야기해야 한다. (우리는 거의 언제나 '우리'라는 상상적 정 체성의 사회와 문화에 대한 '객관화'에 취약한 경향이 있다.) 나는 학업이 끝나고 한국 으로의 귀국이 예정되어 있는 (프랑스문학이나 프랑스철학의) 유학생으로서가 아니라 (한국어와 한국학을) 가르치는 직업을 가진 선생으로서 프랑스에 왔고, 현재에도 계속 그렇게 일하고 있는 자리에 있다. 그런데 이것이 왜 특수한 가.

이는 일견 어떤 면에서 한국사회 안에서 프랑스문학을 연구하는 일의 순전한 거울상이라고 생각될 수도 있다. 곧 어떤 나라에든 다른 나라의 문학들을 연구하는 학문의 영역이 존재할 수 있고 또 그럴 수밖에 없듯이, 한국에서 프랑스의 문학하기와 프랑스에서 한국의 문학하기란 그저 그러한 보편적 상황의 두 상호적 특수 사례라고 여겨질 수도 있는 것이다. 그러나 내가 말하고자 하는 '특수성'이란 이런 상황을 이야기함이 아니다. 식민지와 전쟁의 경험을 통해 '이식된' 근대성(modernity)의 역사적 상흔(trauma)을 언제나 간직하고 있는 한국이라는 땅에서 유럽의 문학을 행하고 연구한다는 일이 지닐 수밖에 없는 조건이나 환경은, 그러한 역사적 맥락에서 언제나 일종의 절대적 비교대상이자 무조건적 대조근거로 상정되는 유럽이라는 공간에서 거꾸로 근현대 한국어와 한국문학을 행한다는 일이 가질 수밖에 없는 조건이나 환경과는 전혀 다른 의미를 띤다. 이 둘 사이에는 일종의 심연이 가로놓여 있다. 그러나 왜 그것은 심연인가, 이 물음에 대해 나는 답해야 한다. 그리고 이것이 내가 말했던 '영점'의 근본적 의미, 그 영점이 무엇보다 하나의 '영(0)'으로서 가질 수밖에 없는 심연의 깊이이기도 하다. 그러므로 '이방에서 문학하기'란 바로 이러한 (무)의미의 깊이를 하나의 근본적 조건으로 사유할 때에만 실천할 수 있는 어떤 (불)가능성의 작업인지도 모른다. 이 영점의 풍경은 어떤 것인가. 이방에서 문학하기는 결국 바로 이 영점, 곧 경계(들)에 대한 가장 근본적인 감각에서 출발하는 것.

1. 경계에 대한 감각: 특수성과 보편성 사이의 심연

이 경계성이 지닌 (불)가능성의 조건과 그 심연의 문제에 가닿으러 조금 다른 곳으로 에둘러가기 위해, 이 뿌리 깊은 문학적이고 국가적 위계와 그것이 낳은 역사적 감수성과 문화적 정념이 지닌 차이의 선들을 어떤 우회로를 통해 더욱 깊이 파내려가기 위해, 나는 김윤식이 매우 의미심장하게 언급했던 두 인물에게서 출발하고자 한다(김윤식, 『내가 읽고 만난 파리』(현대문학, 2004)와 『내가 읽고 만난 일본』(그린비, 2012) 참조). 20세기 파리를 살았던 두 동아시아인, 곧 한 일본인과 한 한국인의 '특수한' 경우가 바로 그것인데, 이는 모리 아리마사(森有正)와 이옥(李玉)의 경우를 일컬음이다. 나의 개인적인 경험과 비슷한 조건을 지니면서도 또한 그 구체적 내면의 풍경은 각기 다른, 그러므로 어떤 의미에서 내 경험이 갖는 제한적이고 특수한 의미를 보편적으로 '객관화'해볼 수 있을, 이 두 인물의 경우가 갖는 '문학적'이고 '민족적'인 의미에 대해 김윤식은 다음과 같이 쓰고 있다.

먼저 모리 아리마사의 경우: "그의 글쓰기 전체를 통해 자기 자신을 감추어 놓고 주절대며 잘난 척했고, 혼자 고고한 척 유럽문명의 본질을 간파했다는 표정으로 여름방학이면 어김없이 귀국하여 강연, 강의, 잡문, 논문 등을 써갈기며 일본과 유럽문명의 차이를 떠벌렸지만 단지 이런 것은 은빛으로 하늘 높이 솟아 장미의 창으로 빛나고 있는 노틀담의 겉모양의 수사학에 지나지 않는 것. 정작 그 자신은 송두리째 빠져 있지 않았던가. 이 점에서 그의 고백체란 수사용의 가짜였다. 그가 얼마나 허세꾼이며 연약하고 고독한 존재임을 비로소 등신대로 드러낸 것이었다. 그 결과를 보시라. 드디어 그에게도 강해지는 순간이 오고 있었다. 그는 강인해지기 시작했다. 로르카의 「간음한 여인」이 그 하나라면 「붉은 노틀담」이 그 다른 하나였다. '이혼-재혼-이혼'에서 일본과 결별, 프랑스와 재혼, 그리고 다시 프랑스와 이혼함에서 온 강인함, 그것은 이미 일본도 프랑스도 아닌 제3의 그 무엇, 요컨대 '모리 아리마사'라는 고유성의 발견이었다. 이 강인성의 외부화가 '시뻘건 노틀담'이다. (…) 데카르트 공부를 위해 파리에 간 젊은 조교수인 한 일본인이 데카르트는커녕 그만 파리에서 길을 잃고 헤매었고, 그 헤맴에서 가까스로 깨친 것은, 길을 되찾을 수 있을지도 모른다는 신념이었다."(『내가 읽고 만난 일본』, pp.459-460) 고로, 돌아갈 수도 없고 돌아가서도 안 되었으며 돌아가고 싶지도 않았던 어떤 부동의 (유럽적) 이상에 매달렸으나, 유럽(프랑스)도 아시아(일본)도 아닌 제3의 것인 '자기의 고유성'에 방황하듯 다시 (그러나 또한 다르게) 다다르게 된 경우가 그 첫 번째 사례라 하겠다.

다음으로 이옥의 경우: "다만 내가 아는 것은 그의 파리행이 한국과의 '이혼'이 아니라는 사실이다. 굳이 말해 '사이비 이혼'이라 할 성질의 것이다. 식솔을 거느린 파리행이란, 비유컨대 이민의 일종이지만 그렇다고, 한국과 담쌓은, 귀국 불능의 망명객도 아닌 처지, 이 기묘한 형태를 이옥은 살고 사랑하다 파리에서 죽었고, 그의 무덤은 몽파르나스 묘지에 있다. 어째서 이옥의 유골이 귀국하지 않았을까. 해답의 하나는 실로 간단하다. (…) 이옥에 있어 파리란, 바로 한국땅이었다. 한국도 또한 한국땅이었다. '파리=서울'의 등식 속에 살았기에 죽음의 처리 방식도 이와 같았을 뿐이다. (…) 결론부터 말해 이옥에 있어 삶의 방식이란 '민족주의'에서 왔고 또 거기에 수렴되는 것. (…) 이 사실은 그의 학문적 성취인 국가박사 논문에서 결정적으로 확인된다. 「조선의 고대사 - 고구려 연구」란, '조선어'에 그 뿌리를 둔 것이었다. 이 집요하고 거칠고 강력하고 또 야성적이기도 한 이옥 앞에 노틀담 따위가 안중에 들어올 이치가 없다. 파리란 그러니까 그냥 고대 조선사 속의 고구려에 다름 아니었다. 거기에는 청룡, 백호, 주작, 현무가 하늘과 땅을 가리고 있었다. 파리란 한갓 사냥터였고, 노틀담이란 사냥꾼의 움막에 다름 아니었다. 이 갈 데 없는 낭만적 상상력이 이옥을 에워싸는 삶의 에너지의 공급처였다. (…) 이상을 다듬어 말해 본다면 어떤 표현이 적절할까. '민족의식' 또는 '민족주의'라는 흔해 빠진 말에 닿게 마련이다. 다만 파리가 이 '민족의식'을 일깨워 주기에 적절한 곳이었다고 할까. 그가 몽파르나스에 누운 이유이기도 하다. 묘비명에 새겨진 대로 유럽에서의 한국학의 창설자이기에 그의 소속은 유럽이어야 했다. 귀국할 필요란 당초 없었다."(『내가 읽고 만난 일본』, pp.475-476) 고로, 어딘가로 돌아간다는 개념 자체가 없는, 그래서 본국과 타국, 고향과 이방의 구분이 무화된 바로 그 지점에서, 곧 '프랑스(유럽)=한국(아시아)'라는 등식 속에서 파리(그 어느 곳이라고 달랐을까)를 자신만의 '민족학'의 거점으로 삼아 그곳에 뼈를 묻은 경우가 그 두 번째 사례라 하겠다.

결국에는 극복할 수 없었던 일본과 프랑스 사이의 어떤 괴리로부터 '자기'를 찾기라는 하나의 문학으로 나아간 모리 아리마사의 경우와, 프랑스를 일종의 또 다른 한국으로 삼고 거기에서 '자신'의 어떤 민족주의를 또 하나의 문학으로 실천했던 이옥의 경우 사이에서, 우리는 물론 단순한 우열이나 선후를 논할 수는 없을 것이다. 그러나 여기에는 내가 앞서 말했던 심연을 먼저 그 스스로 온 몸으로 다루고 마주했던 두 인물의 '특수한 보편적' 사례가 놓여 있다.

이 두 인물에게서 공통적으로 드러나는 저 보편의 특수성, 특수한 보편성이라는 문제는, 곧 자기 자신 안의 타자성(他者性)의 발견과 그 아포리아의 실천이라는 문제에 다름 아니다. 그러나 이는 단지 유럽[내부]의 부조리 문학이나 실존철학이 발견하고 발명했던 소위 '제1세계'의 타자성이나 이질성과는 그 차원과 위계를 전혀 달리하는 어떤 것이다. 왜냐하면 모리 아리마사와 이옥의 경우로 대표되는 이러한 '이방의 문학'에는, 유럽이라는 '제1세계'의 역사적 채무감과 윤리의식, 그리고 이를 스스로 대면하면서 유럽인들이 느끼고 또 수행했던 어떤 '시혜적 충격'의 현현이 부재하고, 또한 반대로 한국 또는 일본이라는 '제3세계' 각각의 일국 안에서 아시아인들이 아시아 문학을 자기동일적으로 행할 때 겪을 수밖에 없는 '따라잡는/따라 잡힌' 근대성의 열등감과 조급증과도 그 자리를 달리하면서, 결국에는 대단히 역설적이게도 '제1세계'라는 시공간 바로 그 안에서 오히려 '제3세계'의 객관화될 수 없는 객관성을 추구하려는 어떤 (불)가능의 몸짓이 있기 때문이다. 우리가 이야기하려는 '이방의 문학'이라는 경험 안에서 이러한 (불)가능성의 조건은 그 자체로 대단히 핵심적이며 징후적이다.

자기 자신을 둘러싼 '우리'라는 개념이 너무도 자연스럽고 당연하게만 여겨지는 '민족/국가/문학'의 자기동일적 시공간을 떠나서, 그러한 조건들 자체가 전혀 유효하지 않은 이방의 타자라는 이질적 조건 속에서, 또한 그 이방 자체의 문학이 아니라 '자기 자신'의 문학—그것은 무엇보다 근대성을 발명한 유럽이라는 영역이 가능케 했던 저 '자기 자신'이라는 개인성과 근대적 민족-국가(nation-state)로서의 '조국'이 대표하는 '문학'일 텐데—을 행한다는 지극히 문제적인 아포리아의 지점이 바로 저 심연의 정체인 것. 내가 말하고자 하는 것이 바로 이러한 뒤틀린 특수적 보편성, 역전된 보편의 특수성이다. 거기에는 추상적 관념성으로서의 깊이가 아니라, 온 몸으로 맞닥뜨려 그 관념성을 물리적이고 육체적으로 느끼고 돌파할 수밖에 없는 말 그대로의 심연이 놓여 있다. 그러므로 이방에서의 문학하기, 더 적확하게는, 동일성의 조건이 전혀 허락되지 않는 이질적 시공간에서 '자신'의 문학을 하기란, 바로 동일성 그 자체의 '동일적' 조건이 지닌 근본적 '타자성'의 이질적인 근원, 그 역설적인 기원 없는 기원을 끝없이 좇으며 그 안에서 무수한 착오와 실패와 절망과 부재를 만나고 안고가게 되는 심연의 여정이 아닐 수 없다. 그러나 바로 이 지점에서, '문학'이라는 것이 바로 이러한 여정을 가리키는 다른 이름이 아니라면 다른 어떤 무엇일 수 있을까. 그런데 바로 이러한 외부의 문학, 문학의 외부라는 절대적 타자성은, 자국과 외국의 경계가 무너지면서 동시에 그 때문에 도리어 국경의 개념이 더욱 폐쇄적으로 공고화되는, 그래서 결국에는 모든 인간이 모든 인간에 대해 극단적으로 타자화되는 것처럼 보이는 이 코로나19의 시대에도, 과연 유효한 어떤 '동요'의 가치로 계속 남을 수 있을까.

2. '자유'의 글쓰기:
   표면적 동일성의 내부와 징후적 이질성의 외부

바로 이 질문을 가장 절실하고 철저하게 던지기 위해서 또 다른 우회를 따라 가보자. 나는 본국과 타국의 구별이 가져오는 어떤 괴리에서 출발했지만, 이방의 문학이 보다 근본적으로 문제가 되는 지점은 단지 국가적 경계들 사이가 아니기 때문이다. 어떤 의미에서 '이방에서 문학하기'란 심지어 바로 그 '문학'이라는 자명해 보이는 영역과 장르 안에서조차 가장 당연하게 여겨지던 것들을 저 심연으로 깊이 내던져 다시 그 근본에서 사유할 것을 요청하고 요청받는 어떤 긴급한 절체절명의 행위라는 의미를 띤다. 곧 '이방에서 문학하기'란 그 자체로 대단히 내부적인 문학의 동일성 그 자체를 위협하면서 동시에 완성시키는 가장 근본적인 이질성인 것. 문학의 내부와 기원은 바로 이러한 문학 외부의 무근거성으로부터 오히려 거꾸로 의문시되고 바로 그 의문들을 통해 비로소 '문학'의 근거가 되는 것이다. 문학이 심연과 역설을 향하는 돌아올 수 없는 끝없는 여정에 다름 아니라는 말의 의미가 바로 여기에 있다. (그러나 동시에, 우리는 문학에 전통적이면서도 언제나 새롭게 부여되었던 이 육중하고도 막중한 무게감에 대해 이 글의 말미에서 다시 한 번 더 생각해보게 될 것이다.) 그러므로 사실 문학의 외부란, 그리고 그렇게 외부의 문학이라고 불리는 자리란, 결국 문학 그 자체가 대단히 중시해왔던 모든 가치들에 대한 재고와 역전의 실천을 요청하고 있지 않은가.

문학의 외연을 인간적 문제에 대한 모든 글쓰기라는 범위로 넓혀 생각해볼 때, 단연코 그러한 문학의 가장 중요하고도 당연시되는 문제들 중의 하나는 바로 자유의 문제라고 할 수 있다. 가장 좁게는 문학적 표현이 어디까지 가능한가 하는 표현의 자유라는 문제에서부터, 가장 크게는 인간의 자유라는 개념이 어디까지 허용 가능하고 확장 가능하며 또한 지속 가능한가 하는 인간학적이고 인문학적인 문제에 이르기까지, 이러한 자유의 문제는 언제나 문학의 외부를 둘러싸고 문학의 내부를 구성하는 가장 핵심적인 문제였다. 그러나 어떤 자유인가. 코로나19로 인해 자가 격리와 사회적 거리두기라는 비일상적 조치들이 오히려 일상화되어가고 있는 세계에서, 이 자유는 어떤 도전에 직면하고 있고 또 그 개념 자체 안에서는 어떤 새로운 문제들이 드러나고 있는가. 바로 이 자유의 문제가 이 시대에 이방에서 문학하기라는 외부성과 이질성의 풍경 속에서 또 하나의 우회로를 만들어주고 있지 않은가.

이는 단지 지금까지 근대적 개인에 대한 서구적인 자유의 개념이 지녀왔던 다양한 한계들을 말하기 위함이 아니다. 많은 이들이 코로나19 상황을 계기로 유럽적인 개인성과 아시아적인 공동체성의 '문명적 충돌'을 이야기하는 듯하지만, 이는 내가 여기서 자유의 개념을 '이방에서 문학하기'라는 행위를 해명하기 위한 우회로로 삼은 이유가 아니다. 어떤 의미에서 그러한 문제는 어떻게 말해도 좋다. 왜냐하면 그것이 어떤 한쪽의 가치를 더 우월하게 시의적절한 것으로 만들고 다른 한쪽의 가치를 더 열등하게 시대착오적으로 만듦으로써 궁극적으로 행하는 것은 결국 세계 안의 문화적 헤게모니 전쟁이라는 양상을 띨 수밖에 없기 때문이다. 그러한 헤게

모니의 싸움 자체에 아무런 중요성이 없다는 뜻이 아니라, 우리가 주목해야 할 것은 바로 그러한 전쟁 안에서 가장 직접적으로 문제가 되고 있는 저 '자유'의 개념 자체가 이 시대에 오히려 가장 징후적으로 (재)등장하고 있다는 현상 그 자체가 문제라는 것, 그리고 문학의 이방, 이방의 문학은, 그것이 언제나 '문학' 그 자체를 일종의 목표 없는 목표로 삼고 있는 바로 그 지점에서, 어떤 다른 것이 아니라 바로 이러한 자유의 징후성 자체를 주목해야 하며 이에 대해 써야 한다는 뜻이다.

　개인적 영역 안에 갇혀 있는 자유가 전례 없는 지구적 전염병에 직면한 이 시대에 서구적 사고방식이 갖는 한계만을 의미하는 것도 아니고, 반대로 이러한 시대에 그러한 개인성을 상회하는 듯 여겨지는 소위 아시아적 공동체성의 가치가 새로운 대안으로 제시되는 것도 아니다. 더 중요한 문제는 바로 이러한 추상적이고 개념적인 대립의 구도 자체가 바로 저 '자유'라는 개념의 동요와 확고함, 그 불가침의 완전성과 불완전한 취약성 사이에서 성립되고 있다는 사실, 바로 그것이다. 이 지구적 전염병의 시대에 프랑스 또는 유럽 전체에서 우리가 목도하고 있는 것은 과연 말 그대로 생명정치(biopolitique)의 한복판에서 바야흐로 가시화되고 있는 어떤 예외상태(état d'exception)의 정상화(normalisation)인가(얼마 전 조르조 아감벤(Giorgio Agamben)은 바로 이러한 주장을 했다는 이유로 '공분'을 샀다). 아니면 반대쪽으로 눈을 돌려, 대만이나 한국 혹은 아시아 전체에서 우리가 목격하고 있는 것은, 국가와 국민 사이, 공동체와 개인 사이에서 앞으로의 사회가 나아가야 할 새로운 관계의 상인가(어떤 유럽인들은 거꾸로 이를 아시아적 관료주의와 전제적 국가의 특징으로 '오해'하기도 한다). 외부의 문학이 바라볼 수 있고 또 바라봐야 하는 문제 지형은 바로 이 지점, 곧 이러한 선택지 중의 하나가 아니라 바로 이 선택지들 그 자체가 놓여 있는 문제설정의 의식적이고도 무의식적인 구조의 지점, 다시 말해 이러한 정치적이고 문화적인 대립 자체가 서 있는 그 미학적이고도 감성학적인 지점이다. 확고하게 세계의 진리로 자리 잡은 듯 보이는 자유가 (그것이 폭탄이 되었든 전염병이 되었든 간에) 어떤 것에 의해 언제나 끊임없이 위협받고 있다고 상정되는 어떤 ㈜완성태의 자유라는 가치, 그리고 그 자유에 대한 새롭고도 오래된 대안으로 제시되는 것처럼 보이는 어떤 ㈜완전한 공동체라는 가치, 이 사이에서, 이 모든 가치들의 전쟁 속에서, 문학은 단순히 국가들 사이의 차이라는 지점에서 발생하는 이질성의 근원이 아니라, 바로 문학 그 자신의 진정한 타자와 근본적 징후를 발견해야 하는 매순간의 실천이다.

3. 이방의 문학 '사이'에서: 인종, 성차, 언어의 경계들

이러한 근본적 글쓰기의 실천을 위해서는 인종의 문제, 곧 그러한 인종이 전제하고 상정하는 민족적이고 국가적인 정체성의 문제, 또한 성차의 문제, 그리고 이것들과 교집합과 여집합을 이루는 언어의 문제를 비껴갈 수 없다. 이방의 문학이 문학의 이방으로서 문제 되고 또 문제 삼고 있는 지점의 풍경들이 바로 이러한 개념들 위에 걸쳐져 있고 또 포개져 있기 때문이다.

예를 들어 유럽 사회에서 암묵적이고도 편견적으로 횡행하고 있는 '아시아(중국)=바이러스'의 등식에 대해, 그리고 일부의 문제처럼 여겨지기는 해도 바로 이러한 등식에 부당하게 기반하고 있는 인종 테러의 경고들은, 이 대단히 보편적으로 보이는 문제들이 이 시대에 새롭게 갖게 된 또 다른 특수성들을 보여주는 오래된 징후적 현상들이다. 모든 '중국인'(여기에서 '중국인'이란 결국 '아시아인'을 뜻하는데, 아시아 문화에 대한 섬세한 지식이나 구체적 경험이 전무한 어떤 유럽인들에게는 그 둘 사이의 차이란 존재하지 않는 것이기 때문이다)에 대한 린치가 예고되고 그를 통해서 바이러스를 박멸할 수 있다고 생각하는 것은 물론 이론의 여지가 없는 광기일 뿐이다. 따라서 이러한 현상들이 정치적으로 올바르지 못하며 타파되고 근절되어야 할 세계의 악이라고 말하는 것은 쉬운 일이다. 그러나 그러한 말로써만 이러한 현상들이 일거에 사라지는 것은 아니다. 그 무지의 광기가 발현되는 역사적이고 문화적인 깊이(없음)와 차이(없음)에 대한 징후적인 이해와 기술, 거기에 이방과 경계의 문학이 서야 하는 자리가 있지 않을까. 거기에는 말이 넘을 수 없는 어떤 심연이 가로놓여 있고, 역설적이게도 이방의 문학이 문학의 이방으로서, 그리고 바로 그 문학의 언어로써 건너가야 하는 지점이 바로 이 심연의 허공일 것이다.

반대로 최근 한국에서 회자되었던 샘 오취리(Sam Okyere)의 경우, 그가 어떤 의미에서 대단히 온당하고 합당하게 행했던 한국의 어떤 뒤틀리고 역전된 인종주의에 대한 지적과 비판에 대해 왜 대다수의 한국인들은 그것이 그저 일종의 '과민반응'일 뿐이라고 말하는가, 아니, 그를 넘어서 어째서 샘 오취리 개인에 대해 (소위 '한국이 그에게 베풀었다'고 상정되는 어떤 '은혜'에 대해) '배은망덕'을 논하며 온정주의/민족주의의 가면을 쓴 차별적이고도 시혜적인 일국문화주의를 강요하는가. 이 문제를 생각해볼 때, 이러한 심연의 깊이는 단순히 단시간에 소위 합리적인 상식이나 윤리의 힘으로 극복할 수 있는 문제가 전혀 아니다. 인종주의는 도처에 존재하고 있다. 그러나 그 모든 인종들이 자신들의 공통의 적으로 삼아야 할 단 하나의 인종주의 앞에서, 그들은 다른 인종들을 그 자신이 속해 있다고 생각하는 '자기' 인종의 적으로 삼는다. 외부와 이방에 대한 사유가 그렇게 실종된 자리에서, 내부와 중심은 더욱 폐쇄적이고 폭력적으로 스스로를 공고화한다. 공동의 적을 망각한 채 서로를 적으로 삼는 체제, 그 속에서 더욱 근본적으로 돌이킬 수 없이 사라지는 것은, 가장 절실하게 시급한 어떤 연대의 가능성이다. 성차의 문제도 마찬가지의 관점에서 볼 수 있다. 반인종주의 운동이 단지 백인에 대한 흑인의 평등만을 강조하는 것도 아니고 아시아인에 대한 흑인의, 흑인에 대한 아시아인의 또 다른 인종중의를 종용하는 것도 아니며, 결국 공동의 적인 단 하나의 인종주의에 대항하는 연대를 위한 운동인 것처럼, 페미니즘 운동 역시 단지 남성에 대한 여성의 승리를 뜻하는 것이 아니라 결국 여성과 남성이 모두가 피해자일 수밖에 없는 이 체제 자체에 대한 전복의 연대를 위한 운동인 것이다. 이 전 지구적 전염병의 시대가 이후 몰아닥칠 경제적 여파와 함께, 어쩌면 그보다도 더 심각하게 이 세계를 위협하고 있는 것은, 바로 이러한 연대의 가속화되는 실종과 심화되는 불가능성일 것이다.

그러므로 단지 국경을 사이에 두고 구별되는 이방의 개념이란 그저 피상적인 관념일 뿐이며 그 안에서 내부적으로 해결되는 것은 아무것도 없다. 반인종주의 운동과 페미니즘 운동이 국경을 넘어 존재하는 우리 모두 안의 또 다른 확고한 편견과 억압의 경계선에 대항하는 것이듯, 문학이 그 자신의 외부성과 이질성의 감각으로 직시해야 하는 것은 단순히 체제 내적인 정치적 올바름이나 남성에 대한 여성들만의 연대(혹은 그 반대) 혹은 한 사회의 가치가 다른 사회의 가치에 대해 갖는 관념적이고 실천적인 우월성이 전혀 아니라, 바로 그러한 구별의 지점을 가능케 하고 그 구별로 인해 다른 차별을 바라볼 수 없게 만드는 내부를 구성하는 '우리' 체제의 구조 그 자체인 것. 이방의 문학이 문학의 이방으로 실천해야 하는 글쓰기가 바로 이 지점에 놓여 있지 않다면 다른 어디에 놓일 수 있을까. 그러므로 여기에서 우리는 이 모든 문제들이 하나의 전제이자 동시에 결론으로 삼고 있는 문학의 언어라는 문제에 대해서 또한 이야기해야 한다.

이 언어의 문제란 먼저 이방의 문학이 물질적으로 전제할 수밖에 없는 이중 언어 글쓰기라는 문제에서부터 언어 그 자체가 지닌 보다 근본적인 층위에서의 이중성/다중성이라는 문제까지를 포함하는 것이다. 그래서 또한 이러한 문제 지형은 바로 그 언어가 전제하고 있고 또한 바로 그 언어를 통해서만 표현되는 과학적, 종교적, 문화적 믿음 사이의 혼동과 불일치의 문제, 사고의 형식이자 사고 그 자체인 언어의 불완전성이라는 문제를 동시에 포괄한다. 하나의 근대적 민족-국가 언어인 한국어의 독립성은 그 자체로 하나의 완전함으로 상정된 한국어의 고유성에서 오는 것이 아니라 다른 언어들과의 충돌과 그를 통한 변화에서 오는 것이다. 그러므로 그 고유성이란 기실 전혀 고유하지 않은 것으로부터 비로소 출현할 수 있는 역설적인 것인데, 왜냐하면 고유성의 내부는 오직 바로 그 고유성을 구성하는 외부를 통해서만 인식되고 실행될 수 있기 때문이다. 프랑스에서, 그리고 또 다른 '외국'에서, 또한 그 모든 국가들 안/사이의 격리라는 상황 속에서, 한국어로 글을 쓴다는 것이 가장 직접적이고도 징후적으로 드러내는 문학적 의미란 이런 것이다. 그러나 언어의 문제가 이러한 국경과 국가어 사이의 차이와 영향이라는 문제만으로 끝나는 것은 아니다. 그 경계는 어디에나, 다양한 형태로 존재한다. '우리'의 언어가 바로 그 '우리'라는 정체성의 개념을 형성하는 사회 안에서 의식적이고도 무의식적으로 드러내고 있는 모든 사유의 방식들, 그것이 인종이나 계급을 구별하는 방식이나 성차별을 표현하는 방식 역시, 언어 자체가 지닌 이중성과 다중성의 문제에 해당한다. 거기에는 물론 '우리나라'라는 이름(이라는 매우 자기지칭적인 어법)과 '외국'이라는 지칭(이라는 이름 아닌 이름) 사이의 구분이라는 차이 혹은 차별적 이

중성의 문제 또한 포함된다. 고로 문학이란 바로 이러한 차이의 지점들 그 자체를 가장 문제적으로 파고들어가는 이질성의 글쓰기인 것, 이방의 문학 안에서 이야기되어야 하는 그 문학 자체의 '이방성'이 또한 여기에 있다. 다시 한 번, 문학은 이러한 문제들을 초월하거나 해소할 수 있는 해방의 도구가 아니다. 오히려 그러한 해방이 (불)가능하기 위한 문제의 지형과 조건들을 그 사유의 방식인 언어라는 층위에서 가장 징후적으로 파악하고 제시하며 기술하고 사유하며 실천할 수 있는 글쓰기, 문학은 결국 그것에 다름 아니며, 또한 그것이 이방의 문학 혹은 문학의 이방을 이야기할 때 우리가 마주해야 하는 그것의 심연, 곧 저 '이방'과 '문학'이라는 개념의 가장 근본적이고도 급진적인 풍경인 것이다. 그렇기에 심지어 이러한 문학의 이방, 이방의 문학이란, 결국 인간 그 자신의 한계와 '인간주의(humanism)'라는 그 본원적 조건으로서의 정체성 자체를 문제 삼는 것이 되어야 하지 않을까. 코로나19의 시대가 문학적으로 묻고 있는 근본 물음이란, 결국 '인간' 개념 그 자체에 대한 가장 비인간적이고 반인간적인 쇄신, 다시 말해 '인간의 이방' 되기 혹은 '이방의 인간' 되기 그 자체는 아니겠는가. 아마도 이것이 이방의 문학이 문학의 이방으로서 지니는 또 다른 영점이 될 것이다.

4. 문학의 이방이라는 또 다른 영점으로

그렇다면 결국 이방에서 문학을 한다는 행위란 무엇이며 어떤 위치에 있는 것인가. 문학을 한다는 행위, 결국 글쓰기라는 행위 자체가 그 쓰는 자가 어디에 있든 바로 그곳을 언제나 이방으로 생각하지 않으면 안 된다는 것, 가장 익숙한 것에서 언제나 가장 낯선 것을 발견하고, 가장 당연하고 자연스럽게 보이는 것 속에서 어쩌면 가장 부당하고 부자연스러운 것을 포착해 그 근거 없는 근거와 기원 없는 기원을 물고 늘어져야 한다는 것, 그것을 의미하고 있지는 않을까. 바로 그와 같은 의미에서, 반대로 이방에서 문학을 한다는 것은, 고향에서 문학을 한다는 것과 실로 아무런 차이가 없어야 하는 것은 아닐까. 다시 말해, 이방과 고향의 이분법 속에서 마치 당연한 듯 전제되는 모든 표면적 차이를 넘어, 그 근본적 차이 없음과 그 무차별 속의 또 다른 차별과 균열들을 새롭게 발견해내는 작업, 바로 그것이 아니겠는가. 그러므로 다시 한 번, 문학이란, 그것이 문학일 수 있고 또 문학이어야 한다면, 언제나 이방을 사유하고 또한 이방 속에서 사유해야 하는 것이 아닐까. 실제로 이방에 있든 없든, 언제나 바로 그곳을 이방으로 생각하는 가장 근본적인 이질성으로부터 매번 새롭고 낯설게 시작되어야 하는 글쓰기가 아닐까. 그러나 동시에, 근대성이라는 일직선적 진보와 수혜적인 계몽이 전제되었던 모든 무게감을 떠나, 문학은 바로 이 이질성의 외부로서의 이방이라는 시공간 안에서 매번 가장 참을 수 없도록 가벼운 떨림과 흔들림으로 시도되어야 하는 무엇이 아닐까.

그러니까 다시 한 번, 이방에서 문학을 한다는 것은 모든 곳을 아예 모두의 고향으로 여기는 자를 넘어서, 모든 곳을 도리어 모두의 타향이자 외국으로 여기면서 밀고 나아가는 글쓰기는 아니겠는가. 경계선 위에서, 그 경계의 양쪽 어디에도 완전히 속하지 않고, 또 속할 수도 없으며 속해서도 안 되는 상태로, 바로 그 경계의 설정 자체를 문제 삼으며 그렇게 밀고 나아가는 글쓰기는, 그러한 문학은, 따라서 여전히 위험한 것일 수밖에 없다. 그러나 문학이, 글쓰기가, 바로 그러한 위험의 감행이 아니라면, 오직 바로 그러한 위험성 위에서만 불안하게 안정될 수밖에 없고 안정되게 동요할 수밖에 없는 끝없는 (불)균형 잡기의 운동이 아니라면, 그렇게 실패가 예정되어 있으나 어쩌면 계속해서 바로 그 실패 자체를 도정하기 위한 위태로움의 감행이 아니라면, 그러나 결국에는 바로 그러한 아찔한 기우뚱함에서만 얻을 수밖에 없는 어떤 순간의 영원히 떨리는 상태들만이 하나의 진리라고 생각하는 찰나의 절대를 위한 감행이 아니라면, 도대체 그 무엇이 될 수 있을까. 그러므로 문학의 이방, 이방의 문학이란, 어쩌면 바이러스 이전부터 이미, 바이러스와 함께 살기를 사유하고 실천하는 글쓰기의 형식이었는지도 모른다. 따라서 이방의 문학은 결국 문학의 이방이며, 오직 이러한 문학의 외부만이 거꾸로 문학의 내부를 가능케 하는 것. 이방에서 문학하기가 지닌 이러한 불가능성이야말로 곧 문학 그 자체의 가능성이다. 그리고 또한 바로 이것이, 이방에서 문학하기가 결국 문학의 이방을 계속해서 발견하고 발명함으로써 그 '자신'의 문학이 지닌 동일성을 가장 타자적으로 형성하는 글쓰기가 되는 이유이다. 그러므로 다시 한 번, 우리는 바로 이 시대에, 무엇보다 이 '이방'이라는 이름의 영점, 그 영점의 글쓰기로부터 또 하나의 '문학'을 시작해야 할 것이다.

이웃, 적대와 우정 사이의
모호한 타자

최진석

2015년 계간 〈문학동네〉로 등단했고,
수유너머104연구원으로 활동 중이다.
문학과 사회, 문화와 정치의 역설적 관계에 관심을 두며 연구와 강의
를 이어가고 있다.
『불가능성의 인문학: 휴머니즘 이후의 문화와 정치』, 『감응의 정치학:
코뮨주의와 혁명』, 『민중과 그로테스크의 문화정치학: 미하일 바흐친
과 생성의 사유』 등을 썼고, 『다시, 마르크스를 읽는다』, 『누가 들뢰즈
와 가타리를 두려워하는가』, 『해체와 파괴』 등을 옮겼다.
vizario@gmail.com

이웃, 적대와 우정 사이의 모호한 타자

1. 거리, 분리와 연결

두 점 사이의 거리는 얼마나 멀고 또 얼마나 가까운가? 대뜸 이런 질문을 받는다면, 실제 간격이 어느 정도나 되는지 되묻는 게 상식적이다. 아마도 직선거리의 실측 여부에 따라 답변도 제각각일 게다. 간단한 일이다. 하지만 별로 특별해 보이지 않는 이 문답을 위상수학의 관점에서 본다면 그 양상이 사뭇 달라진다. 만약 두 점이 동일한 폐곡선 안에 있다면, 양자 사이의 거리가 얼마나 벌어져 있든 결국은 연결될 수 있으며, '가깝다' 말해도 좋을 듯하다. 반면 두 점 사이를 분할하고 단절시키는 분리선이 있다면, 다시 말해 한 점은 폐곡선의 안쪽에 있고 다른 점은 바깥쪽에 있다면 두 점을 서로 만나게 하는 일은 불가능해 진다. 양자의 직선거리가 아무리 가까워 보여도 둘을 나누는 분리선을 거치지 않고서 연결시킬 수 없는 탓이다. 요컨대, 아무리 멀리 떨어져 있어도 인접한 관계가 있고 근접한 듯 보여도 절대 마주칠 수 없는 관계가 있다. 자, 이제 우리의 질문을 던져보자. 이 두 가지 중 이웃이란 어떤 관계를 말하는 걸까?

이웃에 대한 사랑은 인권과 다문화주의, 소수자에 대한 존중을 미래 사회의 토대로 삼고자 하는 우리 시대의 명제다. 이는 신자유주의적 경쟁이 일상화되고 각자도생이 생존의 철칙처럼 군림하는 현실, 즉 타인에 대한 혐오와 멸시, 공격적 언어와 행위가 난무하는 시대상황에 대한 윤리적 대응이라 할 만하다. 역설적이게도, 이러한 대응의 필요성과 긴급성이 부각되면 될수록 우리의 시선은 현실 자체의 참담함과 암담함에 더 오래 머무르는 듯싶다. 지금도 여전히 문제화되고 있는 최근 십여 년간의 사회상을 그저 복기하기만 해도 이 점은 분명히 드러난다. 가령 여성과 장애인, 성적 소수자에 대한 이해와 포용이 강조되는 이면으로 차별과 폭력은 그치지 않았고, 기후위기나 감염성 질병과 같은 아포칼립스적 위기의 고조와 무관하게 타인의 희생을 아랑곳 않는 태도도 강화되는 실정이다. 이웃을 사랑하라는 윤리적 정언명령은 나 자신과 타인 사이에 아무런 분리선이 없노라 외치지만, 실제 현실은 성별과 빈부, 장애와 성적 지향, 세대 등과 같은 온갖 차이의 절대성으로 위계화된 채 적대의 그물로 에워싸여 있다. 감히 말하노니 이웃은 없다! 있는 것은 오직 '나' 자신뿐이며 '우리'는 다만 동류 사이의 자기애를 지칭하는 명칭일 따름이다.

억압 없는 삶에 대한 꿈을 문학이라 부른다면,[1] 이웃에 대한 사유는 필연적이다. 단독자로서 살아가는 게 아닌 바에야 타자와 맺는 삶의 지평을 염두에 두지 않을 수 없고, 억압 없는 삶은 이웃이라는 타자와 함께 만들어가는 상호관계를 전제하는 까닭이다. 그렇다면, 이런 관계는 적대의 강고한 분리선, 즉 나와 너, 우리와 그들을 무리짓고 구별하는 폭력과 어떻게 다르고 같을까? 이웃에 대한 사유가 타자를 향한 사랑이라는 숭고하고 존엄한

<hr />

1   김현, 『문학이란 무엇인가/문학사회학』, 문학과지성사, 1991, p.50.

동시에 추상적이고 신학적이기까지 한 명제로 완결될 수 없는 이유가 여기에 있다. 모두에 대한 모두의 사랑은 그것이 아름다운 영혼의 소망에 머무는 한 공허하고 무의미하며, 심지어 억압적이기까지 하다. 진정 이웃과 함께 살기 위해서는 사랑의 달콤한 꿈과 더불어 적대의 냉연한 현실을 마주하고 직시할 수 있어야 한다. 그런 연후에야 이웃은 나 자신의 또 다른 얼굴이나 적의에 찬 원수의 이름이 아니라 낯선 우정의 대상으로서 우리 앞에 마주설지 모른다. 이제 우리의 이야기는 타자로서의 이웃, 나와 무관하며 때로 적대적일지도 모르는 그와 만나는 방식에 대한 것이다.

2. 무지, 기원과 결과

이웃이란 누구를 말하는가? 사전적 정의를 끌어온다면, 이웃은 나란히 또는 가까이 곁에 있어 경계를 마주하는 자다. 인접해 있는 존재, 멀리 있지 않은 상태로 나와 교통하는 어떤 현존. 하지만 이웃과 나 사이에는 모종의 '경계'가 있다. 앞서 두 점 사이의 관계에서 언급했던 것처럼, 관건은 이 경계선이 어떤 것인가에 달려 있다. 한 점을 포함하지만 다른 한 점은 영원히 밀어내는 분리의 척도인가, 아니면 두 점을 모두 싸안음으로써 아무리 멀리 떨어져 있더라도 궁극적으로 만남을 허락하는 연결의 계기인가? 이렇게 생각한다면 이웃이란 단지 멀고 가까움의 문제는 아닐 듯싶다. '곁에 있다'는 말은 실제로 옆집에 산다든지 이웃고장, 이웃나라에 산다는 뜻이라기보다 서로를 나누는 분리선이 존재하는가 또는 부재하는가를 가리키는 것이다. 이 같은 의미에서 경계 위에 서 있는 이웃은 불투명하고 모호한 정체성을 갖는다. 그가 누구인지 밝혀지기 전까지, 이웃은 아직 적도 친구도 아니다.

　그럼 이웃에 대한 적대는 어디서 기원하는 걸까? 엇갈린 평행선처럼 스쳐가던 타인이 내게 적이 되는 순간은 대체 언제부터인가? 적대란 DNA에 새겨진 인간 종의 불변적 자질이거나 고대로부터 현대에 이르는 사회구조에 영구히 새겨진 문명의 역설인가? 심원한 인류학적 고찰이나 철학적 인간학을 요구할 법한 이 물음들은 때로 어처구니없을 정도로 단순한 계기 속에 답변을 간직하곤 한다. 유전자 코드나 문명의 질곡 혹은 신화나 성서 속의 전설과 달리, 적대의 현실은 너무나도 사소하게 시작되어 환원 불가능한 현존의 형태로서 엄존하는 무엇이다. 적은 추상의 관념이 아니라 나와 마주한 구체적인 타자이며, 방금까지 곁의 이웃으로 실존하다가 어느 순간부터 타자가 되고 적으로 돌변해 버린 낯선 존재를 가리킨다. 내가 안다고 생각했거나 또는 알 수 있으리라 확신했건만 끝내 자신을 알리지 않은 채 어둠 속에 자신을 묻어버리는 자가 이웃, 아니 적이다. "당신이 한 번도 이야기를 들어보지 못한 자, 그가 바로 적이다."[2] 한 마디로 말해, 무지는 적을 낳는다.

　인터넷 중고사이트를 기웃거리던 소설가 이기호는 어느 판매자가 자신의 소설책을 헐값에 내놓았다는 사실을 알고는 불쾌감에 젖는다. 심지어 다른 책 다섯 권을 사면 '덤으로' 끼워 줄 정도로 싸구려 취급을 하며, "꼴에 저자 사인본"이라는 설명까지 달았다는 데 격한 모욕감을 느낀 나머지 잠도 이루지 못할 지경이다.[3] 판매자는 혹시 내가 아는 다른 작가가 아닐

2　웬디 브라운, 『관용』, 이승철 옮김, 갈무리, 2010, p.17에서 재인용.

3　이기호, 「최미진은 어디로」, 『누구에게나 친절한 교회 오빠 강민호』, 문학동네, 2018, 10쪽. 본문 중에 인용할 때는 괄호 속에 쪽수만 표시한다.

까? 나를 모욕주기 위해 일부러 책을 팔고 그런 치욕적인 표현까지 쓴 게 아닐까? 아무리 고민해도 판매자가 누구인지, 왜 그런 글을 올렸는지 알 수 없던 이기호는 결국 판매자 '제임스 셔터내려'를 직접 만나보기 위해 KTX를 타고 광주에서 일산으로 향한다. 그런데 약속장소에서 만난 당사자는 전혀 생면부지의 낯선 사내다. 책을 구매하는 척, 겉표지 다음 장을 살펴보던 이기호는 마침내 자기의 서명과 함께 책의 주인이 누구인지 알게 된다. "최미진님께. 좋은 인연. 2014년 7월 28일 합정에서 이기호"(22).

문제는 최미진이란 사람도 전혀 기억에 없거니와 눈앞에 선 판매자 '제임스 셔터내려' 역시 난생 처음 본 사람이라는 데 있다. 이 사람은 누구인데 그토록 모욕적인 말로 내게 수치심을 주었는가? 책날개의 작가 사진과 구매자가 동일인임을 알아챈 판매자는 당황하여 도망치지만 이내 돌아와 죄송하다는 사과의 말만 연발한다. 그러나 이기호에게 중요한 것은 왜 자신의 책만 무료증정의 대상인지, '꼴에 사인본' 운운할 정도로 정말 한심했던지 여부다. 따지고 보면 모욕감의 원인은 그의 적의어린 평가 때문이 아니었던가? "아니, 나는 단지 그냥 궁금해서…"(27) 하지만 판매자의 묵묵부답 앞에 끝내 궁금증을 해소하지 못하고 귀가 길에 나선 이기호. 독자들 역시 궁금하다. 판매자는 누구이고 최미진과는 어떤 관계인가? 왜 그는 이기호에게 그토록 적대적이어야 했던가?

광주에 도착한 직후 '제임스 셔터내려'에게 걸려온 전화는 사건의 전말을 이야기해 준다. 그는 최미진의 전 애인이었지만 현재는 헤어진 상태다. 어디에 있는지 어떻게 지내는지도 전혀 알지 못한다. 이기호의 소설책도 최미진의 소유품으로 그녀가 떠날 때 판매자에게 남겨두고 간 물건일 따름이다. 곧 이사를 가야하는 상황에서 판매자는 전 애인의 책들을 떨이로 중고사이트에 내놓은 것이고, 아마도 그녀 이름이 적힌 사인본을 접하자 복합적인 감정의 굴곡이 일어나 그처럼 모욕적인 표현을 적었을 것이다. 당연히 이기호 본인이 책을 사리라 예상하지 못했기에 벌어진 일이지만, 그로서도 할 말이 없지는 않다. 본의 아니게 타인에게 모욕을 주었으나, 동시에 스스로도 수치심을 느끼게 되었으니까.

> 아저씨… 아저씨는 우리 미진이도 잘 모르잖아요… 모르면서 그냥 좋은 인연이라고 쓴 거잖아요… 그건 그냥 쓴 게 맞잖아요… 씨발, 아무것도 모르면서… 내가 책을 왜 파는지… 내가 당신이 쓴 글씨를 얼마나 오랫동안 바라봤는지… […] 그런데 씨발, 내가 뭘 그렇게 잘못했다고…(30-31)

비록 스스로 모욕을 당했다고 느꼈기에 한 행동이지만 이기호가 품었던 '앎에 대한 의지'는 결과적으로는 타인을 모욕하게 되었고 수치심에 빠뜨리기까지 했다. '제임스 셔터내려'의 불만처럼 이기호는 그가 누구인지, 최미진과는 무슨 관계인지, 어떤 감정의 굴곡 속에 그들이 파경을 맞았는지 전혀 알지 못한다. 이러한 무지야말로 자신을 향한 적대에는 민감한 반응을 끌어냈으나 자신이 발산했던 적대에는 무감각할 수밖에 없던 이유 아닐까? 그가 판매자의 정체나 적대의 이유 등을 캐기 위해 궁리했던 시간들은 오히려 그 자신이 누구인지를 드러내는 순간들에 다름 아니었다. 아이 셋과 부부가 웅크려 자는 집의 담보 대출금을 갚을 때가 왔고, 보험사에서는 작가가 '일용 잡급'이므로 '일당 만팔천원'에 불과하다는 평가를 받았다. 또 모욕과 수치에 골몰함으로써 소설가라는 직업의식도 전혀 발휘하지 못했던 것. 그를 사로잡았던 앎에 대한 의지는 적대의 원인일 뿐이었고, '제임스 셔터내려'는 다만 이 과정을 보여주기 위해 끌려나온 맥거핀에 불과하다. 자신을 향한 적대에 몸둘 바를 몰랐지만 정작 분개하고 씁쓸하며 모욕감과 수치심에 몸부림치며 은밀히 적의를 불태웠던 것은 이기호 자신이었다. 이토록 섬뜩한 적대의 연쇄는 타인에 관해 알지 못하는 자신으로부터 연유했음이 틀림없다. "나는 나의 적의가 무서웠다"(31).

타자를 향한 모든 적대는 다 자신의 소산이니 무조건 반성하라는 게 이작품의 주제는 아니다. 오히려 이웃과 적대의 문제가 결코 명료하게 가려질 수 있는 사안이 아니라는 점, 멀리 있든 가까이 있든 이웃과 타자는 한몸이며, 그가 내게 적대적인 관계로 돌입하는 계기는 "나와 아주 가까운 거리에 있"다는 점을 받아들이는 게 중요하다(33). 이 거리는 멀지도 가깝지도 않은, 그러나 분리와 연결의 모호한 경계선이 지날 만큼의 좁은 틈새일 것이다. 누군가 나의 이웃이 되거나 타자가 되는 것, 심지어 적이 되는 것은 이 좁은 틈새에서 아주 우연히 발생할 수 있는 불가지의 사건과도 같은 것이다. 이러한 삶의 역설은 이웃-타자의 적대가 우리에게 본성적으로 기입된 특징이라기보다 언제든지 돌발될 수 있는 경계적 사건의 가능성 위에 열려 있음을 시사한다. 나와 타자를 분리시키는 적대의 분리선은 나와 이웃을 연결시켜주는 평면과 동일한 지평 위에 있다.

3. 경계, 계급과 계약

따라서 적의 기원은 이웃이라 말해야 옳다. 적에 대한 무지는 이웃에 대한 무지에서 흘러나오고, 나와 이웃의 화해 불가능한 교착상태는 기실 자연상태에 가까운 것으로 밝혀진다. 만인에 대한 만인의 투쟁, 또는 Homo Homini Lupus. 신화적으로 읽히기 쉬운 이 곤혹을 우리 시대의 지형 위에 덧입혀 생각해 볼 필요가 있다. 이웃과 타자, 적의 구별이라는 문제는 고

심어린 사변적 성찰이나 희귀하고 괴짜스런 통찰 속에서만 드러나는 진리
가 아니다. 차라리 그것은 신자유주의와 포스트민주주의라는 우리 시대의
즉물적인 현실이 보여주는 맨얼굴에 가깝다.[4] 바꿔 말해, 일종의 현사실성
(Faktizität)으로서 적과 이웃의 교차는 그에 마주한 '나'가 서있는 자리, 우리
의 현재를 철저히 캐묻기 위해 필요한 소급절차라 할 수 있다.

충치치료를 위해 치과를 방문한 라영주는 코디네이터가 어릴 적에 아
파트 위층에 살던 백성희임을 알게 된다. 유년기부터 초등학생 때까지를
함께 보낸 그들은 '같은 평수, 같은 구조의 아파트'에서 층만 달리 한 채 어
울려 지냈고, 친자매처럼 허물없이 굴던 사이였다.[5] 무엇보다도, 화자인 영
주는 자신보다 어린 성희에게 작은 마음의 빚을 느끼고 있었는데, 또래보
다 작고 둔하던 자신을 성희가 늘 놀이에 끼워주고 배려해 주었기 때문이
다. 이렇던 관계에 모종의 변화가 생긴 것은 영주가 성장하며 어른의 세계
를 엿본 이후다. 그녀가 4학년 1학기 반장 선거에서 당선되었을 때, 담임은
영주가 "같은 동네 아이들끼리 너무 친한 티를 내면서 '위화감'을 조성"한
다며 힐난했던 것이다(92). 위화감은 '차별'과 비슷한 말로서 그네들이 다른
동네 친구들을 따돌리고 있으니 이는 영주의 잘못이란 뜻이다. 물론 영주
는 이를 곧이곧대로 받아들일 정도로 순진하지는 않았다. 오히려 위화감을
느끼고 차별대우를 당하는 대상은 자기 동네 아이들로서, '자가' 소유자가
아닌 '영구임대주택'에 사는 친구들이었던 것이다. 학교에서 흔히 '가정환

---

4   논의가 너무 비약하는 걸 주의해야 하겠으나, 이른바 '신자유주의적 경쟁만능주의'나 '민
     주화 이후의 민주주의' 시대의 특징이 적과 자기의 차이를 통한 정체성 정립 및 적대화
     에 있음은 잘 알려진 사실이다. 오찬호, 『우리는 차별에 찬성합니다』, 개마고원, 2013,
     pp.89-98; 콜린 크라우치, 『포스트민주주의』, 이한 옮김, 미지북스, 2008, p.195.
5   김유담, 「우리가 이웃하던 시간이 지나고」, 『탬버린』, 창비, 2020, p.90. 이하 본문에서 쪽
     수만 표시하겠다.

경' 파악을 빌미로 행해지던 소유재산 조사는 아이들이 계급적 차이에 눈 뜨게 만들었고, 이로써 친근했던 '이웃'은 낯설고 불편한 '타자'로 변별되기 시작한다.

흥미로운 점은 영주가 처한 모호한 입장이다. 그녀의 내적 분열과 갈 등은 이 경계선적 위치로 인해 생겨나는데, 자가와 영구임대주택 사이의 '임대아파트'가 그녀의 정체성이 되었던 까닭이다. 후자에 속한다는 데 대 한 수치심과 전자를 향한 욕망은 "방과 후 피아노학원과 영어학원을 다니 고, 피자집에서 생일 파티를 하는 아이들"과 영주가 "자연스럽게 어울릴 수 없"게 만들었고, 이로 인한 자괴감에 늘 시달리게 된 것(94-95). 아래윗집 이 웃사촌처럼 어울려 지내던 성희와의 관계는 이런 비틀어진 마음으로 인해 멀어지게 되었고, 성희에게 상처를 주었다는 자책과 동시에 스스로도 상처 받았다는 복합적인 심사가 뒤얽힌 채 어린 시절은 종막을 고한다. 이런 유 년기의 기억을 잊고 살던 영주가 치과에서 성희를 다시 만났던 것이다. 서 사는 둘 사이에서 옛 우정이 회복되는 과정을 보여주지 않는다. 얼핏 두 사 람은 예전의 관계를 되찾아 친근한 이웃과 다정한 친구로 되돌아가는 듯싶 지만, 치과광고를 위해 블로그에 홍보글을 올려달라는 성희의 부탁은 영주 의 기분을 상하게 했고 관계는 다시금 틀어지고 만다. 얼핏 영주의 자존감 과 모욕감 때문에 이 두 번째 분리는 벌어진 듯하지만, 실제로는 성희를 만 남으로써 자신의 삶이 아무것도 나아지지 않았음을, 즉 영구임대주택을 멀 리하고 임대아파트를 벗어나려던 그녀의 몸부림이 별반 소용이 없었음을 깨달았기 때문에 생겨난 것이었다.

일견 성희는 성공한 듯 보인다. 분양권을 고수하지 못한 채 떠나야 했 던 영주네와 달리 성희네는 결국 아파트를 소유하게 되었고, 지금은 나름 유망한 치과 코디네이터가 되었다는 자부심마저 갖고 산다. 하지만 그녀의 삶에 가까이 다가갈수록 영주는 성희조차 그다지 나아지지 않았음을 알아차리고 만다. 놀랍게도 성희는 영주 자신의 현재 처지와 크게 다르지 않은 삶을 살고 있다. 영주가 그토록 빠져나가고 싶어 하던 인생의 빈궁한 자리에 성희 또한 아직 머물러 있으며, 이런 그녀가 다시 자기 곁의 이웃으로 돌아왔다는 사실은 어찌 보면 진전 없는 자기의 삶을 괴롭게 비추는 거울을 마주한 것이나 다름없었을 터.

> 직사각형 모양의 방에 들어섰을 때 내 방에 온 듯한 기시감을 느꼈다. 내 자취방과 모양이나 가구 배치가 너무 흡사했다. 작은 창을 면한 자리에 놓인 책상이나 방 안쪽 가장 구석진 자리에 놓인 침대의 위치까지.
> "원룸이 다 똑같지 뭐."
> 성희는 대수롭지 않게 말했지만, 어린 시절 우리가 썼던 방의 모습과 비슷해서 친숙하면서도 비루한 느낌이 동시에 들었다. 가리봉동과 이문동, 서울의 반대편에 위치한 각자의 방은 우리가 떠나온 K동 주공아파트의 문간방보다 조금도 나아지지 않았다는 생각에 서글퍼졌다(105-106).

'조금도 나아지지 않'은 삶에 대한 공포와 적의는 이웃을 낯선 타자로 바라보게 만들고, 타자를 위협적인 적으로 인식하며, 다시 그 적을 자신에게서 발견하는 과정 속에 구체화된다. "무기력하고 공허한 표정의 지금 얼굴이야말로 어쩌면 성희의 진짜 모습일지도 모른다"는 생각은 아마 성희에게서 영주 자신을 보는 느낌과 겹쳐졌기에 더욱 끔찍했을 것이다. 그것은 도망쳐야 할 불운한 과거이자 여전히 거기 사로잡힌 현재의 모습인 바, 언젠가 도달하고 싶은 '동경의 대상'으로서 전혜린의 모습과는 정 반대편에 놓인 섬뜩한 이미지였을 것이다(100). 그렇게 꺼림칙할 정도로 가까이 다가온 예전의 이웃은 부지불식간에 잔뜩 경계심 어린 타자로, 노골적인 적으로 뒤바뀐 채 적대의 분리선 바깥으로 밀려나 버린다. "그만 엮이고 싶어"(110). 이제 둘 사이에는 넘어설 수 없는 단단한 분리의 경계선이 놓이고 말았다.

계급적 차이와 그 자의식이 초래한 적대적 분리의 양상은 필경 정치적인 것이라 말해도 좋으리라.[6] 현실 정치의 소재나 용어, 개념 따위는 언급되지 않지만, 이 작품에는 스스로 소외됨으로써 이웃과의 우정을 적대로 변질시키고, 나아가 그 같은 적대로 인해 자신의 정체성마저 획득하는 과정이 묘파되어 있는 까닭이다. 예의 '자신에 대한 앎'이 그것인 바, 우리가 '나' 자신이 되는 계기는 타인과의 관계를 끊고, 이웃에 무감각하며, 무의식적으로나마 이 같은 자기거세를 자신의 정체성으로 받아들이는 과정을 통해서이다.[7]

왜 신경제거라고 하지 않고 신경치료라고 하는 걸까. 신경이 제거되면 아무런 아픔도 느껴지지 않는 것이 당연했다. 이 도시에 온 이후 나는 점점 아무것도 감각할 수 없는 무신경한 사람에 가까워지고 있었다. 이유를 골똘히

---

6   제도나 규범, 법 등의 성문화된 정치적 질서와 달리 정치적인 것(the political)은 삶의 비공식적인 부면들을 아우르는 감각의 분할, 세계상의 차이 등을 빚어낸다. 한 사람의 사적 개인으로서 영주의 삶은 거대 정치적 차원과 맞닿는 부분이 없지만, 어린 시절부터 그녀가 부딪힌 계급적 차이의 감응은 이후 그녀 자신의 삶과 이웃의 관계, 타자와 적에 대한 태도 등을 형성했기 때문이다. 최진석, 『감응의 정치학』, 그린비, 2019, pp.47-49.

7   자기에 대한 진정한 앎은 의식적 수준에서의 가시적 표상이 아니라 무의식적인 앎, 자신도 모른 채 스스로의 사유와 행동을 틀짓는 불가해한 지식이다. 라캉이 진리는 기만을 통해 성립한다고 말한 것은 정확히 지식의 무의식적 차원을 가리키는 것이다. Jacques Lacan, *The Four Fundamental Concepts of Psycho-Analysis*, W.W. Norton & Company, 1978, p.138.

생각해보고 싶었지만 쏟아지는 졸음을 이길 수 없었다. 팔짱을 낀 채 스르르 눈을 감았다(113-114).

뚜렷하게 가시화되지는 않지만 현실을 분할하는 가장 근본적인 분리선으로서의 계급은 우리 시대에 가장 근본적인 적대의 전선이며, 이웃과 적을 구분하는 절대적 척도로 기능한다. 하지만 이 같은 계급의 분리선이 만들어내는 파장은 정치경제학의 심급을 넘어서고 벗어나 있다. 계급이 절단해 놓은 경계의 정치학은 곧 이웃의 윤리학을 노정하고, 우리의 사유와 행동을 특정한 방식으로 재단해 놓는다. 바꿔 말해 계급이라는 기준은 일상생활 속에서 윤리의 외피를 쓴 채 이웃을 판단하고, 이로써 이웃은 적과 친구의 범주 속으로 도덕적인 분할을 겪게 된다.[8] 실로 우리가 이웃으로부터 적을 발견하는 순간은 그가 통념의 도덕을 벗어날 때, 파렴치하고 비도덕적인 괴물로 둔갑할 때가 아닌가? 적은 내가 속한 공동체의 윤리적 분리선이 위반되었을 때 모습을 드러낸다. 즉 사회 내에서 암묵적으로 부여된 상호적 계약이 침해될 때, 적이 가시화되는 것이다.

4. 타자, 신과 광인

사회계약에 기초한 근대 사회는 자유로운 개인의 정체성을 전제한다.

---

8   추문(scandal)은 이웃에게서 벌어지는 가장 강력한 사회적 규탄의 대상인 바, 윤리적 결함이나 무도덕이 그 원인처럼 여겨지지만 실상 계급의 질서가 탈구되고 해체될 때 이를 저지하기 위해 발생하는 사회적 안전장치라 할 만하다. 19세기 유럽의 부르주아 소설이 이를 잘 보여주는데, 추문 속에서 이웃은 공동체의 적으로 규정되며, 지탄과 배제의 과정을 통해 해당 사회에서 소거되고 만다.

달리 말해, 공동체가 성립하기 위해서는 자기의 의지대로 계약관계에 참여할 수 있는 개인이 먼저 있어야 한다. 이 같은 개인들 사이의 관계는 재산과 권리의 평등하고 자유로운 교환원칙에서 보장되는 바, 주는 것과 받는 것이 등가의 가치를 지녀야 한다는 게 중요하다. 화폐나 재물과 같은 실물 재화의 교환은 시장과 정치경제학이 담당하고, 감정과 정념, 이데올로기의 교환은 문화와 문학 등의 감각적 형식이 떠맡는다. 사회 속의 모든 것은 단일한 척도로 측정되고, 등가의 원리에 따라 교환되고 순환되어야 한다.

만일 누군가가 이 같은 교환의 원칙을 깨뜨린다면 어떤 일이 생길까? 이는 다만 개인과 개인 사이의 분쟁을 넘어서 공동체의 존립에도 심각한 영향을 끼치는 사건이 될 것이다. 재물에 관련된 일이라면 차라리 쉽게 해결된다. 경찰이 그를 체포하고, 법원에 넘겨 사법적 처벌을 가함으로써 사회로부터 격리시키면 끝나기 때문이다. 문제는 법의 영역 바깥에서 그런 사태가 벌어졌을 때, 즉 윤리적 분리선이 횡단되고 구멍이 났을 때 나타난다. 타인에 대한 도덕적 죄책은 합당한 보상을 통해 갚아져야 하고, 고마움의 감정 또한 표현되는 만큼 받아들여져야 한다. 마땅히 해야 할 고마움을 표현하지 않는 것만큼이나 감사의 표시에 이유 없이 응하지 않는 것도 등가교환의 원칙을 위배하는 것이다. 마음속 죄의 대가를 치르도록 허락하지 않는 것이기 때문이다. 이 모두는 원한과 적대의 목록에 기입되어 함께 어울릴 수 없는 분리선의 바깥으로 서로를 밀어낸다. 이웃에 대한 관계도 예외이지 않다. 감정의 동등교환이 어긋날 경우, 사법적 관할권에는 속하지 않으나 공동체의 윤리적 분열을 일으킴으로써 적대의 질곡 속에 너와 나를 몰아넣는 것이다.

건너편 빌라 2층에는 어떤 사내가 산다. 이름도 사연도 알 수 없는 그와 화자는 기묘한 인연을 맺게 되는데, 통상적 의미에서의 좋고 나쁨이나 유쾌함과 불쾌함, 환대와 적대의 이분법으로는 정리되지 않는 모호한 관계가 그것이다. 그와의 첫 번째 만남은 화자가 공원에 아이를 데리고 나갔을 때 일어났다. 또래 친구가 없는 아이를 걱정스레 바라보던 화자는 이상한 모습으로 그네를 타고 있는 사내를 발견한다. 포악스러울 정도로 거칠게 그네를 타는 사내는 곁에 화자의 아이가 지켜보고 있음을 아는지 모르는지, 귓가에는 리시버를 꽂고 이상한 소리를 내면서 그네타기에 몰두할 뿐이다. 아이는 위협적인 그의 모습에 몸을 움츠리지만 이내 '두려움과 매혹이 가득한 눈으로' 그의 모습을 좇는다.[9] 타인의 존재를 아랑곳 않는 사내는 대단히 불쾌하고 기이한 느낌을 안겨준다. 악의적으로 묘사하는 문장은 없지만, 그에 대한 묘사를 읽는 누구라도 사내가 '비정상적'이라는 직감을 갖지 않을 수 없다. 타자의 시선과 실존을 무시한 채 마치 자기 외에는 아무도 존재하지 않는다는 듯이 행동하는 것은 교환을 약정한 사회의 에티켓이 아니다. 더구나 옆의 아이에 대한 일말의 친절이나 배려도 없이 위험천만하게 그네타기에 몰입해 있는 그는 어른인지 아이인지조차 식별 불가능한 낯선 타자이다(145). 이런 그의 불가해한 이미지는 화자와의 두 번째 만남으로 더욱 강화된다.

평소 밤늦게 담배 한두 대를 피우는 걸로 스트레스를 해소하는 화자는 그날도 무심히 흡연을 하려던 참이었다. 늘 서서 피우던 그가 그날따라 건너편 화단가의 시멘트 단에 걸터앉아 담배를 피운 것은 이기심의 발로는 아니었다. 아이를 안다가 허리를 다친 이후 어쩔 수 없이 생긴 버릇이었던 것이다. 하지만 갑자기 머리 위로 식초가 쏟아지고, 깜짝 놀란 화자가 올려

<hr />

9   윤이형, 「이웃의 선한 사람」, 『작은 마음 동호회』, 창비, 2019, 145쪽. 이후 본문에서 쪽수만 쓴다.

다 본 빌라의 2층은 후일 그 이상한 사내의 집으로 밝혀지게 된다. 식초 대신 염산이나 황산이 아니라는 점을 다행스럽게 여기면서도, 화자의 불쾌감과 두려움은 가시지 않는다. "방의 주인이 누구든 그가 내게 한 행위에는 인간 대 인간의 의사소통을 구성하는 어떤 필수요소가 완전히 결여되어 있었고, 그것이 내 몸을 떨리게 한 음침함의 원인이었다. 그는 내게 말을 할 필요가 없다고 생각한 것이다. 말이라는 수단의 가능성을 처음부터 고려해 보지 않은 게 분명했다. 그에게 나는 인간이 아니라 다만 대상이었다"(152-153). 자기 잘못을 십분 인정하면서도, 식초를 뿌린 사람이 분명 사회적 관계로부터 단절된 자, 사회생활에 문제가 있는 누군가일 것이란 상상은 멈추지 않는다. 만일 그가 '정상적'인 사회인의 하나였다면 이렇게나 '악의적'인 행동은 할 수 없었을 것이란 짐작에서다.

반전은 세 번째 만남에서 벌어진다. 동네 슈퍼마켓에서 장을 보던 어느 토요일, 화자와 아내는 잠시 아이의 존재를 잊고 말았다. 잠깐 사이에 아이는 슈퍼마켓 밖으로 나갔고, 몇 미터 앞에서 오던 트럭을 보지도 않은 채 도로를 향해 달린 것이다. 끔찍한 교통사고가 벌어지려던 찰라, 아이를 구한 것은 바로 그 사내였다. "거대한 오랑우탄이 달려와 새끼를 낚아채고는 곧바로 나무 위로 점프해 올라가는 것 같은 움직임"으로 그는 아이를 구했고, 화자가 경황이 없던 사이에 사라져버린다(147). 감사의 인사를 전해야 한다는 마음에 그를 좇던 화자는 사내의 집이 식초를 부었던 집이란 데 한번 더 놀라는데, 작품의 서사를 전진시키는 그의 내적 갈등은 모두 이 사건으로부터 비롯된 것이다. 어떻게든 보답해야 한다! 흡사 강박과도 같이 화자는 사내를 찾아간다. 하지만 아무리 찾아가도 사내는 문을 열어주지 않고, 백만 원을 봉투에 넣어 현관 아래로 밀어 넣어도 되돌려 보내 버린다. 평범한 선물상자를 보내도 전부 반송해 버릴 정도니, 아무리 사양지심의 발휘라고 해도 선뜻 납득하기 어려운 일이다. 핵심은 사내가 자기 행위에 대한 어떤 자의식도 갖지 않으며, 마치 "자신이 한 선행을 이해하지 못하는 것처럼" 군다는 데 있다(137). 사양의 반복, 아니 감사든 뭐든 받을 게 전혀 없다는 사내의 태도는 화자로 하여금 도리어 "내가 몹시 뒤틀리고 은혜를 모르는 인간처럼 느"끼게 만들었고, '초라함'과 '부채감'의 무게를 더함으로써 악몽에 시달리게 만들 정도가 되었다. "은인이던 그는 아는 사람이 되었고, 다시 아무런 교류 없는 타인으로 되돌아갔다"(138). 누구의 잘못인가?

　이쯤이면 도대체 사내의 정체가 무엇인지, 왜 자기의 선행을 부인하고 답례를 거절하는지 몹시 궁금할 것이다. 화자는 사내로부터 이유를 듣는 게 자신의 소명이나 된다는 듯, 집요하게 그의 뒤를 좇고 마침내 그와 함께 식사를 하는데 성공한다. 사내의 이야기는 놀라움 그 자체다. 그는 미래를 볼 줄 아는 능력을 지녔고, 이 때문에 사람들과의 관계를 기피하는 중이다. 왜냐면 그와 관계된 사람들의 앞날을 보게 되기 때문이다. 놀이터에서 잠깐 손이 스친 화자의 아이도 사고를 미리 볼 수 있었기에 구했던 것이고, 심지어 자신에게 벌어질 미래도 모두 다 알고 있다는 게 사내의 주장이다. 그가 선행을 부인하는 이유도 그에 있는 바, 자신은 알고 있었기 때문에 행한 것이지 착한 일을 하려고 행했던 게 아니란 뜻이다. 모든 일이 알기에 행하고, 알기에 행하지 않는 선택의 결과라면 여기 어디에 선과 악이 있을 텐가? 당연하게도 화자에게 이는 너무나 이상한 말이고, 조리는 전혀 닿지 않는다. 난감한 표정의 사내는 믿지 못하겠으면 아무렇게나 생각하라는 태도로 일관한다. 그가 이렇게 나오니, 끝내 분을 참지 못한 화자가 격분하고 멱살잡이까지 하는 것도 무리는 아닐 게다.

　너무나 뜻밖의 이야기로 마감되기에 이 작품의 주제나 의미를 명쾌히 보여주거나 일목요연하게 정리하는 것은 불가능할 지경이다.[10] 하지만 하나의 설명적 연관을 찾지 못할 바는 아니다. 사내는 현실 세계의 질서로부터 비껴난 존재다. 초월적이거나 관념적인 의미에서가 아니라 세속적 현실의 일상적 규범을 벗어난 채 살아가며, 거의 단독자적 생존에만 함몰되어 있다. 그의 귀는 항상 리시버로 막혀 있고, 타인과 소통 불가능한 소리들을 내뱉으며, 인사나 안부, 감사와 보답, 친절과 겸양 같은 일상생활의 도덕관념에도 무관심하다. 공동체를 규율하는 가시적 질서는 벗어나지는 않는다 해도, 이 가시적 질서를 하부로부터 지탱하고 조직하는 불문율은 전혀 따르지 않는 것이다. 가식적 친절이나 위선적 태도, 허례허식 따위에 대해 우리는 경멸감을 금치 못하지만, 실상 나날의 일상은 그 같은 무언의 질서 및 비공식적 관계를 통해 간신히 영위되는 형편이다. 일종의 감정적 등가교환을 표상하는 이 질서는 나와 너 사이에서 보이지 않는 교량을 놓고, 이를 통해 서로를 이웃으로 확인하게 만들며, 위험스러운 적대를 기각시킨다.[11] 분리와 연결의 미묘한 경계 위에서 펼쳐지는 곡예는 교환을 바탕으로 한 사회의 위태로운 모험이다. 자, 그럼 이웃은 왜 적이자 친구인 동시에, 친구도 아니며 적도 아닌가? 연결과 분리의 줄타기가 어느 순간 한 쪽으로 기울어질 때, 그는 친구이거나 적으로 판명되는 게 아닐까?

사내의 기이한 행태는 그가 이러한 시민적('정상적') 삶으로부터 유리되

---

10   실제로 이 작품은 단 하나의 의미로 수렴되도록 짜여진 이야기라기보다, 다양하게 변주되고 변양될 수 있는 주제적 가능성을 지닌다고 생각한다. 하지만 이것이 지금 우리의 논제는 아니다.

11   언어의 여섯 가지 기능 중 친교적 기능은 의사소통의 논리적 구조를 벗어나지만, 이것 없이 일상의 언어활동은 이루어질 수 없다. 로만 야콥슨, 『문학 속의 언어학』, 신문수 편역, 문학과지성사, 1989, p.61. 타인과 맺는 대화의 대부분은 정보적 가치가 없고 쓸데없이 버려지는 낭비에 가깝지만, 이 무용성과 무의미로 말미암아 타자는 우리의 이웃이 된다.

어 있음을, 그것을 거부하고 벗어나려 애쓰고 있음을 암시한다. 실제로 사내가 미래를 볼 수 있든 없든, 광인이든 신이든 그런 정체성 따위는 중요하지 않다. 화자가 베푸는 호의나 감사의 인사, 겉치레일지언정 진심을 나누는 교류 따위에는 아무런 관심도 없고, 오직 자기만의 서사에 빠진 채 화자의 논리적 서사와 충돌하고 이탈의 선을 그어가는 한, 사내는 모호한 이웃으로서 타자든 적이든, 혹은 친구든 불가해한 존재로 우리 앞에 서 있는 것이다.

5. 이웃, 적대와 우정

다시 그럼, 이웃이란 무엇인가? '친밀하고 가까운 존재'라는 통념적 정의는 이웃에 대해 아무것도 알려주지 않는다. 중요한 것은 이웃의 정의가 아니라 무엇이 이웃을 규정하며, 이웃을 나에 대한 타자나 적, 심지어 친구로 만들어주는가에 있다. 그것은 아무리 멀리 떨어져 있어도 나와 이웃을 이어줄 수 있는 연결의 선이거나, 아무리 가까이 근접해 있어도 결코 마주할 수 없게 만드는 분리의 선이다. 우리는 이 선에 붙여진 다양한 이름들을 알고 있는데, 계급과 윤리는 일상적 삶의 궤적을 관통하며 이웃이 누구인지 드러내는 경계짓기의 주요한 요소들일 것이다. 이 경계화-정체화의 과정들을 통해 이웃은 비로소 그가 누구인지 모습을 드러내는 바, 그는 '제임스 셔터내려'와 같이 원한의 날카로운 송곳을 세우지만 볼품없는 남자이거나, 오래전 알고 지내던 속되지만 친근한 동생일 수도 있고, 또는 적의와 선의가 기묘하게 교차하는 섬뜩하도록 낯선 사내일지도 모른다. 이들은 우리 곁에 언제나 있었고 지금도 그렇지만, 감히 누구라 말할 수 없는 모호한 타자들이다.

너무나 쉽게 적으로 변해 버리는 이웃을 두고 볼 때, 또는 정반대로 이웃에 대해 언제든 적대할 수 있는 우리 자신을 두고 볼 때, 적대만이 이웃관계의 진실처럼 여겨지는 것은 당연한 반응이다. 실제로 프로이트는 전쟁은 결코 없어지지 않으리라 단언하며 이는 우리 내부의 적대라는 무의식적 힘이 결코 사라지지 않을 것이기 때문이라 단언한 바 있다.[12] 바로 이 '우리 안의 적대'야말로 인간의 불가피한 전제임을 통찰했기에 내린 진단일 게다. 정신분석적 설명에 따르면 "네 이웃을 네 몸처럼 사랑하라"는 기독교의 금언은 불가능한 역설의 과제를 인간에게 제시하는 바, 적대가 인간의 근본 조건임을 직시하지 않고는 이웃의 본질적인 괴물성과 폭력성을 우리가 감당할 수 없을 터이기 때문이다. 적으로서 이웃에 대한 관계는 결국 나 자신의 정체성을 정립하기 위한 필연적 과정에 다름 아니다. 그것은 하나의 필요악으로서, 적을 통해 우리는 우리가 되는 까닭이다.[13] 하지만 이것이 다일까?

역으로, 만일 적의 기원이 이웃이라면, 어쩌면 친구의 기원 역시 이웃이라 말할 수 있으리라. 왜냐면 모호한 경계 위의 존재로서 이웃은, 연결과 분리의 절단선이 그어지기 전까지, 그 모호함 가운데 아직 자신이 누구인지 밝히지 않았기 때문이다. 이 같은 모호함은 나와 너, 이웃이 결코 하나가 될 수 없음으로 인해 절대 해체되지 않는다. 그러니 이 모호함이야말로 언제나 남는 유일한 것이며, 적대의 가능성만큼이나 우정의 잠재성을 간직하는 힘이 아닐까?

◇◇◇◇◇◇◇◇◇◇◇◇◇

12   지그문트 프로이트, 「왜 전쟁인가?」, 『문명 속의 불만』, 김석희 옮김, 열린책들, 2003, p.349.

13   케네스 레이너드, 「이웃의 정치신학을 위하여」, 슬라보예 지젝 외, 『이웃』, 정혁현 옮김, 도서출판b, 2010, pp.30-31.

머나먼 독일 땅에서 만난 두 가족은 서로를 통해 이방에서의 외로움을 달랜다. 한편은 한국인 가족이고 다른 한편은 베트남인 가족으로 서로에 대한 무지를 통해 한데 맺어질 수 있던 것. 그러나 동시에 무지는 분리의 싹을 틔우고, 적대의 균열마저 일으킨다. 한국은 남을 침략한 적이 없다는 아이의 말은 일가친척을 한국군에게 잃은 가족의 마음을 격렬히 할퀴고, 두 가족은 더 이상 이웃으로 남을 수 없게 된 것. 적의 기원은 이웃에 있다는 우리의 결론을 다시 한번 확인할 수밖에 없는 걸까? 하지만 오랜 세월이 지난 후, 아이는 자신이 상처 입힌 가족을 찾아가 인사를 건넨다. "씬짜오, 씬짜오."[14] 짐짓 아름다운 동화처럼 막을 내리는 이 작품의 후일담을 알 길은 없다. 그들이 다시 예전과 같은 관계를 되찾을지, 상봉의 기쁨을 뒤로 한 채 다시 각자의 삶으로 침잠해 갈지, 알 수 없는 노릇이다. 오히려 우리에게 중요한 것은 서로를 향한 인사말, 두 번씩 반복되는 그 외국어의 물질적 반향이다. 막연한 느낌만으로 전해지는 이 인사는 타자의 언어로서 그 명확한 뉘앙스가 포착되지 못한 채 흩어져 버리는 소리에 불과하다. 그러나 소리의 파동을 일으키며 발설된 그 기표는 나와 이웃의 고막을 치고, 낯선 감각과 느낌의 진동을 일으킬 것이다. 서로를 가른 분리의 폐곡선이 떨리며, 그 중 약한 고리가 깨어질 가능성도 이로부터 비롯되는 법. 우정의 유물론 또는 유물론적 우정의 출발점이 바로 이곳이리라.

이웃은 그 자체로는 적도 아니고 친구도 아니다. 하지만 이웃이라는 모호한 타자는 적대와 동시에 우정의 시작점이기도 하다. 아직은 어느 쪽도 아닌 그토록 모호한 경계의 출렁임, 이웃에 대한 무지와 그 불가해한 타자성이야말로 적대의 공포만큼이나 우정의 기쁨을 우리에게 던져줄지 모를

14   최은영, 「씬짜오, 씬짜오」, 『쇼코의 미소』, 문학동네, 2016, p.93.

일이다. 그러니 지금 필요한 것은 그 타자의 모호한 말을 분석하고 해석하기보다, 그대로 반복하는 것, 중첩된 말의 울림으로부터 서로가 미지에 찬 의미의 선을 연결짓기 위해 시작해 보는 데 있을 것이다. "씬짜오, 씬짜오."

제22회 '젊은평론가상' 심사경위 및 심사평

한국문학평론가협회는 제22회 '젊은평론가상'을 선정하기 위해 2020년 한 해 동안 각 문예지에 발표되었던 평론 작품들을 면밀하게 살펴보았다. 한 편 한 편, 모두 높은 완성도와 뜨거운 열정을 보여준 글들이었다. 그 가운데 동시대의 문학작품들과 가까운 자리에서 호흡하고 개성적인 시각으로 비평장에 생명력을 불어넣어준 평문들을 선별하고자 했다. 그 구체적인 심사과정은 다음과 같다.

먼저 2020년 12월 18일에 본 협회는 임원에게 수상 후보 작품 추천을 공지한 후, 2021년 2월 19일 모임을 갖고 각자의 의견에 따라 다수의 추천 작품을 교환하였다. 논의 끝에 다음 10편의 수상 후보 작품들로 의견을 정리하였다.

1. 김요섭, 극장 바깥의 배역들-조해진론, 크릿터, 제2호, 2020년 2월호

2. 박상수, 실감의 무화, 버추얼화된 자아와 메타화-조해주, 양안다, 문보영의 시의 감각과 자아 보존 욕망에 대하여, 현대비평, 2020년 가을호

3. 선우은실, 외부적 조건과 노동, 노동과 인간, 인간과 인간 관계에 대하여, 오늘의 문예비평, 2020년 봄호

4. 신샛별, 불평등 서사의 정치적 효능감, 그리고 '돌봄 민주주의'를 향하여, 창작과비평, 2020년 여름호

5. 안서현, 기울어진 해석 지평에서의 쓰기/읽기, 문학동네, 2020년 봄호

6. 오은교, 오염과 친밀성의 경계에서, 문학동네, 2020년 겨울호

7. 이철주, 어둠의 정원과 밤의 문장들 : 신용목과 김중일의 시세계, 창작과비평, 2020년 봄호

8. 조대한, 겹쳐진 세계에서 분투하는 시인들, 창작과비평, 2020년 여름호

9. 최정우, 이방의 문학, 문학의 이방-근본적이고 급진적인 이질성의 글쓰기를 위하여, 문학들, 2020년 겨울호

10. 최진석, 이웃, 적대와 우정 사이의 모호한 타자, 실천문학, 2020년 가을호

2021년 2월 19일, 1차 회의에서는 수상 후보 작품들에 대한 의견을 교환한 후, 작품들을 숙독했다. 2021년 3월 26일, 수상작을 결정하기 위해 2차 의견 교환의 기회를 가졌다. 매년 그랬듯, 평문들이 가진 다양한 문제의식과 그에 따른 성과들로 인해 치열한 의견이 오고가면서 단 하나의 수상작품을 결정하는 것이 그 어느 때보다 어려웠다.

오랜 논의 끝에 박상수 평론가를 이번 제22회 젊은평론가상 수상자로

결정하였다. 박상수 평론가는 2000년 문예지『동서문학』에 시를 발표하여 시인으로 활동을 시작한 후 2004년도에는 문예지『현대문학』에 평론을 발표하면서 평론가로 데뷔했다. 시집으로『후르츠 캔디 버스』,『숙녀의 기분』,『오늘 같이 있어』를 발표했고, 평론집으로『귀족 예절론』,『너의 수만 가지 아름다운 이름을 불러 줄게』등을 발표했다. 지금까지 시인과 평론가로서 활발히 활동하고 있고, 현대문학상, 김종삼시문학상 등을 수상했으며, 동덕여대 문예창작학과 교수로 활동하고 있다.

　박상수 평론가는 시 창작과 평론 작업을 함께 진행하는 대단한 열정을 보여주고 있으며, 시인의 감수성을 품은 날카로운 평론가로서 지금까지 평론장 안에 남다른 시각을 제시해오고 있다. 특히 이번 수상작으로 결정된 평문「실감의 무화, 버추얼화된 자아와 메타화」는 90년대생 시인들의 감각과 자아의 특성을 개별 작품들에 대한 치밀한 독해를 통해 밝혀내고 있으며, 그 같은 독해를 시인들이 놓인 동시대의 사회문화적 맥락들과 결합하여 확장된 시야를 제공하고 있다. '버추얼화된 자아'와 '메타적 인식'이라는 두 개의 관점을 마련함으로써 90년대생 시인들이 만들어내고 있는 시적 세계의 특성과 가능성을 타진하고 있는 이 평문은 시를 통해 세계를 이해하고, 더 나아가 기존 세계의 경계를 넘어서고자 하는 박상수 평론의 장점을 잘 보여준다.

　이 같은 그의 행보가 보여주는 성실한 안목이 문학의 존립을 점차 의심받는 환경 속에서도 그 본연의 가치를 더욱 풍요롭게 할 수 있을 것이라는 믿음으로 그의 작품을 수상작으로 선정하였다. 좋은 작품을 선정하게 되어 기쁜 마음으로 박상수 평론가에게 축하를 드린다. 이제껏 그가 보여준 비평 작업이 이번 수상을 계기로 더욱 아름다운 결실을 맺기 바란다.

심사위원

오형엽, 곽효환, 김동식, 심진경, 이재복, 최현식, 홍용희, 허혜정

작품 출전

박상수, 「실감의 무화, 버추얼화된 자아와 메타화—조해주, 양안다, 문보영의 시의
　　　감각과 자아 보존 욕망에 대하여」
　　　＿ 현대비평, 제4호(2020년 가을호)

김요섭, 「극장 바깥의 배역들-조해진론」
　　　＿ 크릿터, 제2호(2020년 2월호)

선우은실, 「외부적 조건과 노동, 노동과 인간, 인간과 인간의 관계에 대하여
　　　—『어비』, 『9번의 일』을 중심으로」
　　　＿ 오늘의 문예비평, 제116호(2020년 봄호)

신샛별, 「불평등 서사의 정치적 효능감, 그리고 '돌봄 민주주의'를 향하여
　　　—김유담, 강화길, 장류진 소설에 주목하여」
　　　＿ 창작과비평, 제48권 제2호(2020년 여름호)

안서현, 「기울어진 해석 지평에서의 쓰기/읽기-최근 여성 역사 서사의 실천들」
　　　＿ 문학동네, 제27권 제1호(2020년 봄호)

오은교, 「오염과 친밀성의 경계에서—이성애 공포와 여성 섹슈얼리티 재현의 임계점들」
　　　＿ 문학동네, 제27권 제4호(2020년 겨울호)

이철주, 「어둠의 정원과 밤의 문장들-신용목과 김중일의 시세계」
　　　＿ 창작과비평, 제48권 제1호(2020년 봄호)

조대한, 「겹쳐진 세계에서 분투하는 시인들」
　　　＿ 창작과비평, 제48권 제2호(2020년 여름호)

최정우, 「이방의 문학, 문학의 이방—근본적이고 급진적인 이질성의 글쓰기를 위하여」
　　　＿ 문학들, 제62호(2020년 겨울호)

최진석, 「이웃, 적대와 우정 사이의 모호한 타자」
　　　＿ 실천문학, 제137호(2020년 가을호)

2021년 제22회 젊은평론가상 수상작품집

초판1쇄 인쇄 2021년 6월 29일
초판1쇄 발행 2021년 7월 7일

지은이　　　박상수·김요섭·선우은실·신샛별·안서현·오은교·이철주·조대한·최정우·최진석
기획　　　　한국문학평론가협회(회장 오형엽)
펴낸이　　　이대현
책임편집　　이태곤
책임디자인　최선주
편집　　　　권분옥 문선희 임애정 강윤경
디자인　　　안혜진 이경진
마케팅　　　박태훈 안현진

펴낸곳　　　도서출판 역락
출판등록　　1999년 4월 19일 제303-2002-000014호
주소　　　　서울시 서초구 동광로 46길 6-6 문창빌딩 2층 (우06589)
전화　　　　02-3409-2079(편집부), 2058(영업부)
팩스　　　　02-3409-2059
홈페이지　　www.youkrackbooks.com
이메일　　　youkrack@hanmail.net

ISBN 979-11-6742-039-8 03810